JN304446

アンの想い出の日々

—赤毛のアン・シリーズ11—

上　　巻

モ　ン　ゴ　メ　リ
村　岡　美　枝　訳

新　潮　社　版

9562

目次

第一部

アンの想い出の日々　上巻

――赤毛のアン・シリーズ11――

第一部

序

すでに出版した『虹《にじ》の谷のアン』と『アンの娘リラ』で、私は「笛吹き」の詩について触れている。この詩は、ウォルター・ブライスによるもので、第一次世界大戦で亡《な》くなる前に世に出され、高い評価を得たということにしていた。実際には存在しないものだったが、多くの読者の方々から、この詩を読んでみたいのだがどこにあるのだろうか、と尋ねられた。その声に推されて最近になって書き上げたのだが、あの頃よりもむしろ今のほうが、世相にあっているような気がしてならない。

笛吹き

ある日　笛吹きがグレンの町へやって来た
甘く低い音色で　彼はいつまでも吹き続け
愛する者たちにどんなに請《こ》い願われ　引きとめられようとも
子どもたちはぞろぞろと　家から家へとついてゆく
彼の奏《かな》でる旋律は
森の小川の調べのように　限りなく妖《あや》しい

いつの日か　笛吹きはまたやって来る
楓《かえで》の国の息子たちに　その旋律を聴かせるために
君もぼくも　家から家へとついてゆき
ほとんどの者が　二度と再び帰らない
かまうものか
自由が　故郷の丘に栄冠として掲げられるならば

フィールド家の幽霊

「ロング・アレックのところに下宿するというのかね！」シェルドン老牧師は驚きの声をあげた。

モーブレイ・ナローズにあるメソジスト教会の新旧牧師が、教会の小さな集会室で話し合っていた。引退したばかりの年老いた牧師は、情け深い眼差《まなざ》しで若き後輩を見つめた。その眼差しは、情け深いだけでなく、どこか哀《かな》しげな色を帯びていた。老牧師は、四十年前の自分を見るような思いだった。新たにやってきた牧師は、若々しく、情熱的で、希望に満ちて活気にあふれ、理想に燃え、しかも見栄《みば》えもいい。シェルドン老牧師は、内心微笑《ほほえ》んだ。カーティス・バーンズは果たして婚約しているのだろうか。たぶん決まった人がいるに違いない。若い牧師はたいがいは婚約しているものだ。婚約していないとなれば、モーブレイ・ナローズの若い娘たちは心躍らせ、そわそわするに違いない。そうしたとしても娘たちに大して罪はない。

午後の歓迎会のあと、地下の一室で夕食会が催された。カーティス・バーンズはほとんどの信徒たちと顔を合わせ、握手をした。若い牧師は、今こうして、ぶどうの蔓《つる》で日光をさえぎられた集会室で、聖人と呼ぶにふさわしいシェルドン老牧師と向かい合い、少し当惑しおずおずとしながらも、喜びを感じていた。老牧師は、隣町のグレン・セント・メアリーで引退後の日々を過ごすことにしたという。聞いた話によると、炉辺荘《イングルサイド》のギルバート・ブライス医師を頼りにしているからだそうだ。メソジスト派の年配の信者たちの中には、ローブリッジのメソジスト派の医師にかかるのが筋ではないかと言って、老牧師を非難する者もある。

「ここはとても居心地のいい教会で、信者たちも誠実な人たちばかりですよ、バーンズさん」シェルドン老牧師は言った。「あなたのお務めが、幸せで神様の祝福に満ちたものでありますように」

カーティス・バーンズは微笑んだ。笑うと頬にえくぼができ、少年っぽい、あどけない印象を与えた。シェルドン老牧師は咄嗟《とっさ》に不安を感じた。えくぼのある牧師なんて、未《いま》だかつてお目にかかったことがなかった。長老派にもいない。牧師にえくぼはふさわしいものだろうか。「ふさわしくないと判断されるとしたら、シェルドン先生、それは私に落ち度があるからだと思います」この若者は実にしおらしく謙虚な面持ちでこう言うのであった。「私の未熟さのせいでありましょう。時々ご相談に乗っていただき、ご助言をいただければ嬉《うれ》しいのですが」

「私にできることがあれば喜んでお力になりますよ」不信感はたちまち消えて、老牧師は答えた。「助言をお求めであればいくらでもいたしましょう。今、させていただくとしたらこうですよ。医者にかかるときにはメソジストの医者になさい。私の場合、ブライス先生との友情を大切に思うばかりに、道を外れてしまったのですよ。それと、牧師館にお住まいになるといい……下宿はやめてね」

カーティスは、物憂《ものう》げに茶色の髪の頭を振った。

「それは無理です……シェルドン先生……今すぐにはできないのです。私は一文無しなのですから。返済しなくてはいけないお金がいくらかありまして。借金を返して、それから家政婦を雇えるだけのお金を貯《た》めてからでないと」

……つまり、結婚はまだ考えていないらしい。

「ああ、そうですか……まあ、そうなら、もちろん無理にとは申しませんよ。だが、できるだけ早くそうしたほうがいいですよ。牧師にとって、自分の家庭ほどいいものはありませんから。モーブレイ・ナローズの牧師館は、古いですが、なかなか快適ですぞ。私にとってはこの上なく幸せな我が家だった……最初のうちは……いや二年前に最愛の妻が亡《な》くなるまではね。その後は寂しいひとり暮らしです。ブライスさん一家との友情がなかったならどうなっていたことか……だが、あの人たちが長老派だという理由だけで、ずいぶん大勢の人たちから非難されるのですよ。何はともあれ、あなたはリチャーズ夫人のところに下宿なさるんだから、申し分ないではありませんか。とても居心地がいいに違いありません」

「ところが、残念なことに、リチャーズ夫人のところにおいていただけなくなったのですよ。やっかいな手術をしなければならないそうで入院なさるのです。だから、フィールドさん……たしか通称、ロング・アレックさん……のところにおいていただこうと思っています。モーブレイ・ナローズでは変わった呼び名を人につけるようですね。二、三、耳にしましたが」

すると、シェルドン老牧師は、驚いたというだけではすまされない叫び声をあげた。

「ロング・アレックだって!」

「数週間説得してやっとのことでアレックと妹さんが、『うん』と言ってくださったのです。ご迷惑をかけるようなことは絶対しないという約束でね。幸運でしたよ。教会の近くにはあそこしかないですし。承知していただくのに本当に骨が折れました」

「しかし……よりによってロング・アレックのところとはな!」シェルドン老牧師は

また声をあげた。

シェルドン老牧師の驚きようが半端《はんぱ》ではなかったので、カーティスは衝撃を受けた。実は、ブライス医師に話した時にも、同じような反応が返ってきたのだ。

ロング・アレックの家に下宿して、なにが悪いというのであろうか。

鷲《わし》のようなきりりとした顔立ちに、やさしい、夢みがちなグレーの目をしたロング・アレックは、魅力的な若者で、人物もちゃんとしているように見受けられる。また、小麦色の肌の、小柄で可愛《かわい》らしい妹は、こんがりと煎《い》ったナッツのような顔、髪と瞳《ひとみ》はとび色、唇は鮮やかな紅《あか》い色をしていた。少し疲れたような表情を見せ、声はフルートの音色のようだった。その日、地下にある部屋に集った華やかな娘たちは、若くてハンサムな牧師に、はにかみがちに賞賛の眼差しを送っていたが、カーティス自身一向に気にも留めなかった。ただ、ルシア・フィールドのことだけは何となく憶《おぼ》えていた。

「ロング・アレックのところだと、いったい何が問題なのですか?」カーティスは言った。

ブライス医師以外の何人かの村人に下宿先を変えると話した時、やはり皆、呆気《あっけ》にとられたような様子を見せたのを思い出した。なぜ……なぜだろう? ロング・アレックは、村の評議会の委員にも名を連ねているではないか。品格のある人物のはずだのに。

シェルドン老牧師はきまり悪そうだった。

「おお、だいじょうぶですよ、おそらくはね。ただ……あの人たちが下宿人をおくとは思ってもみなかったものですから。実際問題、ルシアは手一杯ですからね。病気の従姉《いとこ》が同居していることは聞いていますね？」

「ええ、ブライス先生からその方のことを聞きまして、実は、お会いしてまいりました。何たる悲劇……あんなにやさしくて、美しい方が！」

「お美しい方です、本当に」シェルドン老牧師は力をこめて言った。「素晴らしい女性です。モーブレイ・ナローズにおいて最高に善なる魂の持ち主のひとりと言えるでしょう。村の天使とも呼ばれています。申し上げておきますがね、バーンズさん、無力の床からアリス・ハーパーが及ぼす影響力は、驚異的なものですぞ。牧師館に居《お》った頃、私にとってどれだけの存在であったことか、語り尽くせないほどです。ほかの牧師たちだって皆、そう言いますよ。彼女の不思議な生命力は、人に霊感を感じさせるのです。教会に来る若い娘たちの崇拝の的ですよ。日曜の教会学校で八年間、十代の女子のクラスを受け持っていたことはご存じですか？　日曜礼拝が済むと、少女たちはアリスの部屋へ押しかけたものでしたよ。少女たちの心をぐっと摑《つか》んでしまうのです。抱えている悩みや難問のすべてを持ち込んでアリスにさらけ出す。ブライス夫人もアリスにはかなわないかもしれない、と少女たちが言うんですから、これはただ事ではありませんよ。ある日、ルシア・フィールドが、献金を集める時の讃美歌《さんびか》をヴァイオリンで演奏したと言って、ノース執事がたいそうな剣幕で怒り狂った時に、教会じゅうがどうしようもないほどの大騒ぎにならなかったのは、まったくもって彼女のおかげなのですよ。アリスがわざわざ執事のところまで出向いてくれて、彼の気が鎮《しず》まるまで話し相手をしてくれたのです。あとになってその時のやり取りを内々で報告してくれました。彼女ならではのさりげないユーモアを交えてね。本当に心豊かな話しぶりでしたよ。執事にも聞かせてやりたかったな。実に楽しい女性ですよ。筆舌に尽くしがたいほどの苦しみを味わっているだろうに、彼女が不平をもらしているのを聞いたことのある者はひとりもいないのです」

「アリスさんはもともとおからだがご不自由なのですか?」

「いいや、そうではないのです。十年前に納屋《なや》の二階から転落したのです。卵だかなにかを探していてね。数時間、意識不明で……その事故以来、下半身不随になってしまったのです」

「いい医者には診てもらったのでしょうか?」

「最善を尽くしていましたよ。ウィンスロップ・フィールド……ロング・アレックの父親ですがね、方々からその道の権威を呼び寄せましたよ。だが、誰もどうすることもできなかった。アリスは、ウィンスロップの姉の娘でね。彼女がまだ赤ん坊の時に、両親と死別したのです。父親はずる賢い、ならず者でして、アル中で死にました。父親の父親もそうでしたよ。それでフィールド家が彼女を引き取り養育したのです。あの事故までは、華奢《きやしや》な可愛い、内気な娘でね。ほかの若者たちみたいに出歩いたりなどほとんどしない、いつも奥に引っ込んでいるようなタイプでした。叔父の慈悲の下で暮らすのは、彼女にとって気楽であったかどうかは知りません。自分の無力さを痛いほど感じているでしょう。ベッドでからだの向きを変えることすらできないのですから、バーンズさん。それに、アレックとルシアの重荷だとも感じていますよ。ふたりとも、彼女の面倒をとてもよくみています……それは本当です……だが、若くて健康な人は彼女の気持ちを完全にわかってはあげられません。ウィンスロップ・フィールドは七年前に亡くなり、細君も翌年に。それで、ルシアはシャーロットタウンでの仕事を辞めて……高校の先生だったのですが……アレックのために家を切り盛りし、アリスの介護をするようになったのです。アリスが赤の他人に世話になるのはぜったいにいやだと言うんでね、気の毒なことです」

「ルシアにとっても大変なことですよね」カーティスが言った。

「ああ、そうですとも。ルシアはいい子だと思いますよ。ブライス夫妻も言っていますよ、どこを探したってあんないい娘はいないと。アレックもどこを取っても感じのいい人物です。少々頑固なところはあるようですがね。聞いた話では、エドナ・ポーラックと婚約しているんだとか。ブライス夫人も大賛成らしいのですが、その後、進展する様子がないのです。まあ、でも……古いがいい家ですよ。フィールドのところは、モーブレイ・ナローズで一番由緒《ゆいしょ》のある農場ですし……ルシアは家事の切り盛りにかけては達人です。心地よくお暮らしになれるといいが……だがね……」

シェルドン老牧師は不意に口をつぐみ、立ち上がった。

「シェルドン先生、その『だが……』にはいったいどんなことを含んでらっしゃるのですか?」カーティスは意を決した様子で尋ねた。「ほかの人たちも、『だが……』というような表情になるのです。ブライス先生は特にそうです。なのに皆、訳をおっしゃってはくださらないのです。はっきりと訳が知りたい。謎《なぞ》に包まれているのは好みません」

「それでは、ロング・アレックのところに下宿なさるのはおやめなさい」シェルドン老牧師はそっけなく言った。

「どうしていけないのですか? モーブレイ・ナローズの農場一家は大きな謎に包まれている、なんておっしゃらないですよね?」

「どうやらお話しした方がよさそうですね。むしろブライス先生にお聞きになった方がいいように思うのですがね。この話をするとなんだか自分が馬鹿馬鹿《ばかばか》しく思えてくるのです。あなたがおっしゃるように、モーブレイ・ナローズのごく普通に見える農家が説明できないような謎に包まれているわけがない、と言いたいところなのですが。実は、包まれているのです、バーンズさん。フィールド家には不可解きわまりない謎がつきまとっているのです。モーブレイ・ナローズの村の人たちは……幽霊がとりついていると言うのです」

「幽霊がとりついているだって⁉」カーティスは思わずふきだしてしまった。「シェルドン先生、あなたともあろう方が、そんなことをおっしゃらないでください!」

「私も、かつてはあなたと同じ調子で『幽霊がとりついているだって⁉』と言ったものでしたよ」シェルドン老牧師は語気をやや強めて言い放った。聖職者といえども、大学を出たての青二才から笑い者にされても構わないという様子であった。「ひと晩あの家で過ごしてからは、もう二度とそんな調子で言うことはできなくなったのですよ」

「あなたは、まさか、幽霊がいるとまじめにお信じになってらっしゃるわけではないですよね、シェルドン先生」

もしかすると、老牧師は、年のせいで子どもじみてきているのではないか、とカーティスは内心思った。

「もちろん信じてなんかいませんよ。当たり前です。ここ五、六年の間にあの家で起きてきた不可思議なことは、幽霊だとか、超自然的な力で引き起こされているなんて。ところが、事実、奇妙なことが起こっているのですよ……あれはまったく疑いようがなくそういったものの仕業に違いない……それに我らがメソジスト派の父、ジョン・ウェズレー牧師でさえも幽霊の体験があったそうだとか……」

「何ですって?」

シェルドン老牧師は咳払《せきばら》いをした。

「私は……ああ……言葉にすると馬鹿げているのです。だが、何度も繰り返し起こるのだから馬鹿げているでは片づけられないのです……少なくともあの家に住まなければならない人たちにとっては大問題ですよ。なぜそんな現象が起きるのか説明できないでいる……まったく説明できない、バーンズさん。部屋が逆さまにひっくり返る……置いていないはずのゆりかごが屋根裏部屋で揺れる音がする……ヴァイオリンの音が聞こえる……あの家にはヴァイオリンなんてありはしないのに……ルシアはヴァイオリンを持ってはいるが、それは、鍵《かぎ》のかかったケースに入れて自分の部屋にしまってあるはずです。ベッドで寝ている人たちに冷たい水がかけられるし……衣服は剝《は》ぎ取られる……屋根裏に金切り声が響き渡る……死んだはずの人たちの声が誰もいない部屋から漏れ聞こえる……床に血のついた足跡が点々とついている……納屋の屋根の上を歩く白い人影が見える。笑うなら笑いなさい、バーンズさん。私も以前はそうだった。去年の春、雌鳥《めんどり》たちが抱いている卵の全部が全部、堅ゆで卵だとわかった時には、思わず大笑いしましたよ」

「フィールド家の幽霊は、ユーモアのセンスをもち合わせているようですね」カーテイスは言った。

「それでも去年の秋、ロング・アレックの新しい刈り取り結束機が置いてある納屋が燃えた時には笑い事ではすまなかったのですよ。東風でなく西風が吹いていたら、農場の全部の建物が灰燼《かいじん》に帰していたところでした。離れてぽつんと建っている小屋で、何週間もの間、近づいた者はまったくいなかったんだ」

「それにしても……シェルドン先生……あなた以外の人がそんな話を聞かせてくれた

としても……」

「信じられなかっただろうとおっしゃるのでしょう。だからと言ってあなたを責めたりはしませんよ。でも、ブライス先生にもお聞きになってみてください。私だって、こんなほら話信じませんでしたよ。ひと晩あそこで過ごすまではね」

「何事かが起こった……どんなことが起きたのですか？」

「ううむ……ゆりかごが揺れる音……頭の上の屋根裏でひと晩中ギコギコ鳴っていました。真夜中に食事の鐘が鳴り響き、悪魔のような笑い声も聞こえました……私の部屋で聞こえたのか、外からなのかわかりませんでしたが。実に真実味があって、吐き気をもよおすほどの恐怖を感じました。バーンズさん、あれは、人間の笑い声ではなかったですよ。それから夜明けが近づいた頃、ある食器棚の皿という皿が一枚残らず放り出されて、粉々に砕けてしまったのです。さらに……」年老いたシェルドン牧師は、無意識に口をひん曲げた。「……朝食のオートミールのおかゆが……前の晩にこしらえてあったのですが……何と半分が塩になっていたのです」

「誰かのいたずらですよ」

「おっしゃるように、私もそうに違いないと固く信じましたよ。でも、誰の仕業だと言うのです？　どうしてその誰かの尻尾《しっぽ》をつかむことができないんです？　ロング・

アレックやルシアが仕掛けているとは夢にもお思いにはならないでしょう？」

「その乱痴気騒ぎは毎晩のことなのですか？」

「おお、そんなことはありません。なにも起こらず何週間も過ぎることもあります。誰かが見張りに入る時には、たいてい何ごとも起こりません。ブライス先生とパーカー先生が見張り役に泊まってくださったこともありました……おふたりともあまり気が進まなかったのですがね。その時は一晩中まるで死んだように静かだったのです。ところが、静かな期間がしばらく続くと、またとんでもない騒ぎが起こるのです。月の出ている夜は……いつもとは限りませんが……たいてい静かです」

「フィールドさんには使用人もいるはずですよね？　兄と妹、それにミス・ハーパー、そのほかにあの家には誰がいるのですか？」

「普段はふたりが住み込んでいます。ひとりは、ジョック・マックリー、三十年フィールド家に仕えている、五十がらみのまぬけな男ですが、物静かで礼儀正しい人物です。もうひとりは、お手伝いのジュリア・マーシュ、気の利《き》かない娘で、不機嫌そうな顔をしていますよ。アッパー・グレン村のマーシュの一族です」

「まぬけ男に……不機嫌な娘か。幽霊がとりつきにくいとは思えませんね、シェルドン先生」

「そんな単純な話ではありません、バーンズさん。もちろん、ふたりが怪しまれたこともかつてはありました。でも、ジョックがあなたと部屋に一緒にいても騒ぎは起こりますよ。ジュリアは自分の部屋に決して鍵をかけませんし、見張り役と一緒にいることもありませんが、あの子が留守の時にも騒ぎが起こるのです」

「ふたりの笑い声を聞いたことはありますか?」

「はい、ジョックは、クヒックヒッと、間の抜けた笑い方をします。ジュリアは鼻を鳴らし、いびきみたいな音を出します。ふたりの仕業だとは到底信じられませんな。ブライス先生も彼らが犯人だとは思ってらっしゃらないです。モーブレイ・ナローズの村人は皆、初めはジョックを疑ったのです。でも今では幽霊だと信じていますよ……ほんとうですよ。幽霊なんて馬鹿馬鹿しくて信じないと言っている人たちでさえね」

「どういう訳で、あの家に幽霊がとりついていると、皆さんが決めつけるのですか?」

「いやね、あわれな話があるのですよ。ジュリアの前に、姉のアンナが、あそこで働いていたことがありましてね。モーブレイ・ナローズで手伝いをしてくれる人を探すのは難儀なことでね、カーティスさん。ルシアはどうしてもお手伝いが必要だった……ひとりであの家を切り盛りしながら、アリスの介護をするのは無理ですからね。アンナ・マーシュには、私生児がありまして……三歳くらいでしたかな……いつも連れて歩いていたのです。いい子でしたよ、みんなに可愛《かわい》がられていました。ある日、その子が、納屋の水槽に落ちて溺《おぼ》れ死んでしまったのです……ジョックが蓋《ふた》をし忘れたのです。アンナは、一見極めて冷静に子どもの死を受け入れたように見えました。取り乱しもせず、泣きもしませんでした……聞いた話によるとね。みんな口々に言ったそうです。『厄介者がいなくなって喜んでいるに違いない。所詮《しょせん》、悪たれ連中さ、マーシュの一族なんて。ルシアも気の毒なことだ、もっとまともなお手伝いを探せなかったものかね。もっといい給料さえ払っていれば……』とかなんとか。ところが、子どもが死んだ二週間後に、アンナは屋根裏部屋で首をつって死にました」

カーティスは恐ろしさのあまり叫び声をあげた。

「アンナをしっかり見張っていた方がいいと、ブライス先生はおっしゃっていたそうです。幽霊説が成り立つ立派な根拠があるとお思いになりませんかね。エドナ・ポーラックがロング・アレックと結婚しないほんとの理由はこのためだという話です。ポーラック家は申し分のない家柄です。エドナも何でもよくできる、頭のいい女性ですが……ただ社会的な格も知性も、フィールド家には少々劣りますがね。エドナはアレックが土地も家も売って、どこかに引っ越せばいいと願っています。あそこは絶対呪《のろ》われていると言い張るのです。まあ、彼女がそう思い込むには理由があって……ある朝、血の書きつけが見つかったのです。それもきたない字で、綴《つづ》り方も出鱈目《でたらめ》……アンナ・マーシュは読み書きがまったくできませんでした……『この家でもし赤ん坊が生まれたりしようものなら、生まれながらにして呪われている』……ブライス先生は、アンナの筆跡ではないとおっしゃるのだが……。まあ、どうにもなりませんよ。アレックは絶対あそこを売りはしないでしょう……たとえ買い手が現れてもね。そんな物好きはいないでしょうが。一族は一七七〇年からあの土地で暮らしています。幽霊なんかに追い出されてたまるかと言っていますよ。アンナが死んで数週間経《た》った頃からこのお化け騒動が始まったのです。屋根裏部屋でゆりかごを揺らす音がする……子どもが生きていたときには、そこに置いてありましたが、事故のあとは処分したのに音だけが相変わらず聞こえてくるのです。ああ、あらゆる手は尽くしたのです、謎を解くためにね。近所の人たちがくる晩もくる晩も見張りをしました。何も起こらない晩もあれば、何かが起こった晩もありましたが、真相をつきとめることはできませんでした。三年前、ジュリアは、ついに堪忍袋《かんにんぶくろ》の緒が切れてふくれっ面《つら》をして出て行ってしまいました。あんまりああだこうだ言われるので、我慢ならなくなったのです。それで、ルシアは、アッパー・グレン村のミン・ディーコンを雇いました。三週間働いて……この子は気がよくまわり、仕事ができる子でした。しかし、出て行ってしまいました。氷のように冷たい手で顔をさわられて目が覚めたのだそうです……部屋の鍵をちゃんとかけて寝たはずなのに。次にマギー・エルドンを雇いました。まったく気の弱い子でした。一度も切ったことのない、みごとな黒髪の持ち主で、それをたいそう自慢にしていました。氷の手も悪魔の笑い声も呪われたゆりかごも、彼女に襲いかかることはありませんでした。五週間は何ごとも起こりませんでした。ところが、ある朝、目覚めると自慢の黒髪がばっさり切られてしまっていたのです。この仕打ちは、マギーにはきつすぎました。彼女の若い恋人は、短い髪が嫌いでしたからね。アンナ・マーシュは髪が薄かったので、豊かな髪を持っている人にひどく嫉妬心《しっとしん》を抱いていた、という噂話《うわさばなし》を、村の人たちからそのうちお聞きになることでしょうよ。ルシアはジュリアを何とか説得して連れ戻し、それ以来あそこに住みこんでいるというわけです。個人的には私は、ジュリアはこの件に関しては絡《から》んでいないと見ています。ブライス先生も同じ意見です。そのうちあの方と話をするといいですよ……実に聡明《そうめい》な方ですよ……長老派ですけれどね」

「それでは、ジュリアでないとしたら、いったい誰の仕業だと言うのです?」

「おお、バーンズさん、答えることはできませんよ。それに……いったい悪魔にどんなことができて、どんなことができないかなんて、知ったことですか？　エプワース牧師館にお住まいになることを、くどいようですがお勧めします。この摩訶《まか》不思議な出来事の謎《なぞ》はけっして解けやしませんよ。それにしても……悪魔や悪霊《あくりょう》が……ラズベリー酢の入った瓶を片っぱしから空にして、赤インキや塩水でいっぱいにするなんて考えにくいのですがね」

シェルドン老牧師は思わず苦笑してしまったが、カーティスは笑うどころか……眉《まゆ》をしかめた。

「そんなことが五年も続き、犯人が捕まらずにいるとは、耐え難いですね。ミス・フィールドはさぞや恐ろしい思いをされているに違いない」

「ルシアは、いたって冷静に受け止めています。少し冷静すぎるのでは、と考える人もあります。もちろん意地の悪い人間というのは、どこにでもいるものですが、ここモーブレイ・ナローズにもいます。そういった連中の中には、仕掛けているのは、ルシア自身に違いないとまで言う者もあるのです。このことは、ブライス先生の奥さんにだけは言ってはいけませんよ。ルシアとは非常に親しい間柄ですからね。私だって、ルシアを疑ったことなんて一度だってありませんよ」

「言いませんとも。ミス・フィールドは到底そんなことをする人柄ではないですし、いったいどんな理由で彼女を疑っているのですか？」

「ロング・アレックとエドナ・ポーラックの結婚を阻《はば》むためだと……。ルシアはエドナのことがあまり好きではないのです。ポーラック家との縁組を甘んじて受け入れるなど、フィールド家のプライドが許さないのでしょうね。それに……ルシアは、ヴァイオリンを演奏できますからね」

「ミス・フィールドがそんなことを仕掛けるなんてとても信じられません」

「私だって信じられません。もし私が、ブライス先生の奥さんにちょっとでもミス・フィールドを疑う素振りを見せようものなら、相手が年寄りといえども、どんなこっぴどい目にあわされるかわかりませんよ。実のところ、私はミス・フィールドのことはよく知らないのです。教会の活動にはまったく参加していませんし……まあ、したいと思ってもできないのでしょうね。でも、流言飛語を封殺し尽くすことは難しいです。今までも嘘《うそ》八百とずいぶん戦い、叩《たた》き潰《つぶ》そうとしてきました、バーンズさん。でも、ほとほと困り果てるようなひどいあてこすりもありましたよ。ルシアは内気な娘です……親しく話ができる友達と言ったら、ブライス夫人しかいません……私では年をとり過ぎていますからね、友達というわけにはいかんでしょう。さあ、この村の謎の出来事について私が知っているのはこれがすべてです。もちろん、もっとくわしく話せる人たちもいます。リチャーズ夫人が回復するまで、ロング・アレックの幽霊にさえ我慢できるのなら、あそこで快適に暮らせない理由は何ひとつありませんよ。あなたが下宿すればアリスはきっと喜ぶでしょう。いつも幽霊騒動には心を痛めていますから……そのために人が寄りつかなくなっていると言ってね……確かに多かれ少なかれそうかもしれない……彼女は人と話すのが好きなのです、かわいそうに。ただでさえもからだが大変なのに、その上幽霊騒ぎですからね、憔悴《しょうすい》するのも無理はないです。私はあなたを怖気《おじけ》づかせてしまったのではありませんかね」

「いいえ……好奇心をかき立てられました。何か単純明快な解決の糸口があるはずです」

「私が、事実を誇張しているに違いないともお思いではありませんか？　おお、私はいっさいそんなことはしていませんよ……そのことだけは肝に銘じておいてくださいね……でも噂好きの信者たちの話はどうだか。このさい、思い切って言わせてもらいますがね、かなり派手な尾ひれがついています。五年もあれば話はとてつもなく大きくふくらむものですよ。何しろ、私たちのように田舎に暮らしている者は、劇的な味つけが大好きですからね。二掛ける二は四では退屈ですが、五になれば、わくわくせずにいられませんからね……ブライス夫人がおっしゃるように。そういえば、あの石頭のマルコム・ディンウッディ老執事が、ある晩、あの家の居間でウィンスロップ・フィールドが話すのを聞いたと言うのですよ……亡《な》くなってから何年も経つのに。ウィンスロップ・フィールドの声は一風変わっていましたから、誰でも一度でも聞いたことがあれば間違えようがありません……話し終わる時にやや神経質そうな笑い声を必ず付け足すのです」

「でも、うろついているらしいのはアンナ・マーシュの幽霊ではありませんでしたか？」

「ええ、彼女の声も聞こえるという話です。もうこの話題はやめにしましょう！　私のことをよぼよぼの愚か者だとお思いでしょう。たぶんあの家にしばらく住んでみないことには信じられませんよ。その幽霊は聖職者に敬意を払っているようですから、あなたがいる間は行儀よくしているかもしれません。たぶん、あなたなら、真相を突き止められるかもしれませんね」

〈シェルドン先生は、聖職者の鑑《かがみ》だ。人としても牧師としても格段すぐれていて、私など、一生かかってもとうてい追いつくことはできないだろう〉カーティスは、下宿先の方へ道を渡りながらつくづく思った。〈それなのに、老牧師は、ロング・アレックの家に幽霊がとりついていると信じている……ラズベリー酢の瓶の一件にしたって、幽霊の仕業であるはずがないと言いながらも、明らかに信じている様子だった。さあ、幽霊どもとひと勝負だ。ブライス先生とこの件について話をしてみよう。二掛ける二は四に決まっているじゃないか〉

カーティスは後ろを振り返り、自分の小さな教会を眺めた……夜が更《ふ》けてもなお銀色に輝く空の下、倒れた墓碑や苔《こけ》むした墓石に囲まれ、静かに佇《たたず》む年季の入った灰色の建物。その隣がエプワース牧師館だった。石が材木や煉瓦《れんが》よりも安価だった頃に建てられた、古めかしく、丸みを帯びた、親しみのある佇まい。どこか寂しげで、何かを訴えかけているように思えた。道路を挟んでちょうど真向かいが、フィールド一族が代々暮らしてきたお屋敷である。広々とした低い建物で、あちこちからバルコニーが突き出ていて、年増《としま》の雌鳥《めんどり》の胸や腹の下から、ひよこが顔をのぞかせているような姿に妙に似ていた。屋根には個性的な突き出し窓があしらわれていた。また、母屋《おもや》のある部屋の窓は、L字型に隣り合って並んでいるので、それぞれの窓辺に人が立ち、外に手を出すと握手ができた。この建築上の工夫はなかなか洒落《しゃれ》ていて、カーティスはすっかり気に入った。屋根はほかではお目にかかれないような個性的なつくりだった。家を取り囲む背の高いトウヒの木立ちは、その屋根を慈《いつく》しむように枝をさし伸ばしていた。この農場全体が独特の雰囲気に包まれ、何かかき立てられるような魅力に満ちていた。カーティスの年老いた伯母ならきっとこう言ったに違いない。「ご先祖様の霊が宿っているのよ」と。

玄関のポーチにはアメリカ蔦《つた》がうっそうとはびこっていた。ふしくれだったリンゴの木は、昔なつかしい野の花々――香りのよい可憐《かれん》なシロツメクサの茂み、ミントとキダチヨモギ、三色すみれ、スイカズラ、淡い紅色のバラ――が咲き集う場所にかがみこむようにして立ち、その枝に羽を休める小鳥たちのか細いかすかなさえずりが降るように聞こえた。二枚貝の殻に縁どられた苔むす小径《こみち》が玄関まで続き、その向こうには夜の涼気の中、どっしりとした納屋《なや》があり、たんぽぽの影が一面に揺れる牧草地が広がっていた。健全で心和むどこかなつかしい風景。幽霊が出そうな気配はまるでない。シェルドン牧師は聖人だ。しかしとても年老いている。年をとると人はものごとをいとも簡単に信じこんでしまうものだ。

カーティス・バーンズが、フィールド農場に下宿してからすでに五週間が経ったが、何ごとも起こらなかった……ルシア・フィールドを心の底から深く愛してしまったということのほかには。彼自身は恋に落ちたことに気づいてはいなかった。信者たちも気づかなかったが、ブライス夫人だけには……いや、おそらくアリス・ハーパーにもお見通しだった。アリスのその澄んだ美しい目には、ほかの人には見えないものが映るようであった。

アリスとカーティスはとても馬が合った。彼女の勇気と心意気に対する、言葉に尽くしきれない程の賞賛と、彼女の苦しみと無力さへのどうしようもない憐《あわ》れみの念が、彼の心の中で交錯し、いたたまれない気持ちになった。そのように思うのはカーティスばかりではなかった。皺《しわ》の目立つ細面であるにもかかわらず、アリスの顔つきには不思議と若さが漲《みなぎ》っていた。それは、誰もが褒める短い金髪のせいでもあり、いつもみんなの後ろで笑いをたたえているように見えるキラキラした大きな瞳《ひとみ》のせいでもあった……彼女は決して声を立てて笑ったりはしなかったが、いたずらっぽさをうっすらと浮かべ愛らしく微笑《ほほえ》んだ。……特にカーティスが冗談を言った時にはそういう表情を見せた。彼はよく気の利《き》いた冗談を言った。……モーブレイ・ナローズの信者の中には、牧師にはあるまじきことだと批判する者もあった。……けれども彼は毎日アリスに新しい冗談を披露するのだった。

アリスはどうにも耐え難いほどの苦しみに間断なく襲われ、アレックとルシアにしか看病ができない日々も時折あったが、決して愚痴を漏らさなかった。心臓が弱っているため、薬さえも飲むのが危険で、そばに誰かがついているからと言って、症状を和らげるのにほとんど役には立たなかったが、発作に襲われたときには、ひとりきりでいるのは耐えられなかった。

そういう日にはカーティスの身の回りの世話は大抵、ジュリア・マーシュの優しく慈悲深い手にゆだねられることになる。彼女は適切に食事の面倒をみてはくれたが、カーティスはジュリアがどうしても苦手であった。彼女の透明感のあるピンクの顔には運悪く生まれつきのあざがあった……紅《あか》い絆創膏《ばんそうこう》のようにくっきりと片側の頬に……けれども、目鼻立ちは整っていた。

彼女の小さな目は琥珀色《こはくいろ》、赤茶色の髪の毛はひどくぼさぼさで、黄昏時《たそがれどき》に現れる猫のようにしとやかに音もたてずに家の中を移動した。普段は大変なおしゃべり好きなのだが、いったんへそを曲げてしまうと、まるでだんまりの疫病神《やくびょうがみ》で、ひと言も口をきかず、雷鳴轟《とどろ》く嵐《あらし》のような怖い顔をして人をにらみつけるのだ。

ルシアは、ジュリアがご機嫌斜めでも一向に気にしないように見えた。ジュリアがどんな態度を示しても、おだやかに落ち着いてかわすのだった。しかし、カーティスは、家のどこにいても、ジュリアが気に障《さわ》って仕方がなかった。不機嫌なジュリアは何をしでかすかわからない不可解なけだもののように思えた。カーティスは、ジュリアがこの家の幽霊騒ぎの糸を引いているに違いない、と確信することが時々あった。またある時には、ジョック・マックリーの仕業に違いない、と思うこともあった。カーティスにとっては、ジュリアに比べて、ジョックははるかに使い物にならない存在で、なぜルシアとロング・アレックが実際、この薄気味の悪い使用人に愛情をかけているのか理解に苦しんだ。

ジョックは五十歳だが、百歳に見えることもあった。うつろな灰色の目は何かをにらんでいるように見えた。長くて腰のない黒い髪、血色の悪いこけた頬、奇妙に突き出たくちびる。そのくちびるのせいで顔全体がひどく不愉快な印象だった。仕方がなくというわけでもなく、ロング・アレックのお仕着せでもなく、おそらく自分で選んでいるらしい、ちぐはぐな取り合わせの服装をしていた。……そしてロング・アレックの飼育している数え切れないほどの豚たちにえさを運び、世話をすることにほとんどの時間を費やしていた。ロング・アレックからは豚の世話で給金をもらっていたが、ほかの仕事は何も任されてはいなかった。

ジョックはひとりでいるときには、どことなく奇妙だが驚くほど甘く声量のある声でスコットランドの古い民謡を歌った。カーティスはひとりでに音を出すヴァイオリンの話を思い出し、ジョックが音楽に堪能《たんのう》であることが謎解明のひとつの手がかりになるような気がした。しかし、彼がヴァイオリンを弾くのは一度も聞いたことがなかった。

ジョックの話し方は早口で子どもっぽく、普段は能面のように無表情だったが、時折悪意のありそうな閃光《せんこう》が顔に射《さ》すことがあった。ジュリアに話しかけられた時は特にそうであった。彼はジュリアをひどく嫌っていた。笑うと……めったに笑わなかったが……極めて狡猾《こうかつ》そうに見えた。初対面の時から、彼は黒いコートを着た牧師に畏《い》怖《ふ》の念を抱いたらしく、できる限り顔を合わさぬよう避けている様子だった。しかし、カーティスは、この家の謎を解明したい一心で、ジョックを探し出した。

カーティスは、この幽霊騒動について、しだいに軽く考えるようになってきた。ブライス医師はこの件に関して話し合おうとしなかったし、シェルドン老牧師の記憶もかなり怪しいのではないかと疑いを持つようになった。それほどカーティスが下宿するようになってからというもの、すべてが普通で自然だったのだ。……ところがある晩、明かり取りの窓のある屋根裏部屋で夜更かしして仕事をしていると、誰かにじっと見られているような変な気分に襲われた。……しかも敵意のある眼差《まなざ》しを向けられているような気がした。気のせいかも知れない、と意識しないように努めたのだが、床についてから、風が強いので窓を閉めようとして起き上がると、また視線を感じた。

彼は向かいの月の光に照らされた牧師館に目をやり、一瞬、誰かが書斎の窓からこちらの様子を窺《うかが》っているのではないかと思った。翌朝、牧師館を確かめてみたが、誰かが侵入した形跡はなかった。ドアの鍵《かぎ》はかかっているし、窓はしっかり閉まっている。自分とシェルドン老牧師以外にここの鍵を持っている者はなかった。老牧師はグレン・セント・メアリーのナップ夫人の家を借りて住むようになったが、牧師館に蔵書や身のまわりのものをまだ置きっぱなしにしていたので、ちょくちょく出入りしていた。それにしても、あんな夜遅い時間に牧師館にやって来ることはない。カーティスは、月の光と木の影がもたらしたいたずらに違いないと決めつけた。

明らかに幽霊騒動の犯人は、今はおとなしくしている方が賢明であると心得ているようだった。若くて……その上……頭の切れる下宿人は、短い滞在の客人や老人、あるいは眠たげな迷信深い隣人とは毛色が違い、歯が立たない相手だと思われているのだろう。カーティスは、若さゆえの独りよがりな納得の仕方でこのように結論づけた。……ブライス医師やシェルドン老牧師たちが何を言おうと気にするものか。それでも、変わったことが何も起こらず、彼は残念でたまらなかった。幽霊とやらにぜひお目にかかってみたかったのだ。

ルシアもロング・アレックも自分たちの家の「幽霊」についてはひと言も言及しな

かったので、カーティスも何も聞いたりしなかった。しかし、アリスとはこの件について洗いざらい話し合った。カーティスが到着した晩に部屋にあいさつに入ると、彼女の方から口火を切ったのだ。

「あら、それじゃあ、あなたは我が家の幽霊だのお化けたちが怖くはないのですか？うちの屋根裏部屋にいっぱい潜んでいるのよ」アリスは彼に手を差し出しながら、唐突に言った。

ルシアは、毎晩、三十分間アリスの背中と肩をさするのが習慣だった。ちょうどそのマッサージを終えたルシアの顔色がぱっと紅潮し、その赤味のせいでとても美しく見えた。

「ほかにもなにかしてほしいことはありますか？」ルシアは小さな声で尋ねた。

「ないわ、ルシア、とても楽になったことよ。もう行ってお休みなさい。疲れたでしょう。私は新しい牧師さんとお近づきになりたいの」

ルシアは赤い顔のまま出て行った。幽霊のことに触れられるのを明らかに嫌っているようだった。カーティスはルシアを見つめるうちに、突然、戸惑うほど胸がドキドキするのを感じた。彼女を慰め……助け……その愛らしい日に焼けた顔から忍耐に疲れた表情を拭《ぬぐ》い去り……笑わせてあげたいと思った。

「お宅の幽霊やお化けたちのことはあまり真剣に受け止めていないのですよ、ハーパーさん」カーティスは、ルシアが、まだ声の届くところにいるのを見計らって言った。「まあ、あなたはお若くて素敵ね」アリスは言った。「今まで老牧師しか存じ上げなかったもの。まったく世の中の持ちまわりというのは不公平なもので、ここにはいつも使い古ししか回ってこないと思っていたのよ。なのにどうしてあなたが来られることになったのかしらね。私は若い人が好きよ。で、あなたは我が家のお化けは信じないとおっしゃるのね？」

「いろいろなことを話に聞きましたが、とても信じられません、ハーパーさん。どれもこれもまったく馬鹿《ばか》げた話だとしか思えません」

「でも、ほんとうのことなのよ……そう、ほとんどの話がね。みんなが噂《うわさ》したって、本当の幽霊たちは別に損をするわけもないでしょう。それにまだ誰にも知られていない話もありますのよ。バーンズさん、包み隠さずお話ししましょうか？　まだ誰にも打ち明けたことがない話があるの。ルシアもアレックも当然のことながら、耳をふさぎたくなるって言いますし……シェルドン牧師はあからさまに不愉快な顔をなさるし……外の人にはこんな話……とてもできませんからね。ブライス先生にだけは一度お話ししてみようと思ったことがあるんです……あの方は絶対に信頼のおける方ですからね……ところが、そういう話はご免だとおっしゃいました。あなたが数週間、うちに下宿なさると聞いた時には嬉《うれ》しかったですよ。バーンズさん、私はあなたがこの騒動の謎《なぞ》を解いてくださるものと期待せずにはいられませんわ……ルシアとアレックのために何としてもお願いします。あのふたりは命を削るような思いをしていますから。私の介護だけでも手にあまるほどだというのに……お化けや悪魔に加えてこの私ですから、それはもう大変なんていうものじゃありませんよ。その上、幽霊屋敷と噂される不面目のおかげで、どんなに苦しんでいることか知れないわ。家に幽霊がいるなんていうのは不名誉極まりないことですからね」

「この件についてあなたはどんなお考えをお持ちなのですか、ハーパーさん？」

「あら、私はジョックの仕業だと思っています……あるいはジョックとジュリアが結託しているか……どうやって、何の目的なのかはわからないけれど。ジョックは、本当は見かけの半分ほども馬鹿じゃないんじゃないかって思うんですよ。ブライス先生がおっしゃるには、頭がいいと思われているたくさんの人たちよりよほど勘がいいんじゃないかって。ずっと前は夜更《よふ》けに家の周りをうろついていたらしいわ……ウィンスロップ叔父によく捕まえられていました。でも、うろついているだけで別に何かしている様子はなかった……少なくとも私たちが見つけたときにはね」

「彼はいったいどんな経緯でこちらに雇われるようになったのですか?」

「ジョックの父親のデイヴ・マックリーが昔ここで雇われていました。ウィンスロップ叔父の黒い牡馬《おすうま》にヘンリー・キルデアが襲われたとき、デイヴがヘンリーの命を救ったの」

「ヘンリー・キルデア?」話がややこしくなってきた、とカーティスは思った。それにどういうわけかアリスがかすかに頰を紅くしている。

「ヘンリーもここで働いていました。もう何年も前に西海岸へ行ってしまったわ。この件については、彼は何の関係もありませんけれどね……」このひと言でカーティスにはなぜアリスが顔を紅くしたのかがわかった。おそらく子ども心にアリスの気になる存在だったのだろう……。

「ウィンスロップ叔父は大変な事故を未然に防いでくれた、とたいそう感謝して、翌年デイヴが亡《な》くなった時に……身寄りのないやもめだったので……息子のジョックの面倒は一生うちでみてやるって約束をしていたのです。ルシアとアレックの代になってもその約束を守り通しているというわけです。私たちフィールド一族というのは身内で結束する習性があるのですよ、バーンズさん。いつ何時でもお互い助け合って、一族の伝統を固く守り通すのです。ジョックの面倒をみるのが我々の長年の確固たる習慣になってしまったんですね。彼がお給料に見合うだけのことをしているかどうかは関係ないのです」

「ジュリア・マーシュが黒という可能性はありますか？」

「ジュリアがそんなことをするとは思えません。騒動が起きるのは彼女がいないときですし。一度だけ彼女が怪しいと思ったのは、教会の夕食会の会費が、アレックがうちに持ち帰ってきた次の晩になくなったときです。彼は教会の役員会の会計係でした。彼の仕事机から百ドルが消えてしまったのです。ジョックが盗んだとは考えられません。だってお金の価値もわからない人ですから。その年、マーシュ一族は大奮発して新しいドレスをとっかえひっかえ買いあさっていたらしいですよ。ジュリアだって紫色の絹をまとって登場しましたもの。あの人たちの言い分は、伯父が西部で亡くなり、遺産がころがりこんだっていうことでしたがね。お金が盗まれたのはその時だけでしたけれど」

「ジュリアの仕業だったに違いありませんね、ハーパーさん」

「私もそう思います、バーンズさん……。ルシアが幽霊騒動の犯人だとほのめかすような人はいましたか？」

「そうですね……シェルドン老牧師からそういうことを言う人もある、と聞きました」

「シェルドン牧師がですって！　あの方がどうしてそんなことをおっしゃるのでしょう？　残酷で悪意に満ちた嘘《うそ》だわ」アリスは語気を強めて叫んだ……あまりにも強い言い方だったので彼だけでなく彼女自身をも納得させようとしているかのようにカーティスには思えた。「ルシアはそんなことできっこありませんよ……絶対に。決してできるわけがないわ。私ほどあの子のことをわかっている者はいませんよ、バーンズさん。ほんとうにやさしくて……我慢強くて……あの子の……あの子のフィールド魂ときたら。自分自身の人生をあきらめて、この町で働き、モーブレイ・ナローズにわが身を埋もれさせているのはいったい何のためだとお思いになりますか？　まさしく私のせいなのですよ！　そう思うと私は気が狂いそうになるのです。一瞬たりともいやですよ、バーンズさん、ルシアがこの家で起こってきた騒動の犯人だなんて信じないでくださいね。たとえシェルドン牧師やブライス先生がどんなことを……おお、そうだわ、先生だって疑ってらっしゃる……」

「もちろん私はそんなこと信じませんよ。それに、ブライス先生もそんなことを私にほのめかしたりしていませんよ。シェルドン牧師だって、ほかの人たちが言っている、と教えてくださっただけです。でも、ジョックでもない、ジュリアでもないとなると、いったい誰なんだ？」

「それがわからないのです。私ももしかして、とふとある考えが頭によぎりはしたんです……でもそれはあまりにでたらめな……あまりにとっぴな思いつき……言葉にさえできませんでした。ブライス先生にはそれとなく話したんです……すると、剣突《けんつく》を食わされました。ブライス先生は人を戒めなければならないと思ったときに、きっちりもの申すことのできる方です。本当ですよ」

「最近なにごとか起こりましたか？」

「そうね、電話が鳴ったわ、真夜中と午前三時に毎晩、一週間続いたわ。それから、アレックが新たな呪《のろ》いを見つけたの……血で書かれた文字……逆さ文字だったから鏡に映るとちゃんと読めるんです。この家のお化けはよほど執念深いと見えるわ、バーンズさん。これはいちばんひどい仕打ちだった。テーブルの引き出しで見つかったの。ルシアから私がもらい受けたものだったのですが……ルシアが気がついたんです。お見せしたいと思っていたのよ、あなたと……ブライス先生にも。ええ、それがまさにこれよ……私の小さな手鏡に映してごらんなさい」

「『天国も地獄もおまえの幸福をぶっ壊すだろう。愛する人々からむごい仕打ちを受けるだろう。おまえの人生は壊滅し、おまえの家族は世間から見捨てられるだろう』

ううむ……この幽霊は便箋《びんせん》に関してはあまりいい趣味ではないと見えますね」文字が書きなぐられた青い罫線《けいせん》の入った用紙を眺めながら、カーティスは言った。

「ええ……かなり悪いわね。それに『歯滅』ですって、『破滅』なのに。綴《つづ》りが間違っているでしょう。それでも文章全体の構成はジョックの能力を超えていますよ……ジュリアのもね。この点ではシェルドン牧師とブライス先生と同意見なのです。おといの夜、食糧庫に置いてあった冷めたチキンスープに灯油を注ぎいれたのはジョックのやりそうなことです。壺《つぼ》いっぱいに入っていた糖蜜《とうみつ》が、居間の絨毯《じゅうたん》のそこいらじゅうにこぼしてあったのも。その手の思わず笑ってしまういたずらはジョックに違いないの。かわいそうにルシアは汚れを拭い取るのに一日がかりの大仕事だったのですよ。もちろんジュリアの仕業かもしれないわ。あの子はルシアを忌《い》み嫌っているの。この家の主婦だからっていう理由でね」

「しかし、そういう類《たぐい》のいたずらの首謀者は簡単に捕まえられそうなのに」

「いつやっているのかがわかればね……ええ、そうですとも。でも一晩中見張っているわけにいきませんもの。それに誰かが目を光らせていれば、何ごとも起こらないのですよ」

「とすると、犯人はこの家の誰かということの証明ではありませんか。外の者だとしたら見張りがいるかいないかまではわからないものな」

「根も葉もない噂が飛び交うモーブレイ・ナローズでは、確かな事実を掴《つか》むのは至難の業です。でもね、バーンズさん、二週間前にゆりかごがひとりでに揺れて、屋根裏部屋で一晩中ヴァイオリンの気味の悪い音色が聞こえたのは、ジュリアが留守で、ジョックがアレックと一緒に牛小屋に病気の牛の世話をしに行っている時だったんですよ。ふたりはほんのひと時も離れたりはしなかったというのです。この話をブライス先生にしたら、先生はただ肩をぶるっと震わせただけでしたよ」

「あなたはブライス先生をよく引き合いに出されますね。ブライス夫人はどんな方ですか？」

「先生はアレックと話しによくここへ見えるのですよ。ブライス夫人のことはあまりよく存じ上げません。あの方を嫌っている人もいますわ……でもちょっとお見受けしたところでは、とても魅力的な女性のように思いますよ」

「あの声の話ですが……死んだ人たちの声が聞こえたというのは本当ですか？」

「はい」アリスは身を震わせた。「しょっちゅう起きるわけではありません……でも本当に聞こえたのです。あまりこのことは話したくないわ」

「そうかもしれませんが、謎を解明するお手伝いをさせていただくなら、何でも聞いておかなければなりません」

「そう、ある晩、この部屋のドアの外でウィンスロップ叔父さまの声が聞こえたのです。『アリス、なにか必要なことはないかね？　みんなはおまえによくしてくれているかね？』生前もよくそう声をかけてくれたわ。とてもおだやかな調子だから寝ていてもちっとも気にならないくらいよ。もちろん叔父さまの本物の声であるはずがない……誰かがまねしていたわけですものね」そう言うと彼女は何気なく付け加えた。

「うちのお化けは大変な芸達者だわ。裏表がなければわかりやすいんだけれど、背筋が凍るような恐ろしさといたずらっぽさを合わせ持っているのだから、複雑で解明するにはなかなか厄介だわ」

「ということは、首謀者は複数いるということも考えられるでしょうかね」

「私は今までそう言ってきたのよ……でも……まあ、いいわ、その点にこだわるのはよしましょう。呪いのせいでアレックが気をもんでいるの。ルシアが話してくれたわ。最近神経が参ってしまっているって……この騒動はふたりにとって相当な重荷なのよ。実際、あまりにもたくさんの呪いの言葉をかけられているの……ほとんどが聖書の一節なのだけれど。うちのお化けは聖書の知識があるの、バーンズさん……これもうひとつジョックやジュリアの犯人説を否定する点なのですよ」

「いや、それにしても、この仕打ちは耐えがたい……迫害といってもいいですよ。あなたの家族をひどく憎んでいる者がいるに違いない」

「モーブレイ・ナローズに恨みを、ですか？　おお、それは違います。そうだとしても私たちは慣れてしまっています、多かれ少なかれ。少なくとも、ルシアとアレックは平気です。というか平気そうに見えます。去年の秋、刈り取り結束機の納屋《なや》が火事で焼けてしまうまでは、私もあまり気にしていませんでした。あの一件はさすがに応《こた》えました。それ以来、次は家に火をつけられるのではないかと恐怖にとりつかれています……それでここに監禁状態です」

「監禁ですって！」

「ええ、そうですとも。私は、毎晩、ルシアに頼んで部屋の鍵《かぎ》をかけてもらっています……彼女はいやがるんですけれどね。ちっとも眠れないんですもの……いつでも情けない不眠症なの、やっと明け方に眠れるだけなの。でも、ドアに鍵をかけてもらわなければ一睡もできないのよ。家の周りをどんな人がうろついてるかわかりませんからね」

「でも、鍵がかかっていてもおかしなことが起こらないとも限りませんよ……ミン・ディーコンとマギー・エルドンの話に信憑《しんぴょう》性があるならば」

「ああ、ミンとマギーが怖い目にあったとき、本当に鍵を閉めていたかどうかは疑わしいものよ。もちろん自分たちは閉めたと思っているようだけれど。でも、一度だけ忘れたんだわ。ともかく私の部屋の鍵は確かにいつもかかっているのよ」

「それは賢明なことだとは思いませんよ、ハーパーさん。本当ですよ」

「おお、ドアは古くて、薄っぺらだし、必要に迫られたら、簡単に壊されて侵入されることでしょうよ。まあ、今はこのことについてこれ以上話すのはよしましょう。でも、目をしっかり見開いてずっと見ていていただきたいものだわ……ものたとえですけれどね……つまり、みんなに関わり合いがある以上は……しっかりと見張っていていただきたいということよ……お互い協力して何ができるか考えてみましょう。そして、教会のお仕事のお手伝いを私もできる限りさせていただきますね。シェルドン老牧師のときもそうでしたから……あの方にとってはほんとうは私など必要なかったのだと思いますが」

「私はあなたに助けていただきたいし、相談にも乗っていただきたいです、ハーパーさん。それにシェルドン先生は、あなたの影響力、お働きを大変褒めておいででしたよ」

「まあね、ここにいながら私ができることがあればしたいと思うわ。ここのところちょっと外に出るだけで……ふぅーっ！……蠟燭《ろうそく》の火がちらちらと揺れて消えてしまうみたいなのよ。心臓の具合がよくないの。おやおや、余計な気をお遣いにならないでね……何か気の利《き》いたことを言おうかなんて言葉を探さないでくださいな」

「そんなつもりではありません」カーティスは否定したが、実は彼女の観察は当たっていなくもなかった。「でも、お医者さんに……」

「ブライス先生に診ていただいたところによると、心臓はどこも悪くないのですって。原因は神経だっていうことなの。でも別のお医者さまたちは違うことを言うのよ。私にはわかっているわ。私はあまりにも長い年月死と向き合ってきたから怖くなんかないんです。ただ時々眠れない長い夜にちょっと恐ろしくなることもあるわ……こうして生きている日々だって私には無意味にしか思えないの。弄《もてあそ》ばれているような気がする時もあるわ。まあ、私の運命なんて、結局のところ、ほかの大勢の人たちに比べたら、ぞんざいに扱われているのよ」

「ハーパーさん、治療の余地は何かないものでしょうかね？」

「まったくないわね。ご存じのとおり、ウィンスロップ叔父はブライス先生のおっしゃることだけを聞いていたわけではないのです。叔父は、ここに一ダースほどの専門家たちを連れてきました。最後に診ていただいたのはハリファックスのクリフォード先生でしたわ……先生のことはご存じですか？　治療を受けてもよくなる見込みがなかったので、もうお医者さまに診ていただくのはいやだと叔父にきっぱり言ったんです。お医者さまたちにこれ以上、私のためにお金をかけてもらいたくなかったのです。しかも見合うだけのことができなくて、ただ無駄にするだけなんていやですもの。だからおわかりいただけるでしょう、ブライス先生のおっしゃることは、この場合、とにかく、確かに道理にかなっているのですよ」

「でも医療は日進月歩ですし……」

「私には何も役立つことはありませんよ。ええ、暮らし向きもほかの大勢の人たち並みで、さして悪いわけではありません。みんなよくしてくださいますし……私だってまったくの役立たずではないとひそかに信じていますもの。どうしようもなく苦しくて辛《つら》いのはせいぜい週に一度かそこらですから。だからこの話はもうこのくらいにしておきましょう。バーンズさん、私は教会のお務めに興味がありますわ。それにあなたがここで成功なさることにもね。うまくいくよう祈っていますよ」

「私もそう祈ります」カーティスは笑った……笑いたい気分ではなかったのだけれども。

「温厚すぎる必要はありませんよ」アリスはまじめぶって、けれどもいたずらっぽく目をキラキラさせながら言った。「シェルドン老牧師はどんなことがあっても取り乱したりなさらなかったわ。信者たちからどんなにひどい厄介をかけられてもね」

「聖人というのはたいがいそういうものです」カーティスは言った。

「お気の毒に、引退なさりたくなかったでしょうにね。でももう潮時でしたわ。教団は年をとった人たちをどう扱ったらいいかわからないのね。老牧師は奥様が亡《な》くなってから、すっかり人が変わっておしまいになったわ。本当にお辛かったのよ。事実、亡くなってから一年の間は、心を病んでしまわれたか、ってみんなが思うほどでしたよ。言動も行動も変でしたもの。自分が何をしたか、なにを言ったかまったく憶《おぼ》えていないのですから。それにね、アレックに八つ当たりなさったりしたのよ……君はまともではないっておっしゃって。でももう過ぎたことですけれど。そこのブラインドを上げて、明かりを少し落としていただけますか？　ありがとう。今夜は厳かな風が樹木の間を吹きぬけているわね！　それに月の光がないわ。私は月の光が嫌いなの。いつだって忘れたいことを思い起こさせるんですもの。おやすみなさい。『お化け』が夢にも現実にも出ませんように」

カーティスは、寝ても覚めても「お化け」を見なかった。その後も彼は長い時間起きていて、モーブレイ・ナローズで牧師職に就くや知ることとなった不幸な事件について思いを巡らしていた……モーブレイ・ナローズは常識的な人々の住む静かな村であるというのに。

カーティスは、異常な現象を見ることも聞くこともないので少々がっかりしていた。けれども、何週間も経《た》つと、自分が「呪われている」はずの家に住んでいることすらほとんど忘れてしまっていた。彼は、信徒たちとの面会に忙しかったし、間違いなくシェルドン老牧師がずるずると滞らせていた教会の雑務を片づけるのに追われていた。こうした日々を過ごすうちに、彼は、アリスの手助けが大変貴重なことに気がついた。彼女がいなければ聖歌隊を再結成することはできなかった。彼女といるとイライラした気分が和らぎ、人を嫉《ねた》む感情も紛らわすことができた。カーク執事が、ボーイスカウトの活動に強硬に反対しようとした時に、うまく間に入って取り持ってくれたのも彼女だった。彼女が厄介事が次々起こる日々の苦労を癒《い》やしてくれたのだ。

「それにシェルドン老牧師もこれに賛成の意を示してくださらなかったのですよ」彼は苦い顔をして声をあげた。

「年をとった人たちは新しい考えを取り入れようとはしないものですよ」アリスはおだやかに言った。「カークさんのことは気になさることないわ。生まれついてのわからず屋なのよ。その話はスーザン・ベーカーからも聞かされると思うわ。あの人は、いい人ではあるわよ。クリスチャンであるからには少々みすぼらしく、つむじ曲がりでいるべきだという信念を捨てれば、なかなか素敵な人物になるだろうと思うのだけれど」

「私もあなたのように心広くいられればと思うのですが、ハーパーさん。あなたと話していると自分が恥ずかしくなります」

「私は寛容でいることを厳しい学校時代に学びました。もともと寛容だったわけではありません。それにしても、カークさんはおかしな方よね……あの方の言い分をあなたにも聞かせたかったわ」

アリスがカーク執事の物真似《ものまね》をすると、カーティスは吹き出し、笑いが止まらなくなった。アリスは自分の思惑が成功してにんまりした。カーティスは何か困ったことがあると、何でもアリスに相談するようになった。シェルドン老牧師にはそれが気に入らないのだと陰で言う者も出てきた。彼にとってアリスは偶像のような存在で、聖堂の聖母マリアのように崇拝していたのだ。

けれども彼女にも小さな欠点はあった。家、教会、地域のできごとは何もかも知らなくては気がすまなかった。少しでも蚊帳《かや》の外に置かれていると思うと、すぐひがんでしまった。彼女がブライス医師あるいはブライス夫人にあまり関心がないように装《よそお》っているのはこうした理由からだろう、とカーティスは推測した。グレン・セント・メアリーでもモーブレイ・ナローズでも自分の知らないところで誰からも慕われているふたりが、どうも気に入らなかったのだ。

カーティスは、アリスがほんの些細《ささい》なことでも知らされずにいると妙にやきもちを焼くと知ったので、日常の瑣末《さまつ》な出来事まで、こと細かに報告した。彼女は、カーティスが外で何を食べてきたか、どんな結婚式に立ち会ったか、しきりに根掘り葉掘り聞きたがった。

「結婚式というのはどれも興味深いものですね」彼女は決めつけるように言った。

「知らない人の結婚式でもね」

彼女は、カーティスが説教を練っている時に、その内容について議論するのを楽しんだ。そして、彼が時々、彼女の選んだ聖書の箇所を引用して説教すると、子どものように喜んだ。

カーティスは満足していた。仕事は充実していたし、下宿もとても居心地がよかった。ロング・アレックは知性的で、博識だった。ブライス医師は、時折立ち寄り、長い時間、興味深い会話に花を咲かせた。リチャーズ夫人が病院で亡くなると、カーティスがフィールド家に好きなだけ留まっていることは、誰の目にも自然な成り行きとなった。モーブレイ・ナローズの住人たちは、ルシアとの恋愛にはいい顔はしなかったが、下宿し続けるのは仕方がないとしぶしぶ認めたようであった。

教会員たちは皆、カーティス自身が自分の気持ちに気づく前に、彼がルシアに恋をしたことに気がついていた。彼は、ロング・アレックの雄弁さやアリスの茶目っ気に魅力を感じるのと同じように、ルシアの物静かなところに惹《ひ》かれるのだ、と冷静に自分の気持ちを分析していた。ルシアの日焼けした美しい顔に比べると、ほかの少女たちの顔はつまらなくて面白みに欠ける、と客観的に評価しているつもりだった。ルシアが掃除の行き届いた、古めかしく厳かな部屋を行き来し、磨きあげた階段を下りて来たり、庭で花を切ったり、台所でサラダやケーキを作ったりしている……その彼女の清楚《せいそ》な姿に感化され、自分も信者たちの間を行ったり来たりする時に、まるで完璧《かんぺき》な和音が鳴り響くように、魔法にかけられたかのように感動で魂が打ち震えるのだ、と信じこんでいた。彼女に対する心の変化のためにそう感じるのだとはまったく夢にも思わなかった。

ある時、カーティスは知らないうちに自分の心に芽生えた感情に気づきかけて身震いした……アリスのために、ルシアがバラを持って家の中に入って来た時のことだった。シェルドン老牧師も、ちょうどモントリオールの友人に会いに行って帰ってきたところで、一緒だった。ボーイスカウトの組織の一件でもめて以来、ここを離れていたのだ。

ルシアはどう見ても泣いたあとの顔をしていた。彼女は容易に泣き出すような娘ではなかった。カーティスはとっさに彼女の頭を肩に抱き寄せ、なぐさめてあげたい衝動に駆られた。その思いが顔にありありと表われているのは、誰の目にも明らかだった。

アリスが痛みの発作で顔を歪《ゆが》め、あえぎながら叫ぶ声が聞こえ、彼はルシアに付き添いアリスのもとへと急いだ。

「ルシア……戻ってきて……早く、お願い。まただわ……いつもの……発作が……」

シェルドン老牧師は、早々に引き上げることにした。カーティスはその後丸一日ほど、ルシアの姿を見ることはなかった。ルシアは、アリスの薄暗い部屋にほとんどこもりっきりで、苦しみを和らげてあげようと介抱していたが、少しもよくなる気配はなかった。結局カーティスは、もうしばらくの間、自分のルシアに対する気持ちにはっきりとは気がつかないままでいることになった。片やシェルドン老牧師は、そんなことはもってのほか、ぜったいにあってはならないことだ、と首を横に振りひとり呟《つぶや》いていた。

カーティスが、シェルドン老牧師を見送り、戻ってくる時に、美しい白樺《しらかば》の木が切り倒されているのに気がついた。庭の隅で樅《もみ》の木に囲まれてすくすく伸びていた若木だった。ルシアのいちばんのお気に入りで……前の晩どんなにその木を愛しているかを話してくれたばかりだった。無残にも地面に横倒しになり、やわらかな葉が哀れにも小刻みに震えていた。

カーティスは、このことをロング・アレックにやや重々しい口調で伝えた。

「夕べはなんともなかったのに」ロング・アレックは言った。「シェルドン先生が駅に行くのでとあいさつを交わした時に、先生があの木を絶賛なさったのですよ」

カーティスは目を見開いた。

「あなたが切ったのでは……あるいは切るように誰かに頼んだのではないのですか？　家の周りの木々が大きくなってうっそうとし過ぎているとおっしゃっていましたよね」

「でも白樺は切ったりしませんよ。今朝起きたらこうなっていた」

「それじゃあ……いったい誰が切り倒したんだ？」

「我が家の親愛なる幽霊さんでしょう」ロング・アレックは顔を背けながら苦々しそ

うに言った。アレックはこれまで幽霊の話を自らすすんですることはなかった。

カーティスは、裏手のベランダからジュリアが琥珀色《こはくいろ》の目に奇妙な表情を浮かべてこちらの様子を窺《うかが》っているのに気づいた。彼は、前の日、ジュリアがジョックに薪割《まきわ》り専用の斧《おの》の刃を研いでおくように、と頼んでいたのを思い出した。

それからの三週間は考えなければならないことが山ほど起こった。ある晩、カーティスはフィールド家にかかった電話のベルで起こされ、ひと晩中ベッドの上でまんじりともしなかった。頭上の屋根裏部屋ではゆりかごが間違いなく揺れていた。カーティスは起き上がり、ガウンを引っ掛けると、懐中電灯をつかんで、玄関の広間へ下りて行き、小部屋の扉を開け、屋根裏へと奥の階段を駆け上った。すると、ゆりかごは止まっていた。細い部屋は、がらんとしていて、天井の垂木《たるき》の下にはハーブの束や羽の入った袋や古着が吊《つ》るしてあった。床にはほとんど何も置いていなかった……大きな箱が二つ、糸車、それに羊毛入りの袋がいくつか。ネズミなら飛び込んで身を隠すことができるだろうが、それより大きなものは隠れようがなかった。カーティスは階下に戻ることにした。階段を下りるにつれて、気味の悪いヴァイオリンの旋律が背後から迫ってくるのを感じた。不快さに神経が縮むような心地だったが、もう一度階段を駆け上がった。しかし異常なし……誰もいなかった。屋根裏部屋は先程と変わらず静かでがらんとしたままだった。ところが、階段を下りはじめると、また音楽が聞こえた。

食事室ではまた電話のベルが鳴り出した。カーティスは階段を駆け下り、受話器を取った。何の返答もない。中央の電話局を呼び出しても埒《らち》があかなかった。地区の支線なので二十軒が加入登録し、共同で使っているのだった。

カーティスは、食事室を離れて、ロング・アレックの寝室のドアの外で慎重に聞き耳を立てた。ロング・アレックの寝息が聞こえた。次に台所の階段を爪先立《つまさきだ》って上がり、ジョックの部屋のドアのところで立ち止まると、ジョックはいびきをかいて寝ていた。そして逆戻りして正面階段を上った。電話がまた鳴った。階段の向こう側にはアリスの部屋のドアがあった。そこでは耳をそばだてたりはしなかったが、彼女の部屋にはいつもどおり明かりが灯《とも》り、讃美歌《さんびか》の二十三番をやさしい澄んだ声でくり返し歌うのがもれ聞こえた。玄関の広間から数歩のところ、自分の部屋の向かいが、ジュリアの部屋だった。

カーティスはドアの外で耳をすませてみたが、何も聞こえなかった。ルシアの部屋は階段の手すりの向こうにあった。そこでは聞き耳を立てなかった。ジュリアと……ルシア以外の者は皆、部屋にいるという確証を得て、胸騒ぎを感じないではいられなかった。彼は部屋に戻り、しばらく顔をしかめていたが、寝床にはいった。

ところが眠りにつこうとした矢先、間違いなくドアの向こう側から気味の悪い、人を馬鹿《ばか》にするような笑い声が聞こえてきた。

カーティスは生まれて初めて、吐き気がするような恐怖を感じ、尋常ではないじっとりとした汗が吹き出した。シェルドン老牧師の言葉が蘇《よみがえ》ってきた……「人間のなせる業とは到底思えない……」

しばし恐怖に打ちのめされていたが、歯を食いしばりベッドから飛び起きて、ドアを思いっきり開いた。ところが、だだっ広い廊下には誰もいなかった。真向かいの、ピタッと閉まったジュリアの部屋のドアが、人目をはばかりながらも勝利にほくそ笑んでいるように感じられた。彼女のいびきも聞こえてきた。

「プライス先生は、この笑い声をお聞きになったことがあるだろうか？」カーティスはすごすごベッドに戻りながら思った。

結局そのあと、彼は一睡もできなかった。朝食のテーブルに着くと、ルシアが心配そうな顔をした。

「あのう……夕べはよく眠れなかったのですか？」彼女は躊躇《ちゅうちょ》した末に尋ねた。

「あまりね」カーティスは言った。「この屋敷中をかなりの時間うろつきまわって、恥知らずにもひと部屋ごとに盗み聞きをしていたものでね……でも結局得るものなしでした。まったく私としたことが、賢明にはほど遠いですね」

ルシアはかすかな弱々しい微笑らしき表情を浮かべた。

「もしうろつきまわったり、盗み聞きしたりして謎《なぞ》が解けるのでしたら、もうとっくに解決していることですわ。ロング・アレックも私も、もう謎解きはあきらめましたの……この奇妙な現象の。よほど恐ろしいことが起こらない限り、今ではたいがい夜通し眠れますわ。私は……何ごとも起こりませんように願っていましたのよ……少なくともあなたがここにいらっしゃる間は。これほど長期間騒ぎが起こらないということは、今まではありませんでしたから」

「この私に調査を全権委任していただけますか?」カーティスは尋ねた。

彼は、ルシアが明らかに躊躇するのに気づかずにはいられなかった。

「ええ、よろしいですよ」彼女はやっとのことで答えた。「ただ……どうかこの件については、私にはもうお話しにならないでくださいね。お聞きするのも耐えがたいんですの。軟弱で馬鹿みたいだと自分でも思うのですよ。でも私には耐えられないことなのです。一度ブライス先生か奥様にお話ししたことがありました……今となっては、あの方たちともこの騒ぎについて話し合うなんてとてもできません。ブライスご夫妻にはもちろんお会いになったでしょう……素敵な方たちだとお思いになりませんこと?」

「私はブライス夫人が大好きです……しかし、先生の方はちょっと皮肉屋のように思えますが……」

「それは、あなたがお話しなさろうとするからでしょう……うちの幽霊騒ぎのことをね、先生に……。先生があのことを……まったく……信じようとなさらないのはどうしてなのかしら、と実はずっと思っているのです。ええ、もちろん先生も『調査』してくださったのです……。ほかにも調べてくださった方は大勢いらっしゃいましたけれど、どなたも何の手がかりもつかめなかったのです」

「わかりました」カーティスは言ったが、騒動について何かがわかったわけではなかった。「とにかく私はこのお屋敷の『幽霊』を捕まえて見せますよ、フィールドさん。ぜったい謎を解明しなくてはなりません。こんな馬鹿な話ってないですよ、この国で……この二十世紀に……我慢なりませんよ。あなたの人生も、お兄様の人生も台無しではないですか、この先もここにお住まいになるというのなら」

「私たちはここに住み続けなくてはなりません」ルシアは悲しそうな笑みを浮かべて言った。「アレックはここを売りに出すという話に耳を貸すはずがありません。売りに出しても誰が買うものでしょうか？　それに何よりも私たちはこの慣れ親しんだ場所を愛しているのです」

「本気でそうお思いになっているのですか？」カーティスはためらいながら尋ねた。

「……それにお聞きしてはいけないことだったら大変申し訳なく思うのですが。つまらない好奇心から言っているのではない、とどうか信じてください。ポーラックさんがお兄様と結婚しないのはこの幽霊沙汰《ざた》が原因だというのは本当ですか？」

ルシアの表情が少し変わった。彼女の真っ赤な唇がいくぶん色あせたように思えた。先代のウィンスロップ・フィールドと懇意にしていた人々なら、ルシアが父親によく似てきたと言ったことであろう。

「私のことを無礼だとお思いになるのでしたら、答えなくて結構ですが」カーティスはすまなそうに言った。

「もしもそれが……なんというかポーラックさんのお気持ちはよく存じませんわ……そんなことでアレックが気の毒がられる筋合いはありません。ポーラック一族なんてお相手になりませんもの。エドナの伯父の一人は牢屋《ろうや》で亡《な》くなったんですから」

フィールドの家柄に対する誇り……カーティスは、ルシアの見せたささやかなこだわりが魅力的だと思った。日に焼けた可愛《かわい》らしいこの女性がひどく人間味あふれた存在に感じられたのだ。

それから数週間は、カーティスは時々気がおかしくなってしまうのではないか、と思うほどだった。あるいは時としてこの屋敷のすべての人々がおかしくなっているのではないか、と思うこともあった。ブライス医師は医学会のためどこかへ出かけており、シェルドン老牧師は気管支炎のため寝こんでいた。ブライス医師のところの看護婦は、実は老牧師がそうと思い込んでいるだけだ、と言うのだが……。エマ・モーブレイは気が短いので知られているが、その彼女が言うには、老牧師の病気は、ベッドでじっと寝ていないせいなのだそうだ。

カーティスは、屋敷中をくまなく歩きまわり……丹念に調べ……何時間も寝ずに張り込みをし……ひと晩中屋根裏部屋で過ごした……それでも結局何の成果も得られなかった。教会の信徒たちが批判的になってきていることにも気づいていた……下宿先を変えるべきだとか、牧師館に引っ越すべきだとか、彼らは口々に言っていた。

騒動はほとんど毎日のように起こり……馬鹿げたいたずらや恐ろしい嫌がらせがごたまぜだった。市場に出荷するためにまとめておいた十二ダースの卵が、ぐちゃぐちゃに割られて台所の床に散乱していた。ルシアの新調の薄地のドレスがズタズタにされて客間の洋服ダンスで見つかった。彼女は取り乱した様子は見せなかった……もともと気に入らないドレスだったようだ。ヴァイオリンが不吉な調べを奏《かな》で、ゆりかごがひとりでにギコギコと揺れた。そして時々、屋敷中に悪魔のような笑い声が轟《とどろ》いた。一階の家具すべてが、部屋の真ん中に積み重ねられていることも何度かあり……その度に元に戻すのがルシアにとって一日がかりの仕事になってしまった。というのは、ジュリアが「幽霊の仕業」にはぜったい関わりたくないと言って手伝おうとしなかったからだ。夜には鍵《かぎ》がかかっていたはずの外の扉が、朝になると開け放たれていた。鍵はアレックがひと晩中、自分の枕《まくら》の下に隠しもって寝ていたにもかかわらず。搾乳《さくにゅう》場では大型の牛乳缶の栓が抜かれ、一週間分の牛乳が地面にこぼされていた。客室のベッドは、誰かがひと晩もぐり込んで寝たかのように、布団《ふとん》がくしゃくしゃに乱れていた。豚や牛たちは放され、庭で大騒ぎしていた。張り替えたばかりの廊下の壁紙一面にインクがまき散らされていた。殺風景な何の変哲もない屋根裏部屋からいろいろな声が聞こえてきた。そして極めつけは、ルシアの飼っていた子猫が……小さな美しいペルシア猫が……カーティスが彼女のためにシャーロットタウンから連れてきたのだったが……裏のベランダで首を吊られているのが見つかったのだ。哀れにも小さなからだが透かし彫りの施された柵《さく》からだらんとぶら下がっていた。

「あなたからいただいた時からこうなるんじゃないかって思っていたのよ」ルシアは

辛《つら》そうに言った。「四年前、ブライス夫人が可愛らしい子犬を下さったんです。その子は絞め殺されてしまいました。それ以来、決してペットは飼わないことに決めていたんです。私が愛するものはみんな死んでしまう、壊されてしまう。私の真白な子牛も……私の子犬も……私の白樺《しらかば》も……そして今度は私の子猫も」

ほとんどの場合、カーティスはひとりで調査を進めていた。アレックは、幽霊捕獲作戦にはもう飽き飽きだ、とぶっきらぼうに答えた。長すぎる年月ずっと関わってきて、もうとっくにあきらめてしまったのだ。幽霊たちがこの家から出て行ってしまうまで、好きにやらせておくつもりだった。カーティスは病み上がりのシェルドン老牧師と一緒に見回ったことが一、二度あった。その夜は、老牧師のポケットから鍵が落ちた以外は何ごとも起こらなかった……その大きな鍵は、アレックの持っている台所の鍵とそっくりだった。シェルドン牧師はいくぶんあわてた様子で鍵を拾いあげ、牧師館で以前使っていた古い鍵だと言った。ブライス医師が学会から戻ったので、夜回りを一緒にしないか、と誘ってみたが、そっけなく断られた。幽霊はずる賢すぎて手に負えないという理由だった。

そんな折、ヘンリー・キルデアが登場し、協力してくれることになった。

彼は初めは自信たっぷりだった。

「幽霊の野郎を朝までにとっ捕まえて、納屋《なや》の扉に釘《くぎ》づけにしてやるぞ、牧師先生」

彼は大口をたたいた。

ところが、屋根裏部屋からウィンスロップ・フィールドの声が聞こえると、目に見えない恐怖におののいて、すごすごとしり込みする始末だった。

「先生、もうお化けは勘弁してください。何もおっしゃらないでください……おれは亡くなったウィンスロップ様のお声はよく覚えています……ここで三年働きましたからね。こんな馬鹿なことってあるか知れないが、あれは間違いなくご主人のウィンスロップ様の声だ。先生、どこかにテントでも張って野宿することになったとしても、この屋敷からはすぐに出て行かれた方がいいですよ。本当です、こんなとこじゃ、まともじゃいられないです」

ヘンリー・キルデアがモーブレイ・ナローズに帰郷したことは、村に少なからずセンセーションを巻き起こした。彼はブリティッシュ・コロンビアへ移り、伐採業で大《おお》儲《もう》けして、一生左団扇《ひだりうちわ》で暮らせるほどの富を築きあげたと噂《うわさ》されていたからだ。確かに彼は羽振りよくあちこちにお金をばら撒《ま》いていた。従弟《いとこ》のところに身を寄せていたが、ほぼ一日中フィールド家に入り浸っていた。フィールド家の人々も彼の訪問を喜んでいた。ヘンリーは、かなりのはったり屋で、情が厚く、垢抜《あかぬ》けているとは言えないまでもそこそこハンサムで、心が広く、自慢好きだった。西海岸での武勇伝はアリスを飽きさせることがなかった。何年も幽閉生活を余儀なくされている彼女にとって、冒険と波乱に満ちた素晴らしく自由な世界を垣間見《かいまみ》させてもらえるひとときだった。それなのに、勇敢にも北の大地の沈黙と寒さと恐怖に立ち向かってきたヘンリーが、フィールド家の幽霊に怖気《おじけ》づいたとは。彼はもうひと晩この屋敷に泊まることを勧められても、きっぱりと断った。

「牧師先生、この屋敷には悪魔がうようよしていますよ……間違いないです。あのアンナ・マーシュの魂が浮かばれずにさまよっているに違いない。ブライス先生は笑いたいだけ笑えばいい……でもあの女は決して行儀のいい振る舞いはしやしない……だからウィンスロップのご主人様を墓から引きずりだしているんだ。もし誰かがこの土地がほしいというなら、アレックさんは手放しちまった方がいいですよ。おれはほしくはないが……アリスと……ルシアだけでも……ここから連れ出したいものですよ。いつの夜か、あの子猫みたいに首から吊《つ》るされちまうに違いない……」

カーティスはこの上なく腹立たしい気持ちになった。この屋敷に住む者がいろいろと手を尽くしてみたところでうまくいかなかったというのに、外の者にいったい何ができるというのだろうか。時々、彼はすっかり混乱させられ、惑わされ、この屋敷が本当に呪《のろ》われているのだと危うく信じこみそうになっていた。幽霊の仕業ではないとしたら、自分はからかわれているのだろうか。何にしても耐えがたかった。この家で起こる異常なできごとは、ブライス医師とシェルドン老牧師は別として、外には漏らしてはいけないというのが暗黙の了解であった。ブライス医師とこの話をしたところで何の満足感も得られなかった。シェルドン老牧師にしても、牧師館で長い時間、時には夜遅くまで読書をして過ごしてはいたが、彼と話し合っても大して埒《らち》は明かなかった。それどころか、老牧師から意見や推測や分析を聞けば、明らかに振り出しに戻るだけであった。はっきりしたのは、シェルドン老牧師が、エプワース牧師館を懐《なつ》かしみながら、幽霊の存在を信じているということと、ブライス医師に関しては、理由はわからない、神のみぞ知るだが……この騒動の一部始終を冗談の類《たぐい》だと見なしているようだ、ということであった。

カーティスは、不眠症がひどくなり、家中が静かな時でさえ眠れなくなった。仕事にも熱心に取り組む意欲をなくしてしまった……妄想にとりつかれてしまったのだ。ブライス医師もシェルドン老牧師もそのことに気がつき、別の下宿先を探すように勧めた。しかし、この期《ご》に及んで彼はそれは無理だとわかっていた。なぜなら今ではルシアを愛していることを自覚しているからだった。

ある晩遅くまで仕事をしていると、玄関のドアがバタンと大きな音を立てたのでカーティスは驚いて、根を詰めて取り組んでいた調べ物を放り出し、立ち上がった。彼は本を脇《わき》へ寄せ、一階へ降りていった。ドアは閉まってはいたが、お手伝いが帰ったあとのように鍵はかかっていなかった。彼がドアノブに手をかけると、ルシアがランプを持って食事室から出てきた。彼女は泣いていた……ルシアが泣いているところを見るのは初めてだった。泣いていたに違いないと思ったことは一、二度あったけれども。太く編んだおさげが肩にかかっており、そのせいか幼く見えた……疲れ果て、悲嘆に暮れた子どものように。そしてその瞬間、自分にとっていかに彼女が大きな意味を持っているかを思い知らされたのだ。

「いったいどうしたのですか、ルシア?」彼はやさしく尋ねた。特別に何も意識せず、初めて名前で呼びかけた。

「ほら」ルシアは食事室のドアから中の方へランプを掲げながらしゃくりあげた。

最初、カーティスは何が起こったのかよくわからなかった。部屋の中はみごとな……何と言ったらよいものか……色とりどりの毛糸の迷路が張りめぐらされていた!あっちへ行ったりこっちへ来たり幾重にも交差していた。家具の間を縫って……椅子《いす》の横桟に巻きつけられていたり……テーブルの足に絡《から》まっていたり……毛糸だらけで、部屋はあたかも巨大な蜘蛛《くも》の巣のようであった。

「私のアフガンのショールが」ルシアは言った。「まだ新しいのよ！　昨日編みあげたばかりなのに。すっかりほどかれてしまったわ……年が明けてからせっせと編んでいたのに。おお、こんなことでくよくよするなんて馬鹿《ばか》みたいだとお思いになるでしょうね。……だって次から次へと嫌なことばかり起こるんですもの。だから編み物する時間なんてほとんどなかった。やっと仕上げたと思ったらこの始末だなんて、ひどすぎる！　いったい誰なの、こんなにまで私を憎んでいるのは？　すべては幽霊の仕業だなんて言って片づけてほしくないわ！」

彼女は、カーティスの差し出した手を払いのけ、泣きじゃくりながら二階へ駆け上がった。カーティスは廊下に呆然《ぼうぜん》と立ち尽くした。彼は出会った時から彼女を愛していたことにたった今、気がついた。これまでずっと気がつかなかったなんて。カーティスは笑い出したくなった。ルシアを愛している……もちろん今までも愛していた……彼女の勇敢で愛らしい目が涙で濡《ぬ》れているのを見た瞬間、気がついたのだ。涙に暮れるルシア……自分はその涙をぬぐってあげられる立場ではなかったし、その勇気もなかった。そう思うともどかしくてたまらなかった。

アリスの部屋の前を通りかかると、彼女の呼ぶ声がしたので、鍵を開け、中に入っていた。心地よい新鮮な風が窓から入り、教会の後ろからうっすらと朝陽が射《さ》しはじめていた。

「寝苦しい夜だったわ」アリスは言った。「でも、静かな夜だったわね？　ドアの閉まる大きな音が聞こえた以外はね、もちろん」

「静か過ぎるほどでした」カーティスは険しい表情で言った。「幽霊はいい仕事を見つけて、静かに黙々と取り組んでいました。ルシアの手編みのアフガンのショールをほどいていたのです。ハーパーさん、私の知恵はもう限界です」

「ジュリアの仕業に違いないわ。昨日は一日中ふくれっ面《つら》をしていましたからね。何かでルシアに叱《しか》られたのよ。これはあの娘《こ》の仕返しに違いないわ」

「それはあり得ませんよ。ジュリアは夕べは家に帰りましたから。とにかくもうひと頑張りしてみます。あなたはたしか、ひとつ思い当たることがあるんだとおっしゃっていましたよね。どんなお考えですか？」

アリスは両手を落ち着かない様子で動かした。

「でも言葉にするのはあまりにもとんでもない考えだとも言いましたよ。念を押しておきますが、そうなんです。あなたが思いついたことがなければ、私からは口には出しません」

「ええ、仕掛けているのは……ロング・アレックだとおっしゃるのではないですよね？」

「ロング・アレックですって？　そんな馬鹿な」

カーティスはアリスを説得できず、首をひねりながら自分の部屋へ戻って行った。

「確かだと思えるのは二つだけだ」日が昇るのを眺めながら、彼は呟《つぶや》いた。「二掛ける二は四……私はルシアと結婚する」

ところが、ルシアはそうは思っていないことがわかった。カーティスが妻になってほしいと頼むと、彼女はそれはまったくできない相談だと言った。

「なぜですか？　私のことが好きでは……好きではないのですか？　あなたを必ず幸せにします」

ルシアは頰を染めてカーティスを見つめた。

「私も……ええ、できることなら私も。このことだけはあなたにお伝えしておかなければと思うのです。お断りする理由なんてありませんわ……本当の気持ちを否定することなどできません。でも、こんな状況ですもの、結婚はできません……おわかりくださいますでしょう。アレックとアリスを残してここを出ることは到底できません」

「アリスは私たちと一緒に来ればいいではありませんか。彼女のような女性と暮らせるのは嬉《うれ》しいことです。私にとっては常にインスピレーションを与えてくれる存在です」

これは、プロポーズの台詞《せりふ》としては、おそらくこの世でもっとも気の利《き》かない言葉だったに違いない！

「だめです。そんな条件はあなたにとって都合がいいとは思えません。あなたはご存じないのよ……」

どんなに説得しても議論しても、カーティスはどちらも試みたが、無駄だった。ルシアはフィールド家の人間ですもの、とブライス夫人はぼやきに来たカーティスに言った。

「考えてみれば……私がいなければ」アリスは苦々しそうに言った。「あなただけのせいだなんて……私は、あなたも一緒に暮らせればどんなに嬉しいかしれないと言ったのですよ。いや、アレックのこともあるし……それにあの地獄の幽霊騒動のせいでもありますよ」

「しーっ……カーク執事か……シェルドン老牧師に聞こえたら大変です」アリスは不意に言った。「ふたりとも説教で使う以外は『地獄』は、牧師が口にするにはいちばんふさわしくない言葉だと考えていますよ。ごめんなさいね、バーンズさん……あなたには申し訳なく思っています。ルシアはもっと気の毒だわ。あの子は決心を変えないでしょうよ。フィールド家の人間は、いったんこうと決めたらてこでも動かないんです。頼みの綱は幽霊を追い詰めて捕まえることね」

誰もそんなことができるようには思えなかった。カーティスは不本意にも負けを認めていた。その後は、月明かりに照らされた平和な夜が、二週間続いた。シェルドン老牧師は旅行中だった。月のない夜がまた巡ってくると、今まではなかった奇妙な出来事に相次いで見舞われた。

今度は、カーティスが「幽霊」の忌《い》み嫌う標的となったようであった。夜、床につこうとすると、シーツがびしょびしょであったり、砂がばら撒かれていたりすることが繰り返しあった。日曜日に礼拝用の正装に着替えようとした時、ボタンがすべて切り落とされていることが二度あった。それから土曜日の晩、特別礼拝のために練りに練って考えた説教の草稿が、暗誦《あんしょう》する前に、仕事机から消えていた。結果として、翌日、大勢の信者たちを前にしてかなりの失態を演じてしまい、若くて人間臭い牧師は、そのことを思い出す度に苦々しさに苛《さいな》まれた。

「どこかほかのところに移られた方がよろしいんじゃないかしら、バーンズさん」アリスは勧めた。「これまでにいろいろなことを申し上げてきましたが、これは私心なしの忠告ですよ。だって、あなたがいなくなったら言葉に尽くせないほど寂しいもの。でも、あなたは出て行くべきよ。シェルドン牧師もそうおっしゃっていたし、ブライス先生もそれが唯一《ゆいいつ》の方法だっておっしゃっているというのを聞いたわ。あなたはルシアのように冷静ではないし、アレックのような頑固さはない……私みたいに鍵《かぎ》のかかった部屋に閉じこもっている覚悟もない。幽霊たちはあなたを放っておかないことよ。もうあなたを狙《ねら》い打ちにかけているもの。ほら、ご存じでしょ、やつらが、ルシアを何年にも渡ってどんなにいじめていたことか」

「私はここを去るなんてできませんよ。彼女をこんな苦しい境遇に置いたままにはできない」カーティスは断固として言った。

「あなたもフィールドの一族と同じくらい頑固ですわね」アリスはうっすらと笑みを浮かべて言った。「ここにいて埒が明くと思いますか？　出て行った方が、ルシアとの関係もうまくいくに違いないわ。そうすれば、あの子も、自分にとってあなたがどんなに大切か気づくことでしょう……本当にあなたがあの子にとって意味ある存在ならね」

「時々、何の意味もないんじゃないかとも思うのですよ」カーティスはしょんぼりと言った。

「まあ、私にはわからないわ。ブライス夫人がこんな風におっしゃっているそうよ……」

「ブライス夫人がなぜ口をはさむんだ。自分のことだけに関わっていればいいものを」カーティスは腹立たしげに言った。

「まあ、そうはならない……あのひとはそういう気質ではないもの……。でも、陰口は言ってはいけないわね。モーブレイ・ナローズとグレン・セント・メアリーの住人でブライス夫人とあの家族をこころよく思っていないのは、私だけらしいわ。たぶん、いつでも誰も彼もが褒めたたえすぎるからだと思うわ。あまりそういうのを聞きすぎると、時として反発を感じることはありませんか？　そうお思いにならない、バーンズさん？」

「はい、そういうことはよくあります。でも、ルシアの場合……」

「ええ、あなたがどんなにかあの子を愛しているかわかっていますよ。でもね、バーンズさん、あなたがルシアを愛しているように、あの子があなたを愛すると期待しない方がいいですよ。フィールド一族はちょっと違います。ご存じのとおり、あまり熱くならないのです。ブライス夫人はそのあたり鋭く洞察してらっしゃると思いますよ。それに、ロング・アレックは、人のことを、蕪《かぶ》のひとつくらいにしか思っていないって、ブライス先生がおっしゃっていたらしいです。先生はそんなことをおっしゃったりしないと思いますけれど……噂《うわさ》ってそういうものですからね、前にも申し上げたとおり。アレックをごらんなさい……エドナ・ポーラックのことが好きで……結婚したいと言いながら……それでいて眠れなかったり、食事が喉《のど》を通らなかったりしないのですから」

「賢い方ですよ！」

「まあ、ブライス先生みたいな言い方をなさるのね。でも、ルシアも似たようなものですよ。あの子はきっと愛すべき可愛《かわい》い妻になることでしょう……あなたがここに来てからというもの、ブライス夫人はそう言い続けていますよ。聞いた話ですけれどね……。あの子は忠実で献身的です……それは誰よりこの私がよく知っています。……それでも、あの子は、もしもあなたと結婚できないとしても、嘆き悲しんだりはしませんよ」

カーティスは顔をしかめた。

「そんなこと、あなたはお聞きになりたくないでしょうけれど……もっとロマンティックに情熱的に愛してほしいとお思いでしょうから。でも本当のことよ。そういえば、ブライス先生だって二番手だったそうですよ。でもあのふたりは幸せだという話よ。

時には……また噂話を持ち出すのはよくないわね。何はともあれ、フィールド家についてお話ししたことは真実よ。話すべきじゃなかったのかもしれないわ……フィールド家の人たちには親切にしてもらっているのに。でも、カーティスさん、あなたが信用できる方だからですよ」

アリスのルシアに対する人物評価が正しいのかもしれない、と思い知らされることがしばしばあった。熱くなりやすいカーティスとしては、ルシアは落ち着き過ぎているし、観念しきっているように思えた。とはいえ、彼女のことをあきらめようなどと考えるのは拷問《ごうもん》に等しかった。

「ルシアは、あとほんの少しのところで手が届かない可憐《かれん》な一輪の薔薇《ばら》のようだ……何としても手に入れてみせる」彼は思った。

シェルドン老牧師にもブライス医師にも強く勧められたのだが、カーティスは下宿先を変える気にはなれなかった。そんなことをすれば、めったにルシアに会えなくなってしまうであろう。彼女に会いに来たとしても自分を避けるに違いない、とカーティスにはわかっていた。ふたりの名前をあげつらった噂話がものすごい勢いで広まると、シェルドン老牧師は終始、非難がましい表情を見せた。カーティスは、老牧師の助言を無視して、少々そっけない態度を表わすようになった。自分がロング・アレックのところに下宿することにシェルドン老牧師が決して賛成ではなかったことは重々承知していた。

　ある晩、カーティスの顔を突然、また歪《ゆが》めさせるような出来事が起こった。遠く離れた地域に住んでいる信者たちへの訪問から戻ってきて、この仕打ちに気づいたカーティスは、出窓の傍らで床につくまで長い時間立ちすくんでしまった。宝物のように大切にしていた本が……少年時代に今は亡《な》き母親が誕生日に贈ってくれた本が……半分のページはズタズタに切り刻まれ、残りの半分にはインクがこぼされていた。彼は、目に見えない敵にこてんぱんに打ちのめされ、やり場のない怒りに胸の中は燃えさかった。

　状況は日に日にひどく耐えがたくなっていった。おそらくここを出て行った方がよいのであろう……。「これでは生きた心地がしないでしょう、バーンズさん」とブライス医師に言われた。みんなが寄ってたかって、自分を由緒《ゆいしょ》あるフィールド農場から追い出そうとしているように思えた。しかし、カーティスは負けを認めたくはなかった。ルシアは自分のことを少しも気にかけてはくれなかった……ブライス夫人がふたりはお似合いだと断言してくれたにもかかわらず……ルシアはカーティスを避けていた……何日もの間、食事の時以外は言葉を交わすことができなかった。アレックの言《こと》葉尻《ばじり》から、彼らが自分に出て行ってもらいたい、と思っているのではないかと訝《いぶか》しく思った。

「その方が妹も気が楽なんだと思いますよ」ロング・アレックが言ったのだ。「こんな事態になって、ひどく気を揉《も》んでいますからね」

やれやれ、ルシアは自分をここからつまみ出したいというのか！　カーティスは短気を起こしていた。

「彼女をさらって、どこかへ行ってしまえばいいんですよ。そうすれば何もかもうまく行きますよ」数日前にブライス医師はカーティスに言った。

先生はことの真相を摑《つか》んでいるとでも言うのか！　それになぜか、アリスに対して同情のかけらも見せはしない。

カーティスは、何をしてもうまくいかなかった……説教はだんだん退屈な話ばかりになっていった……シェルドン老牧師にそれとなく注意されたが、自覚していた。彼は仕事への意欲を失いつつあった。ブライス医師にあまりに淡々とそう指摘されたので、カーティスは、モーブレイ・ナローズなんかに来なければよかったと思った。

カーティスは夏の香《かぐわ》しい空気を吸い込もうと、窓から身を乗り出した。お化けでも出そうな気配の晩だった。農場の庭を囲む木々は、月光が雲にさえぎられている闇《やみ》の中では、つかみどころのない無気味な姿かたちに見えた。ひんやりとしてとらえどころのない夜の香りが庭から漂ってきた。車が通り過ぎた……炉辺荘《イングルサイド》の車だ……ブライス先生が急患で呼び出されたに違いない。医者というのは何と大変な人生だろう！　牧師よりひどいじゃないか。夜もまともに寝ていられない。なのにブライス先生は幸せそうに見えるし、夫人はグレン・セント・メアリーで皆から崇拝されている。ふたりはモーブレイ・ナローズの教会によく足を運んでくれる。生粋《きっすい》の長老派にもかかわらず、おそらくひとえにカーティスへの友情を感じて来てくれているのだ。

カーティスは次第に癒《い》やされ……元気が出てきた。いろいろあったが、何か解決の糸口が見つかるに違いない。エプワース牧師館が何だって言うんだ。自分は逃げはしない。幽霊だか何だか超自然的な怪現象など信じるものか。カーティスはまだ若く……アレックとルシアがいてくれさえすれば、この世は善意に満ちていると信じることができた。まだあきらめるものか。「幽霊」だって、時にはしくじることがあるはずだ、その隙《すき》に捕まえてやろう。

突然、雲間から月が姿を現した。カーティスは、反対側の出窓から客用寝室の中までを見通せることに気がついた。たまたま客用寝室のブラインドが上げられていたのだ。突然の月光に照らされて部屋の中がはっきりと見えた。そして、窓のそばの壁にかかった鏡に映っている顔が、カーティスの方を見ていた。暗闇の中でその輪郭がくっきりと浮かび上がった。月が再び雲に吸い込まれるまでの一瞬ではあったが、彼ははっきりと認識した。それはルシアの顔だったのだ！

その時はそのことについてなんとも思わなかった。間違いなく何か音がするのを聞きつけて、ルシアが客用寝室に様子を見に行ったに違いない、と思った。

しかし、翌朝、朝食の時にどうして夜中に起き出してしまったのか、と尋ねると、彼女はうつろで冷ややかな表情でカーティスを見つめ、応《こた》えた。

「夕べは起き出したりなんかしていません」

「客用寝室の窓辺にいらしたでしょう」彼は見た通りに言った。

「夕べは客用寝室になんか近づきませんでした」彼女はよそよそしく否定した。「早く床につきました……ひどく疲れていたもので……アリスの具合が悪い一日だったので、ご存じのとおり……。だから、夜通しぐっすり眠りました」

そう言うとルシアは立ち上がり、食事室から出て行った。彼女は戻って来ることもなかったし、この件についてそれ以上触れることもなかった。どうして……彼女は嘘《うそ》をついたのか？　嫌な言葉だが、カーティスは心の中ではっきりとそう呟《つぶや》いた。ルシアを確かに見たのだ。月光に照らされた鏡の中にほんの一瞬ではあったが、見間違えなどではなかった。まぎれもなくルシアの顔だった……それなのに彼女は嘘をついた！　真実なのだ。どうして彼女がそこにいたかは知る由《よし》もないが、いたのだ。それなのに嘘をつくなんて。それとも彼女は夢遊病なのだろうか？　そんなはずはない。もしそうであるなら、聞かされていたはずである。信じられることも、信じられないことも、フィールド家について聞かされていないことは何もないはずだった。

カーティスはロング・アレックのところを出る決心をした。その代わりに駅の近くに下宿することにした。かなり足場は悪くなるが、出て行かなければならなかった。彼は心を病んでいた。フィールド家の幽霊の正体などもはや突きとめたくなどなかった。探すのも怖かったし、正体を知ってしまうのも怖かった。だれが何のために、そんなことをするのか未《いま》ださっぱりつかめなかったがもうどうでもよくなった。

カーティスが引っ越すことを伝えると、ルシアは少し蒼《あお》ざめたが、何も言わなかった。ロング・アレックは、いつもながらの軽い調子で、それが最善の道だろうと了解した。妹が夢遊病になったことがあるかどうか、とぶっきらぼうに尋ねられると、彼は一瞬目を大きく見開き、カーティスをじっと見つめた。

「いいや」と彼は少々よそよそしく答えた。「我々は人様からいろいろなことを言われてきましたが、私の知る限りでは、そういうことは決してなかったかと思います」

アリスは目に溢《あふ》れんばかりの涙をためて、賛成してくれた。

「当然よ、あなたは出て行かなければならないわ。こんな状況では生活できませんもの。このままでは正気でいられなくなるって、ブライス先生がおっしゃっていたそうよ。私もいったんは先生に同意したわ。でも、おお、私はどうしたらいいの？　あなたを困らせる利己的な質問ね」

「しょっちゅうお会いしにきますよ」

「でも今までと同じではないわ。私にとってあなたがどんなに大事だったかご存じじゃないでしょう、カーティス。カーティスってお呼びしても構わないかしら？　私にとってあなたは、若い従弟《いとこ》か、甥《おい》か、そんな感じの存在なのですよ」

「カーティスと呼んでいただけるのは嬉《うれ》しいです」

「いい子ね。あなたが出て行くのを喜ぶべきなのよ。この呪《のろ》われた家はあなたにとって何の意味もないもの。いつお引っ越しになるの？」

「一週間以内に……教区の会合から戻ってから」

カーティスは会合のあと、いつもの列車に乗り遅れた……アリスが読みたがっていた本を書店で探していて乗り遅れてしまったのだ。偶然出くわしたブライス医師がたまたまその本を持っていることを知った。事情を話すと、医師はハーパー婦人に貸してあげましょう、と約束してくれた。

「下宿を移るそうですね」ブライス医師は言った。「引っ越しは賢明ですよ、私の思うところでは」

「あの家の謎《なぞ》を解くことができないまま離れることになりました」カーティスは悔しそうに言った。

ブライス医師はにやりとした……カーティスにとって気に食わない笑い方だった。

「聖職者の方々というのは、我々のような平凡な人間よりずっと頭がいいはずですから」彼は言った。「まあ、いつの日かこの家の謎は解けることでしょう」

カーティスは夜行列車に乗り込み、午前一時にグレン・セント・メアリーに降り立った。普通は停まらない決まりなのだが、カーティスと顔なじみの親切な車掌だったので特別な計らいに与《あずか》った。

たまたま乗り合わせていたヘンリー・キルデアも一緒に降りた。車掌に特別なコネもないので、彼はローブリッジまで乗っていくつもりでいた。

「牧師さんってのは、なんていいご身分なんだ！」ヘンリーは笑った。「さあ、これなら従姉《いとこ》のエレンの家までたったの三マイルだ。楽々歩いて行かれますよ」プラットホームをあとにしながら彼は言った。

「これから、ロング・アレックのところにご一緒しませんか？」カーティスは誘いかけた。

「いいや、私は行きません」ヘンリーは語気を強めて言った。「あの家にはわざわざもうひと晩泊まりに行きたくはないですね。牧師先生、あそこから引っ越されるそうですね。賢明なことですよ！」

カーティスは何も答えなかった。話し相手がほしいような心境ではなかった。それだのにヘンリー・キルデアなどと肩を並べて帰らなければならないとは……。ヘンリーのとめどない怒濤《どとう》のような会話――それが会話と呼べるものだとしたら――を気にも留めず、彼はむっつりと黙りこくって大またに歩みを進めた。ヘンリーは自分の話にすっかり酔いしれていた。

風が強く、雲が重く垂れ込めた晩で、ふたりの間を時々、月光がきらりと射《さ》すように照らした。カーティスはすっかり気落ちし、惨《みじ》めで絶望的な気持ちでいた。自信満々であの屋敷の謎を解明しようと挑んでいたのに、成し遂げることができなかった……愛を勝ち得ることも、ルシアを助けてあげることもできなかった……それに……。

「そうさ、俺はここを抜け出し、西海岸へ戻りますとも」ヘンリーはしゃべり続けていた。「これ以上モーブレイ・ナローズでぶらぶらしていても意味がないですからね。

恋しい女を口説き落とすこともできないし」

　どうやらヘンリーには恋の悩みがあるらしい。

「それはお気の毒に」カーティスは上の空で言った。

「お気の毒にって！　ほんとに気の毒な話ですよ！　牧師先生、先生になら話してもいいですよ。あなたには人間の血が通ってらっしゃるようにお見受けしますし……アリスとはとても仲よくされているようだし」

「アリス！」カーティスは驚いた。「今おっしゃったのは……つまりハーパーさんのことですか？」

「そうですとも。俺の人生で彼女以外の女を愛するなんて考えられませんよ……ええ、本当ですよ。牧師先生、俺は彼女の歩いた地面をいつも崇《あが》めていました。何年も前、今は亡きウィンスロップ・フィールド様に仕えていた頃、狂おしいほど彼女に夢中でした。彼女は俺の気持ちなんて知りませんでしたよ。俺が彼女を手に入れるなんて、もちろんできるわけがないと思っていました。なにせ、彼女は気位の高いフィールド一族で、俺は一介の雇われ小僧でしたからね。でも、今の今まで片時だって彼女を忘れたことはありません……ほかの娘に現《うつつ》を抜かしたこともありません。西へ行ってひと財産ができた時、こう心に誓いました。『さあ、プリンス・エドワード島へまっしぐらだ。もしアリスがまだ結婚していないなら、俺を受け入れてくれるか、気持ちをたしかめてみよう』モーブレイ・ナローズからの音沙汰《おとさた》は何年もまったくなかったものでね……アリスの事故のことも知らなかった。彼女はもう結婚しているかもしれない。でも、もしかしたらチャンスがあるかもしれない、と思っていたんです。牧師先生、それはひどい衝撃でしたよ、帰ってきたら、彼女があんな風になっちまったのを知って。それでも、どうしようもないほど、彼女のことを諦《あきら》めきれずにいる自分に気づいたんだ……愛しすぎていてほかの誰かと連れ添うなんてどうしても考えられない……グレンにはひとり知った若い娘がいるにはいるが。でもその娘なんてとても眼中に入らない。アリスと一緒になれないのなら、ほかの誰とも結婚などしたくはない……ブライス夫人が何と言ったって……気にするものか。俺と結婚してくれれば、西海岸でいちばん洒落《しやれ》た家に住まわせるし、お金にも不自由させないさ。どうです？　こんな願ってもない幸運ってめったにないぜ！　すみません、先生と話していると、ついつい、牧師さんと話しているんだってことを忘れちまうんです。シェルドン先生と話している時にはぜったい忘れないのに。まあ、あの方はいかにも聖人然となさっていますからね」

なるほど……この男は不運な星の下に生まれてしまったものだ。ヘンリー・キルデアが相手である限り、アリスは結婚するもしないも、まったく問題にしないだろう、とカーティスは思った。そもそもこのぶっきらぼうな、うぬぼれ男を好きになるはずがない。

しかし、キルデアの声にはアリスに対する真心が感じられ、カーティスはその時、叶《かな》わぬ恋に身を捧《ささ》げる者に共感できる心境でいた。

「あれ、なんだろう、フィールド農場の果樹園に誰かいるような……」ヘンリーは驚いて声をあげた。

同じ瞬間、カーティスの目にも映った。雲間から月が顔を出し、果樹園は昼間のようにはっきりと光に満ちて明るく見えた。木々に囲まれて立つ、ほっそりとした軽装の人影……。

「先生、たぶん幽霊だ！」ヘンリーは言った。

声をかけようとすると、その人影は走り出した。カーティスは、無言で柵《さく》を飛び越え、あとを追った。

ほんの一瞬ためらってから、ヘンリーも追いかけた。

「牧師先生が行くなら、俺も行かずばなるまいて」彼は呟いた。

ヘンリーは家の角をまわりこむあたりでカーティスに追いつき、ふたりが追いかける人影は屋敷の玄関のドアを開け、中へ飛び込もうとしているところだった。

またもやすんでのところで掴《つか》みかけた解決の鍵《かぎ》が、手からするりと逃れていくのか、という思いが頭をよぎりカーティスは暗い気持ちになった。

するとその時、一陣の風が玄関の広間を吹きぬけた……重い扉がバーンと音を立てて閉まり……逃亡者のはいているスカートが一瞬のうちにしっかりとドアに挟まった。

カーティスとヘンリーは弾むように階段を駆け上がった……そして服をしっかり掴むと、扉をさっと開け、中にいる女性と向き合った。

「これは驚いた！」ヘンリーは叫んだ。

「あなたは！　あなたは！」カーティスは声を震わせた。「あなたは！」

アリス・ハーパーが彼を睨《にら》み返した。彼女の顔は怒りと憎しみで歪《ゆが》んでいた。

「見下げた男ね！」彼女は毒づいた。

「あなただったのですか……」カーティスはあえぎながら言った。「すべてはあなたの仕業……あなたの……悪魔のような人だ……あなたは……」

「言葉が過ぎますよ、牧師先生」ヘンリー・キルデアは扉を静かに閉めた。「相手はご婦人ですよ……」

「ごふ……」

「ご婦人です」ヘンリーはきっぱりと言った。「不必要に大騒ぎするのはやめましょう。ほかの人たちまで巻き込みたくないですから。さあ、居間でこの件についておだやかに話し合いましょう」

カーティスは言われるがままに従った。茫然《ぼうぜん》自失の状態だったので、恐らく何を言われてもそのとおりにしたに違いなかった。ヘンリーはアリスの腕に手を添えてカーティスのあとに続き、ドアを閉めた。

アリスは喧嘩《けんか》腰《ごし》でふたりと向き合った。カーティスはすっかりうろたえながら、混乱した頭の中でかろうじて思考を働かせた。

アリスは何とルシアによく似ていることか！　昼間の光の中では、顔色の違いが邪魔をして気づかなかったが、月の光の下で見るとほんとうによく似ていた。

カーティスはひどく幻滅し、心がかき乱され、傷心の思いだった。彼は何か言おうとしたが、ヘンリーにさえぎられた。

「牧師先生、俺にお任せくださった方がいい。相当ショックを受けてらっしゃるご様子ですから」

相当なショックだって！

「そこにおかけください」ヘンリーは丁寧に言った。「アリス、あなたは揺り椅子《いす》にどうぞ」

　ふたりともそのとおりにした。ヘンリーは、突然、誰をも従わせてしまう物静かでたくましい男に変わったように思えた。

「こちらへどうぞ、親愛なるアリスさん」彼はそう言うと、揺り椅子を部屋の隅から中のほうへ移動させた。

　彼女はすわったままふたりの男性をじっとにらみつけた。やわらかな月光を浴びた彼女は美しく、薄い青色の化粧着のひだがゆったりと優雅な流れをこしらえながら、その細いからだを包んでいた。

　カーティスは夢なら覚めてくれと願った。こんな悪夢はいまだかつて見たことがない……そうだ、悪夢に違いない。こんなことが本当であるはずがない。

　ヘンリーはソファに静かに腰をおろし、前かがみになった。

「さあ、アリスさん、すべて包み隠さずお話しください。話してくださらなければいけませんよ、ね。その上で、どうすればいいか考えましょう。もうゲームはおしまいです。このまま秘密にしておくわけにはいきませんよ」

「ええ、わかっていますとも。それにしても、楽しい五年間だったことよ。私からこの楽しみを取り上げることはできないわ。おお、私はみんなを支配していたのよ……

『病の床』からあやつっていたの。私が糸を引いて、みんな踊らされていた……私の操り人形だったの！　色黒のルシアと恩着せがましいアレック……それから恋の病にかかったそこの坊や！　みんなね、でもブライス夫妻だけは違った。疑われていたのは知っていたわ。でもあの人たちも証明することはできなかった……あやしいとも口にださなかったわね」

「ええ、それは楽しかったでしょうね」ヘンリーはうなずいた。「でも、どうしてなんです？　アリスさん？」

「私は恩着せがましくされるのにも、無視されるのにも、偉ぶられるのにもうんざりなのよ」アリスは恨みをこめて言った。「若い頃はいつもそうだった。あなたはよく知っているでしょ、ヘンリー・キルデア」

「はい。よく存じておりますとも」ヘンリーはうなずいた。

「私は哀れな親族だったわ」アリスは言った。「だって、来客があると、延々待たされて食事はあとまわしにされたのよ」

「大人数でテーブルに全員がつけない時だけはそうでしたね」ヘンリーは言った。

「違うわ！　私が、あの人たちのお客さんと話すのはふさわしくないと思われていたのよ！　私にはお膳《ぜん》立《だ》てと食事作りだけで十分ってね。みんなのことが大嫌いだったわ……でも、誰よりもルシアがいちばん嫌いだった」

「あれ、あれ、ルシアは尋常じゃないほどにあなたに尽くしていたではありませんか」

「まったく男って、わかりもしないくせに！　あの子は甘やかされたお嬢ちゃまよ。浮世の風が当たらないようにって、父親がいつも気を遣っていた。私はいつだって暗い、風通しの悪い部屋で寝かされていた。あの子の部屋は日当たりがよかった。あの子は四つ年下なのに……なんでも自分の方がよくできるって思っていた」

「あれあれ、ずいぶんな思い過ごしではないですか？」ヘンリーはやさしく問いかけた。

「いいえ、そんなことないわ！　あの子が炉辺荘に招待された時、私にもいらっしゃいって声がかかったことがあって？」

「でもみんな、あなたがあの家の人たちを嫌っているって思っていましたよ」

「ええ、そうよ。嫌っていましたとも。それから、ルシアは学校に行かせてもらったけれど、私の教育のことなど誰も考えてはくれなかった。私の方があの子よりずっと頭がいいのに」

「頭がいい、うん、そうだ」ヘンリーは、好奇心たっぷりに力強くうなずいた。「でも、あなたはちっとも勉強しようとしないって、先生たちがいつも言っていたじゃないですか」

　カーティスは、ルシアのことをアリスに言いたい放題言わせてなるものかと思ったが、たびたび思考停止状態に襲われた。これは夢だ……悪夢に違いない……こんなことって……。

「ウィンスロップ叔父様は口を開けば、私には嫌味ばかりだったわ。憶《おぼ》えている……一字一句をね。ヘンリー、あなたも憶えているでしょう?」

「はい、今は亡《な》きご主人様は、そういう性質でいらっしゃいましたからね。誰に対してもそうでしたよ。大した意味はなかったのです。でも、あなたにはもっとよくして差しあげてもいいのに、とは思いましたけれどね。でも叔母様は大変よくなさっていたではないですか」

「叔母様には一度、お客の前で平手打ちを食らわされたわ」

「ああ、そうでしたね。でもあなたが口答えなさったからでは……」

「あれから大嫌いになったわ」アリスはヘンリーを無視して言った。「で、十週間、口をきかなかった。なのに叔母様はそのことに気づきもしなかった。十九歳の時よ、ある日、私にこう言ったの、『あなたの年頃には、私はもう結婚していたわ』」

「ナン・ブライスにも同じことをおっしゃっていましたよ」

「私が結婚しないのは誰のせいよ？」アリスは言った。ヘンリーの言うことには一切耳を貸すつもりはなかった。

「ほかの若者たちといっしょに出かけたりするのが、お嫌いなようでしたよね」彼は言い張った。

「ほかの若い人たちみたいないい身なりをさせてもらえなかったからよ。それでみんなが私のことを馬鹿《ばか》にしていたわ」

「とんでもない！　ただの思い過ごしです」

「私がお情けにすがって生活しているって、ローラ・グレガーに一度なじられたわ」アリスは言い返した。興奮して声が震えていた。「もしルシアみたいな格好をしていたら、ロイ・メジャーが気づいてくれたのに」

「あの晩、憶えていますよ。カーマン姉妹が古臭いギンガムチェックのドレスを着ていましたね」ヘンリーはなつかしそうに言った。

「私はみっともなくて……野暮で……彼は自分が私なんかといるところを人に見られたくなかったのよ。私は……愛していたの……あの人のことを……あの人に振り向いてもらえるなら何でもしたわ」

「思い出します、俺はどんなにあいつに嫉妬《しっと》していたか」ヘンリーは遠くを見つめていった。「あいつは本気で誰かを好きになるなんてことはなかった。エイミー・カーにのぼせていたかと思えば……次から次へと女の子をとっかえひっかえ……。若さってのは愚かなもんですね！」

アリスは、ヘンリーの話など聞いていないかのように、いきまいた。

「マリアン・リスターからロイと結婚するって聞かされて、花嫁付添い人を頼まれた時には、マリアンを殺してやろうかと思ったわ。私を傷つけるつもりでわざと頼んだのよ」

「またまた、そんな馬鹿なことってないですよ！　ほかに女友達がいなかったんですよ。それにそう思ったのなら、どうして承知したのですか？」

「私の気持ちに気づいて、勝ったなんて思わせたくなかったからよ。結婚式の日には心臓がつぶれそうだったわ。この苦しみを誰かに向かってはらす力をお与えくださいって神様に祈ったの」

「なんて気の毒な方だ」ヘンリーは哀れんだ。カーティスは嫌悪《けんお》を感じただけだった。

「私の二十年間の人生はずっとそんなだったの。それから屋根裏から落ちたのよ。はじめのうちはからだが麻痺《まひ》していた。何ヶ月も身動きできないでいたのだけれど、ある時から動けるようになったの。でも動こうとしなかったわ。ある考えが浮かんだのよ。この家の人たちを罰する方法……支配する方法を見つけた。ああ、思いついた時、笑いが止まらなかったわ！」

アリスはまた笑った。そういえば今まで彼女の笑い声を聞いたことがなかった、とカーティスは思った。幽霊の出た夜を連想させる不快な笑い方だった。それでいて何となくルシアの笑い方にも似ていた。カーティスはそんな風に考えたくもなかったが。

「私の思いつきは実にみごとにうまく行ったわ。お医者さまたちまで欺《あざむ》くのは無理だと思ったけれど、簡単だった……とても簡単だったわ。知識人だと思われている人たちや高い教育を受けた人たちがこんなにだまされやすいとは思わなかったわ。しかつめらしい顔して相談に乗ってくださるたびに、心の中でどれほど笑ったことか！　私は決して文句は言わず、ひたすら我慢して、聖女のように褒めたたえられた。ウィンスロップ叔父様は専門医を数人呼んだわ。とうとうこの軽蔑《けいべつ》にしか値しない姪《めい》のために診察費を払わなければならなくなったのよ……クイーン学院の学費に匹敵するくらいのね。みんなころっとだまされた……ブライス先生以外はね。ブライス先生だけは、一介の田舎の医者に過ぎないにもかかわらず、ニューヨークやモントリオールの大先生たちの診断結果を聞いても、何となく疑いを持っているって感じたわ。あの先生はいつもそうだった。だからもうお医者さんに診てもらうのはやめる、と言ったのよ。結局、家の者が一から十まで私の世話をやくことになったの。おお、あの人たちを絶対的な力で支配できるなんて、喜びに打ち震えたわ……あの人たちが下に見ていたこの私がよ。私は、それまではあの人たちにとって、まったくとるに足らない存在だったんだもの」

「あなたは俺にとってはとても大切な存在でしたよ」ヘンリーは言った。

「この私がですって、本当? よくもまあ隠し通していたわね」

「雇われ小僧の分際が、フィールド一族のお嬢様と恋に落ちたい、などと大それたことを心に描いていたなんて、想像したこともないでしょう!」

「ウィンスロップ叔父様が気づいていたらよかったわ。あなたを八つ裂きにしたに違いないわね」

「いいや、とんでもない、ご主人様だってそんなことできやしませんよ。俺はあなたを手に入れるために挑戦状を突きつけたでしょうよ、あの時も今もその気持ちは変わりません。でも、もちろん即刻、首を切られていたでしょうね。あなたと離れ離れになるなんて考えただけでも耐えられなかった」

「ほんとうなのね、思っていたよりはこの私でも存在意義があったようだわ」アリスは皮肉っぽく言った。

「思いを打ち明けてくれなかったのは残念だったわ。すっかり立ち直って……あの人たちに恥をかかせるために使用人のあなたと結婚できたのに。まあ、ともかく、今では、この家で一番の重要人物になったわけですけれどね。ルシアが私の世話をするために教師をやめて帰ってきたわ。あの子はいつでもくそまじめなのよ」

カーティスはとっさにアリスに詰め寄ろうとしたが、ヘンリーが手を伸ばし遮った。アリスは悪意に満ちた目つきでカーティスをにらみつけた。

「私の辛抱強さは天使のようだとみんなが言ったわ。やがてモーブレイ・ナローズの天使と呼ばれるようになった。でも、ブライス先生にはそう呼ばれたことがないわ。いつだったか四日間、私が何も口をきかないことがあった。家の者たちはひどく動揺したわ。毎晩三十分、ルシアに背中と肩をさすらせるようにしたのはその時からよ。あの子にとっては素晴らしい運動になったことよ。私は笑いが止まらなかったわ。何日かはひどく具合が悪いふりをしたの。暗くした部屋で、何時間もの間、時々うめき声を上げたのよ。ルシアをちょっとばかり懲《こ》らしめなきゃと思うことがあると、必ずそういう攻撃に出たわ。そのうち、アレックがエドナ・ポーラックと結婚したがっているのと知ったの」

「彼が結婚したとしても、どうしてあなたが気にかけなくてはならないのですか？」

「だって、私にとってはまったく都合が悪いじゃない。そんなことにでもなったらルシアは自由の身となり、ここを出て行くでしょうよ……代わりにエドナが私の面倒をちゃんと見てくれるはずがないわ。それに、エドナなんてフィールド家にふさわしくない。なんと言ったって、私にも一族の誇りというものがありますからね、親愛なるバーンズさん。それで、幽霊騒動を思いついたのよ」

「さあ、いよいよ我々が知りたい核心部分だ」ヘンリーが言った。「悪魔の仕業に見せかけて、自分は寝室に閉じこもったまま、どうやってあんな見事な離れ業をやってのけたのですか？」

「私の部屋のクローゼット……その奥の壁は石膏《せっこう》で固定されていないのよ。クローゼットと屋根裏へ上る階段のある狭い通路は、板で仕切られているだけでね。子どもの頃、二枚の板が簡単に音もなくずらせるのを発見したの。ずっと秘密にしていたわ……頭のいいフィールド一族の誰もが知らないことを私だけが知っているのは快感だった」

「そりゃあ、すごいことですね」よくぞ内緒にしていたと感心した様子で、ヘンリーは言った。

「そこを通り抜けて出たり入ったりするのは簡単だったわ。誰も私の部屋に鍵《かぎ》がかかっていても変だとは思わなかったし」

カーティスは、また嫌悪感に襲われた。みんな何とたやすくだまされてしまったことであろう！

「それにしてもどうやって屋根裏部屋から出られたのですか？」ヘンリーは疑問に思った。「上るのも下りるのも同じ階段しかないはずです」

「人間っていうのはだまされやすい生き物だって言ったでしょ？　そうよ、観察力鋭いブライス先生だって」

「ブライス先生のことはいいですから。質問に答えてください」

「屋根裏部屋には、キルトの掛け布団《ぶとん》がぱんぱんにしまい込んである大きな箱が置いてあるの。亡くなったフィールドのおばあ様が私に残してくれたものよ……だから誰も無断で手を触れなかった。実際にはぱんぱんではなくて、掛け布団と壁側の側面との間にはかなり隙間《すきま》があったの。そこにするりとすべり込んで隠れたのよ。誰かが階段を上がってくる時には必ず音が聞こえてくるの。軋《きし》む二段のせいでね」

「今でもそうなんですね？　憶えていますよ、俺がいた時も軋んだのでね。俺はいつもあそこで寝ていましたから、憶えていますか？」

「私はあの二段には決して足をかけなかったわ。誰かが上ってくる音が聞こえると、布団箱に逃げ込んで、蓋《ふた》を閉めて分厚い羊毛布団を一枚、頭の上に引っ張りあげたの。何人もの人たちが蓋を開けては……羊毛の掛け布団しかないと確かめて……また蓋を閉めたわ。ブライス先生は二、三度……ここにおいでの親愛なるバーンズ先生は二度だったかしら？」

「はい」カーティスは力なく言った。

「そして、私は箱の中で牧師先生のことを笑っていたのよ！　おお、なんてお馬鹿さんたちばかりなの！　私の方がずっとお利口さんでしょ……否定できないわね」

「雲泥《うんでい》の差だ。はるかに頭がいい」ヘンリーは言った。

「それに、私は大した女優でしょ。子どもの頃の夢は舞台に立つことだったのよ。いくらかはかなえられたのかもしれないわ。だけど、一介の善良なるメソジスト派信者にとっては、舞台に立つなんて、大それた夢だった。いまでもそうでしょうよ。バーンズさん、何かおっしゃってくださるかしら……でも今はお話しになる力はほとんどないご様子だわ」

「亡《な》きウィンスロップのご主人様ならどんなふうにお思いになったことか、わかりますよ」ヘンリーは言った。「それにしても、あなたは大した女優でしたね」

「あら、認めてくださるのね。私は大女優になっていたかもしれないわね。そうはお思いにならない、バーンズさん？　それにしてもどこを向いても軽蔑に値する人たちばかりだったことよ！『君、演じるなんてできると思っているのか？』学校の先生がその昔、馬鹿にしたように私に聞いたわ。今だったら、あの先生はなんとおっしゃるかしら？　ウィンスロップ叔父様の声色を真似《まね》て笑って、人を脅かすのは楽しかったわ。叔父様の笑い声も生きていた頃の話し声も……アンナ・マーシュの声も……誰の声でも真似しようとすればできるのよ」

「いつでも見事な声帯模写でしたよ」ヘンリーはうなずいた。「でもゆりかごが取っ払われてから、どうやって揺り音を作り出したのですか？」

「ゆりかごには指一本触れたことがないわ。……あそこに置いてあった時にもね。はずれた床板をいじってギコギコ言わせていたのよ。箱の中に入ったまま簡単にできたわ」

「でも、何度も見つかりそうになったのではないですか？」

「もちろん、そうよ。それもけっこうおもしろかったわ。何度も捕まりかけた……ブライス先生が見張っていた晩は、相当危なかったのよ。先生だけは怖かったわ。だけどあの先生でさえも、私に太刀打ちはできなかった。月明かりの晩にはほとんど何も事を起こさなかった。一度ふざけてはしごを上って、納屋《なや》の平たい屋根の端っこを歩いたことがあったの。でも危なすぎた。通りがかりの人に見られたのよ。時々誰かが見張りをしている時には何もしなかった。見張りの目を盗んでだまくらかしてやった時は、実に爽快《そうかい》だったわ。たいがい、階段の手すりをすべりおりるの。その方が早いし音を立てなくてすむもの」

「子どもの頃、そうやって降りてきたのを憶《おぼ》えていますよ」ヘンリーは呟《つぶや》いた。「弾丸のような速さでしたね。ウィンスロップのご主人様は女らしくない、とおっしゃってましたね？」

「ルシアは決してしなかったわね」アリスはせせら笑った。「私は、ひと晩じゅう下の部屋に聞こえるような物音は絶対立てなかった」アリスは告白をあたかも楽しんでいるかのように吐露し続けた。カーティスをギョッとさせるのは何と愉快なことだろう！　一方ヘンリー・キルデアが終始冷静に受け止めていることに、彼女は驚きを隠せない様子だった。

「事を起こす前に、私は必ず逃げ道をあらかじめ確かめたのよ。クローゼットまで戻れないにしても隠れられる場所はたくさんあったわ」

「ヴァイオリンはどうしたのですか？　ルシアに知られずにどうやって持ち出したん

ですか？」

「あら、あれはルシアのではないわ。あなたがここを出て行った時に置いて行った古いヴァイオリンよ、憶えていないの？」

「なんてこった、すっかり忘れていたぜ！」

「クローゼットの壁板の後ろに隠しておいたの。みんながルシアを疑い始めた頃……あるいはそうじゃないかとひそひそ噂《うわさ》し始めた頃……私があまりにひどくうなされていたので、みんなは私が抗議しているんだって思った。とにかく私の一言一句をみんなが真に受けたのよ」

アリスはまた笑った。

「血の足跡や呪《のろ》いの言葉は？」ヘンリーは尋ねた。カーティスは、もう尋問は打ち切り、どこかへ行ってしまいたい、と願った。

「ああ、フィールドの農場ではたくさん雌鳥《めんどり》を飼っているけれど、何羽いるかなんて誰も数えていないでしょ。呪いの言葉をこしらえるのはけっこう骨が折れたわ。でも聖書の中に効果的なのを見つけたのよ。『あなたの家には永久に長命の者はいなくなる』どこに書いてある言葉かわかりますか、バーンズさん？　あなたより私の方がよく聖書の言葉を知っていると思うわ。この呪いの言葉のおかげで、アレックは自分が早死にするだろうって思い込んだの。フィールド家の人間の中には迷信を信じる者が少々いるのよ」

「マギー・エルドンの髪を切ったのはあなたでしたか？」

「もちろんよ。だってマギーは自分の部屋の鍵を閉め忘れたことがあったんですもの。ジョージ・マクファーソンがクラス会のあと、車で送ってくれたもんで、あまりにも興奮していたからよ。私はジュリアに戻ってきてもらいたかった。マギーみたいに年がら年中、夜遅く帰ってくるなんていうことはなかったもの」

「あなたが決して捕まらなかったのは驚きだ」ヘンリーは驚きの声をあげた……が、相変わらず彼女を褒めたたえるような調子であった。

「ある晩、とうとう捕まったか、と思ったことがあったわ」アリスはそう言うと、啞《あ》然《ぜん》としているカーティスを、悪意に満ちた目つきでまたちらりと見た。「客用寝室の窓辺の鏡に映った顔を、あなたに見られたと思ったの」

カーティスは何も答えなかった。

「もちろん私の一番の楽しみは、ルシアをいじめることだったわ」アリスは言った。「あの子が大好きだった白樺《しらかば》の木を切り倒す時、斧《おの》をひと振りするたびに喜びに震えたわ」

カーティスは身動きひとつしなかった。しかし、アリスは彼に話しかけ続けた。

「あなたがここに下宿するようになってほんとうに嬉《うれ》しかったわ。若い牧師さんは好きだもの。シェルドン老牧師には泣きたいくらいうんざりだった。教団はここの教会には年寄りしか送り込まないことにしているのか、と思ったわ。奥さんが生きている間、老牧師に私を神聖な存在だと信じ込ませて、崇《あが》めたてまつらせるのは楽しかったわ。だってふたりとも年寄りのくせに、先生が私に献身的に接すると、奥さんときたら、やきもちを焼くんですもの」

「女性は、年をとったらやきもちを焼かないなんていうことがありますかね？」ヘンリーは考え込みながら呟いた。

「絶対ないわ」アリスはきっぱりと言った。「男だって焼くわよ。でも、奥さんが亡くなって、老牧師がどれほどまでに私を崇拝しても、気にする人がいなくなったわけで、もう崇拝してもらいたくなんかなくなったのよ。そしてあなたがここへ来るようになって……ちっとも怖くはなかったわ。ほかの人たちと同じくらいころっとだまされてしまうだろうと思った」

そう言われてカーティスはたじろいだ。が、気分が悪くなるほど図星であった。

「あなたが嫌になって出て行かないように、初めのうちはしばらくおとなしくしていようと決めていたの。あなたがルシアを好きになるとは思ってもみなかったわ。普通、男はルシアには見向きもしないのよ。だから、牧師先生はほかの誰かとくっつくに違いないって、もっぱらの噂だった。あなたとこの家の幽霊について真剣に話し合うのはおもしろかったわ」

彼女の笑い声を聞いてカーティスは再びたじろいだ。が、ものを感じる力が次第に蘇《よみがえ》ってきた。

「だけどそのうち、私の従妹《いとこ》のお嬢ちゃまと恋に落ちてしまうものだから、何もかも台無しにしたのよ……あなたが来てからというもの、あの子はあなたの愛を勝ち取ろうと必死だったわ。ええ、そうよ、見え見えだったわ……」

ヘンリーがイライラしているような音を立てた。

「だから、あなたには出て行ってもらわなきゃって決めたのよ。ルシアは心ひそかにあなたに夢中だったの。私は気づいていたわ。……ほかのフィールド家の人間同様、彼女も自分の感情を隠したければ、巧みに隠すことができるのね」

「ミス・フィールドは、私にはまったく関心がありませんよ」カーティスは大声で横槍《よこやり》を入れた。

「いいえ、夢中ですよ。だからついにはあの子が思いを遂げてしまうんじゃないか、と恐れていたんです。それに、あなたが出て行くと告げにやって来た時、私の後悔の涙は本物だったんですよ。どんなにあなたのことが好きだったか、ご存じじゃないでしょう」

アリスはまた笑った。月の光を浴びて目が燦爛《さんらん》と輝いていた。

「電話はどうやって操作していたのですか？」ヘンリーがしつこく尋ねた。

「ああ、あれね！　私は何もしていなかったのよ。同じ線を使っている男の子がいたずらで鳴らして、おもしろがっていたんでしょう。よくあるいたずら……呪われていると思われていない家にかけても誰も何とも思わないことだけれど。ちょうどうまい具合に相乗効果をもたらしてくれたわけね」

「それに……あのう……お金は……」ヘンリーはためらいがちに聞いた。

「私はどちらも盗《と》ってはいないわ。盗ったからって何か私にいいことでもあるかしら？……フィールド一族は泥棒ではないわ。間違いなく、マーシュの一味の仕業ね……ジュリアではないと思うわ。あの子は泥棒ではないと思う……でもあやしい兄がいるのよ」

「その……刈り取り結束機の納屋は？」

「私は火をつけたりしないわ、馬鹿《ばか》なこと言わないでちょうだい。自分の家を燃やしてしまうかもしれないような危ないことを、私がすると思って？　きっとその辺をうろついている輩《やから》に違いないわ……火事についてては何も知らないわ」

「やれやれ、それを聞いてほっとしましたよ」ヘンリーは安堵《あんど》した。「胸につかえていたんだ。これですっきりした。それから、あなたは普通の人と同じように歩けるのですね？」

「もちろん、歩けるわ。夜動きまわったのが、いい歩行訓練になったのよ。さあ、紳士のおふたり、どうなさいますか？　この私への裁きは？」

「判事になるつもりはないですよ」ヘンリーは言った。「お考えは、牧師先生？」

「私……私は、この件に関しては、どうもこうも……」カーティスは口ごもった。

「間抜けのアレックとチビで色黒のルシアに言いつけるおつもりでしょ。そして私を寒空へ追い出すんだわ」

「あのふたりはそんなことはしませんよ」

「ふたりが住まわせてくれても、私がここに住めると思うの？」アリスはかっとして叫んだ。「真っ先に飢え死にしてしまうでしょうよ」

「おお、いいや、飢えたりはしませんよ」ヘンリーはなだめるように言った。「牧師先生はアレックとルシアに報告するでしょう……俺はそんなお役目はまっぴらご免ですよ。あなたのことだけしか頭にないのですから。俺がどうしようとしているかわかりますか？」

「いいえ」アリスは興味なさそうに言った。

「あなたと結婚して、あなたをどこかに連れ去ろうとしているのです。そのために俺は故郷に帰ってきたんですから」

アリスは驚きのあまり立ち上がった。カーティスも茫然《ぼうぜん》自失の状態から引き戻された。

「あなたは……本当にそう思っているの？」アリスはゆっくりとした口調で確かめた。

「そうです。帰ってきた時には、望んでもできないと思いました。あなたが寝たきりだと知って。でもそうではないのですから、阻《はば》むものは何もないではないですか？」

「だけど……今となって、どうして私なんかと結婚したいと思うの？」アリスは目をきらきらさせながら尋ねた。

「わかりません。でもしたいのです……万《よろず》の神々に誓ってあなたと結婚したいのです」ヘンリーは力をこめて言った。「あなたが何をしたなんてどうでもいい。金を盗んで、納屋に火をつけたとしても、俺にはあなたが必要なんだ……でも、もしそんなことをしでかしたのなら、ちょっとばかり違った気持ちになっていたかもしれないですがね。あなたこそ、俺がずっと求めていた女性なんだ。だからあなたと結婚する。あなたを西海岸に連れて行けば……もう二度と再びここの住人たちに会うことはありません」

「今晩ここから連れ出してくださる？……今すぐに？」アリスはせがんだ。

「もちろんさ」ヘンリーは言った。「さあ、すぐに駅へ向かおう。今から行けばちょうど発車時間に間に合います。シャーロットタウンに着いたら、なるたけすぐに役所に届けを出して結婚式を挙げよう。町の牧師先生に頼めば取り計らってくれるだろう。牧師先生、あなたはこの役を買って出てはくださらないでしょうね」

「ううん……お断りします」カーティスは身震いしながら言った。

アリスは彼に軽蔑《けいべつ》の眼差《まなざ》しを向けた。

「だって、あなたはここの人たちに大事なことを伝えなければなりませんものね？」

「ああ……ええ、たぶん」哀れなカーティスは答えた。

ヘンリーは前かがみになり、アリスの肩をやさしくたたいた。

「さあ、一件落着だ。あなたのために家を建てて、女王様のような衣装を着させてあげよう……でも、これだけはお願いですから……よく聞いてくださいよ」

「今度は交換条件ね」アリスが言った。

「たくさんの条件ではありません。仕掛けるのはもうやめてほしいということだけです……このヘンリー・キルデアを弄《もてあそ》ぶ仕掛けはなしです。承知していただけますか？」

「ええ……わかったわ」アリスは答えた。

「二階へ行って、旅立つ支度をしてきてください」

アリスは、うつむいて自分の部屋着に目を落とした。

「それ以外に何か着るものはお持ちですか？」

「ずっと着ていない濃紺のスーツと帽子があるわ」アリスは弱々しく言った。「ひどく流行遅れですけれど……」

「そんなことはどうでもいい。店が開けば買えばいいさ」

アリスは立ち上がり、部屋を出て行った。

「さて、牧師先生、何かおっしゃりたいことは？」アリスが部屋を出ると、ヘンリーは尋ねた。

「何も」カーティスは言った。

ヘンリーはうなずいた。

「これが最善の方法だと思います。この事件はどんな言葉を使ってみても説明しきれない。これが事実なんだ、というしかね。それにしたって、まあ、なんて頭のいいことじゃないか！　モーブレイ・ナローズの人たちは、今後何年も噂話《うわさばなし》のネタに事欠きませんね。ブライス先生は何だか胡散臭《うさんくさ》いと感じていらしたようですが、あの先生でさえも事の真相はわからずじまいでした」

アリスが階段を下りてきた。スーツはまるで昨日あつらえたみたいによく似合っていた。そして、勝ち誇った表情を浮かべた顔は紅潮していた。

玄関の広間で彼女が目と鼻の先を通り過ぎても、カーティスはひと言も発しなかった。

「憎むがいい……軽蔑するがいい」アリスは激しい口調で言った。「あなたに嫌われたって平気よ……それに許してもらおうとも思わないわ。ルシアと結婚するならよく覚えてなさい。あなたが命果てる日まで、後悔するがいいと願っている者が、この世にひとりいることをね。ルシアは、あなたが想像しているような模範女性ではちっともないいんですから。言いなりにされてしまうでしょうよ。あの子の思うツボだわ。さようなら、親愛なるカーティス・バーンズ先生。ひょんなことからとは言え、ついにフィールド家の謎《なぞ》が解けて、いくらかほっとなさっていることでしょう」

「さあ、行きましょう」ヘンリーは言った。「もう時間があまりありません。いいですか、きょうこの時から、アリス・ハーパーさん、この件について、私にもほかの誰にも話すことを禁じますからね。この話はもうおしまい……闇《やみ》に葬《ほうむ》りましょう。二、三年もすればすっかり忘れ去られてしまいますよ。それに、バーンズ先生を馬鹿にするようなことも聞きたくはありません。最高の牧師さんのひとりですよ。さようなら、牧師先生。あの列車に乗り遅れたのは幸運でした。よく知らない人にあまり厳しい裁きをおくだしにならないことですね」

モーブレイ・ナローズとグレン・セント・メアリーの町中に燃えさかる炎の如《ごと》く、あっという間に広まった信じがたい噂を聞きつけて、翌晩、シェルドン老牧師がフィールド農場に現れた。

ブライス医師は老牧師に次のように伝えたのだ。

「彼女がこの騒動の鍵《かぎ》を何かしら握っている、といつも思っていました。しかし、正直に言って、そこまでのことをするとは想像が及びませんでしたよ。彼女がふるまっているほどには何もできなくはないのだろう、と踏んではいましたが、ジョックかジュリアとグルになっているのではないかと思っていたのです」

「アリスには我慢ならないわ」アン・ブライスは興奮して言った。「何かたくらんでいるような目つきをしていたもの……それにルシアのことを憎んでいるのは知っていたわ」

「まったく、女っていう生き物は！」医師は頭を横に振りながら言った。

シェルドン老牧師はカーティスの話に耳を傾け、銀髪の頭を同じように横に振った。

「もっと時間が経《た》てば、この事実も、ポンコツの脳みその中でこなれて、理解できるようになるのかもしれません。今はとても信じられません。それだけです。夢を見ていた……そしてまだ夢の中にいるような気がします」

「誰も彼もがそんな風に感じているんだと思いますよ」カーティスは言った。「アレックとルシアは途方に暮れてくらくらしていますよ。驚きのあまり怒りを通り越して、呆然《ぼうぜん》としています」

「私がいちばん心が痛んだのは……」シェルドン老牧師の声は震えていた。「彼女の……偽善です。教会に……私たちの務めに……とても関心があるようなふりをしていました」

「偽善ではなかったのだと思いますよ、シェルドン先生。それも彼女のねじまがった性格の本当の一面でもあるのです」

「ブライス先生もそうおっしゃっていました。しかし、どうも私には信じがたい」

「彼女は普通ではないのですから、信じられなくはないですよ。ブライス先生もきっとそうおっしゃったと思いますが。普通の人間を判断する基準で彼女を推し測ることはできないのです」

「いつもいたって普通に思えたんだがな」

「普通でいたことなどないのです。彼女自身の生い立ちがそのことを物語っています。血筋や伝統にがんじがらめになっていた。彼女の父親と祖父はアルコール中毒でした。先祖を取り替えることはできませんからね。その上、愛していた男性の結婚式に出席した時の抑圧された感情が心に打撃を与え、どうやら心がひどく病んでしまったのです」

「ブライス先生もそうおっしゃっていました。それにしてもヘンリー・キルデアが気の毒だな！」

「いいえ、気の毒なんかではないですよ。我々はこれまでヘンリーを見誤っていました。頭がよくなければ、西海岸でひと財産作ることなどできませんよ。それに、かねがね結婚したいと願っていた女性を射止めたんですから」

「それにしても何たる人生だ……」

「とんでもない。アリスは自分が望めばとても魅力的な女性になれるのです。あなたも私も、そのことは承知しておくべきです、シェルドン先生。信じてください、ヘンリーはきっと彼女をうまく扱いますよ。それに、結婚と家庭と財産……どれも彼女がいつもほしくてたまらなかったものです……その三拍子が揃《そろ》っていれば、アリスの心にとてもいい影響を与えるに違いない……」

シェルドン老牧師は首を横に振った。ありとあらゆることが彼の理解の範疇《はんちゅう》を超えていた。

「しかしながら」カーティスは言った。「ひとつだけ確かなことがあります。アリスは、ダイヤモンドを見せびらかしに、モーブレイ・ナローズに戻ってくることは決してないでしょう」

「ブライス夫人は戻ってくることもあり得るっておっしゃっていましたよ」

「ブライス夫人は間違っていますね。いいや、アリス・ハーパーとヘンリー・キルデアの姿はこれで見納めですよ。この騒動で私が衝撃を受けていないなんて思わないでください、シェルドン先生。今までの人生で経験した最悪の出来事でしたよ」

「何かで埋め合わせることができればいいのだが……」シェルドン老牧師は卑屈な口調で言った。「ブライス夫人がおっしゃるには……」

「この一件で何度ブライス夫人さんを引き合いに出せば気がすむんですか？　もう飽き飽

きです」カーティスは少々乱暴に言った。「結局、あの人たちだってあやしいと疑っていただけじゃないですか。我々と同じように何も真相は摑《つか》んでいなかった。でも、たぶん、みんな、あの人たちだけはいつだってわかっていた、と噂するようになるんでしょうね」

「いやはや、あなたは伝説というものがどのように生まれるかよくご存じですね。本当のところ、ブライス夫人は、人の性格を洞察することに関しては素晴らしい能力をお持ちですよ」

「まあ、この件はもうおしまいにしましょう。そうだ、シェルドン先生、協定を結びましょう。この事件については今後二度とお互い話し合わないということでご承知いただきたい」

シェルドン老牧師は、少々がっかりした様子で同意した。探り出したいことがまだまだたくさんあったのだ。しかし、彼は機転のきかない性質ではなかった。ルシア・フィールドが小径《こみち》をこちらに向かって歩いてくるのが目に入った。

夕暮れのうす明かりの中、カーティスは門の方から家に向かって歩いて行くと、玄関のポーチでルシアと鉢合わせになった。まだほの暗い明け方、事の成り行きを口ごもりながら伝えて以来、一日中彼女の姿を見ていなかった。今この時、彼は感極まって彼女を抱きしめた。

「可愛《かわい》い人……さあ、私の言うことをよく聞いてください……あなたは……あなたは……」カーティスはささやいた。

ジョックが庭を横切って歩いてきたので、ルシアは身をよじりカーティスの腕をすり抜けて、走りだそうとした。ところがその寸前、カーティスはルシアと視線を交わし、彼はたちまちこの上なく幸せな男になった。

「ブライス先生は何とおっしゃるだろう?」彼は心の中で思った。彼にはブライス夫人の言いそうな言葉がはっきりと聞こえてきた。

炉辺荘の夕暮れ

炉辺荘《イングルサイド》では、夕暮れの家族団欒《だんらん》のひと時、アン・ブライス、旧姓アン・シャーリーが、その時々にふさわしい詩を家族たちに読んで聞かせることがよくあった。長年住み込んでいるお手伝いで、家族の一員同然のスーザン・ベーカーもいつも一緒にその輪に加わった。アンは、結婚する前は物語を書いていた。子どもたちが生まれてからはすっかりやめていたのだが、最近折りにふれ、詩を書くようになり、家族に読んで聞かせるのだった。皆、アンの周りに集まって、読み終わるまではひと言も口を挟まず、じっと聴き入っていた。

ギルバート・ブライス医師　我々大人は、息抜きの時間を果たして十分にとっているだろうか。スーザンにしてみれば……子どもたちのために働き詰めだ。でもたぶん、彼女にとってはそれが息抜きでもあるのだろうが。

スーザン　（ウォルターが詩作にふけることには断固反対だが、ブライス夫人のすることはすべて正しいと信じている。心の中で……）私は夢みたりしない性質だけど、誰かが自分を必要としているって考えるのは素敵なことですよ。そう、この家ではみんなが私を必要としてくれている……とりわけシャーリーは、どんなことがあってもね。子どもが六人もいて、炉辺荘のような大きな家では、女ひとりじゃ、とても切り盛りできやしませんよ。だから私がここにいなきゃならないんです。

ウォルター・ブライス　（心の中で……）扉の上で大きな真珠の珠《たま》が揺れている。満月を見るとき、ぼくはいつもそう思うんだ。お母さんのように素敵な詩が書けたらなあ。お母さんくらいの年になったらきっと書けるようになる。まだ十二歳だもん。大人になるには、まだまだ時間がかかるね。

ブライス医師　（心の中で……）「垂木《たるき》微笑《ほほえ》む小さな家」か。十六年前にアンを花嫁として迎えたとき、「夢の家」のことをそんな風に考えていたな。男にとっての「初めての我が家」は決して忘れることのできない特別なものだ。でも、ぼくならこう書くね、「ひとり罵《ののし》りごとを言いたい時にいつでもこもれる部屋があれば」って。

スーザン　（再び）私はいつだってミントの香りが好きですよ。でも、私めが言わせていただけるなら、子どもたちの前では魔女のことなんか、あまり口にするもんじゃありません。馬鹿者《ばかもの》については……誰にだって、お馬鹿になる機会はごろごろころがってるものですよ……それで、ついつい お馬鹿になっちまうんです。

ブライス医師　誰だって、いつの日にかヴァイオリン弾きの浮かれ騒ぎの幕引きを聞かねばなるまい。アンもぼくも年をとったらどんな風になるのだろうか。ぼくの髪が薄くなり、二重顎《にじゅうあご》になったとしても……ぼくにとってアンはいつまでもアンのままだ。

ジェム・ブライス　ちぇっ、言ってくれるね！　いい詩を書くね、お母さん。

　　願わくば……

わが友よ　やがて来る年こそ
遊ぶゆとりと
にぎやかに一日暮れる

黄昏《たそがれ》に　束《つか》の間《ま》の夢みるときを
与えられるようにと願う
（そしてインドの浜辺から昇り来る真珠のような月が
ランタンの如《ごと》く君の戸口を照らすように）

垂木微笑む小さな家
いるべき人そこにいて
愛溢《あふ》れ　健やかな笑い
分かち合う仲間　ひとりふたり集う
（そしてひとり涙を流す時
隠れる場所があるといい）

庭に真紅の薔薇《ばら》咲き集い
君が喜ぶ　おだまきを植え
ほの暗い木陰に　ミントの香り
やさしく澄んだ風　そよぐ夜

（深く眠る夜もあり　箒《ほうき》に跨《またが》る魔女たちと
あちこち飛び交う夜もある）
たわわなるいちじくの　豊かな実り迎える時
棘《とげ》さすあざみも一、二本
毒のない取り入れは　冒険もなく退屈だから
（道理や規則がどうであれ
浮かれ騒ぎ馬鹿になる時もある）
地上のありとあらゆる美しさへ
尽きることない憧《あこが》れを　君が抱くことを願う
四月の野原の　夜が明けて
すらりと　寄り添う白樺《しらかば》の木立ち
（ヴァイオリン弾きが舞台を去る時
大した借りがないといい）

アン・ブライス

なつかしき浜辺の小径《こみち》

肩寄せ並ぶ　呪術師《ドルイド》のような樅《もみ》の木立ち
その足元の影を縫い　小径は曲がりくねり続く
大きな枝の分かれ目から見渡す　紫に霞《かす》む港の景色
西風が　沖合の紫紺の水面をかすめ　吹き渡る
日の沈みゆく彼方《かなた》から　霧にけむり悲しげに呻《うめ》く砂州を越え
白い泡の翼をたなびかせ　船が近づく
海岸線のはるか先で　灯台の灯りが星のように煌《きら》めく
昔　あなたと歩いた時と違《たが》わず
でも何かが永遠に消え去った　浜辺をめぐるなつかしき小径

浜辺ではあらゆるものがあなたのことを取り沙汰《ざた》し……
波が舌足らずにあなたの名を呟《つぶや》く
あなたがいたあの頃のように　心の中で何度もあなたに呼びかける
あなたの笑い声が　そよ風の中で　はっきりと響き
樅の枝のざわめきに　あなたの声がこだまする
海を見下ろす夏の空は　あなたの瞳《ひとみ》のように碧《あお》く深い
堤に咲く可憐《かれん》な野ばらは　愛《いと》しいあなたを待ちわびる
でも野ばらも恋人も待ちぼうけ　あなたは再び帰り来ることはない
忘れ去られたこの世界　浜辺をめぐるなつかしき小径

照り映える浜辺を　ひとりぼっちで歩まねばならない
あなたの口づけも　手のぬくもりも　求めても得られはしない
遠くに見える紫色の海の輝きと　霞のかかる港の堤を
ひとり寂しく　見つめるだけ
見知らぬ薔薇が　風に揺れる遠くの国で
あなたは私を思い　過ぎ去りし日々をなつかしんでいるのだろうか

もしも運命が許すなら　今ふたたび　喜び帰り来て
私と共に歩いてほしい　夕映えの浜辺をめぐるなつかしき小径
アン・ブライス

ブライス医師　その詩を書いている時、誰のことを考えていたんだい、アン？
アン　そんな嫉妬《しっと》深い言い方をするのなら、詩を読むのはもうやめにするわ。この詩を書いたのは何年も前で、メアリー・ロイスの恋の話から思いついたのよ。憶《おぼ》えていない？　それにもちろん浜辺をめぐるなつかしき小径は、アヴォンリーの小径のことよ。あなたと一緒によく歩いたじゃない。
ブライス医師　そうだったね。君が前の晩に、誰か別の男と一緒に歩いて帰ってしまって、どんなに心が痛んだことか。
スーザン・ベーカー　（縫い物台越しに思う）先生がご一緒できたはずないのに、奥様をほかの誰かと帰らせておしまいになったとは！　私には真の恋人と呼べる人はいなかったけど、男の子たちが時々一緒に歩いて帰ってくれましたよ。まるで相手にされなかったわけではないんです。男の子と一緒に歩いても、大した意味を持つわけではなくなりましたね。今では女の子が誰とでも気軽に走り回ってるじゃありませんか。

故郷の家の客用寝室《ゲストルーム》

旧知の友よ　今宵《こよい》　我が家の客人
月の光が　あなたの枕《まくら》を明るく照らし
静かな風が軒をくすぐり
遠い国の秘密をささやく
人知れず輝く泉の湧《わ》き出《い》ずる　青い丘
忍び寄る潮の流れを愛する　霧にけむる浜辺……
そして　冷たい露のひとしずくが

あなたを癒《い》やすよう……

開いた窓辺で聞く
木の葉のざわめき
静けさの中に響く
灰色のふくろうが　愛し子を呼ぶ声
臥所《ふしど》から　見る
暗闇《くらやみ》に浮かんでは消える　蛍のおぼろげな光
そして　あなたは悟る
臥所が　いかによき友かと

アン・ブライス

ブライス医師　疲れ果てて死にそうなとき、そんな心境になるね。ああ、でも……どこかの客用寝室で寝ていて……そんなだったなあ……ふう！

スーザン・ベーカー　そうそう、奥様、そういえば！　アベル・ソーヤーさんのお宅の客室で寝ようものなら、誰だって、夏には湿ったシーツのおかげで死んじまうって。それに冬は毛布が薄すぎて凍え死んじまうそうな。まあ、ありがたいことに、わが家の客用寝室ではあり得ないことですよ。

思いがけない訪問者

ティモシーは大あくびをした。八歳の少年にはなじみのない言葉であるが、彼は退屈していたのである。土曜日というのはたいがいつまらない一日で、グレン・セント・メアリーに遊びに行くこともできなかった。伯母たちが出かけている時には、家を出てはいけないことになっていた……ジェム・ブライスと遊びに炉辺荘《イングルサイド》へ行くのも許してはもらえなかった。もちろんジェムが来たければこちらへ遊びに来ることはいつだってできたが、彼は彼で土曜日の午後にはすることがあったので、結局、ティモシーはひとりで家にいるよりほかなかったのである。伯母たちはこの頃、以前よりも口やかましくなっていた。

ティモシーはふたりの伯母が大好きだった。特にエディスおばさんは大のお気に入りだった。それにしてもこと留守番に関してはやかましすぎるような気がして、納得がいかなかった。八歳にもなる大きな少年を——真っ暗闇《くらやみ》の中でひとりで寝るのは苦手だとしても、ひとりで二年間も学校へ通っているというのに——おばさんたちがシャーロットタウンに出かけるからと言って、家に閉じ込めておかなくたっていいじゃないか。

伯母たちは、その朝、早く家を出たのだが、その顔には見るからに心配そうな表情が浮かんでいた。何か気にかけているのはいつものとおりだったが、その度合がいっそう濃かったのだ。なぜなのだろう。ティモシーには思い当たる節はなかった。でも最近のふたりの言うことなすことの端々に今までとは違うなにかを感じていたのだ。そんなに何年も前のことではないのになあ……八十歳の老人が若き日を懐《なつ》かしむかのような様子で考え込んだ。ティモシーは、伯母たちが陽気に笑っていた頃のことを思ことを思い出していた。特にエディスおばさんは、学校の男子生徒たちが陽気に笑っていた頃のわりされても、心の底から楽しそうにしていた。それに、彼女たちは、炉辺荘の人たちと大の仲よしで、ブライス先生と奥さんのことを世界中でいちばん素晴らしい人だと思っていた。

ところが、ここ二年の間に、だんだん笑わなくなってしまったのだ。ティモシーにはなぜだかわからなかったが、このことは、何か自分と関係があるのではないかと居心地の悪い気がしてならなかった。ティモシーは悪い子ではなかった。未亡人であるがために男の子のことをあまりよく思っていないカスリーンおばさんからも、悪い子だなんて言われたことは一度もなかった。ジェム・ブライスによると、スーザン・ベーカーが、炉辺荘の子どもたちは別として、ティモシーほど行儀のいい子はほかにはいないと言っていたそうだ。

もちろん、時にはそうかもしれない……でもいつでも完璧《かんぺき》でいるのは大変なことだ。いったいどうしてなんだろう？　おばさんたちがあんなにぼくのことを心配するのは。きっと女だからに違いない。女の人というのはあれこれ気をもむ生き物なんだ。だけど、ブライス先生の奥さんはあまり心配しなさそうだし、スーザン・ベーカーはもっとしなさそうだ。どうしてだろう？

その点、男はどうだろう……ブライス先生が心配そうにしているのは見たことがなかった。

お父さんが生きていてくれてたらなあ！　でももし生きていたら、ティモシーは、グレン・セント・メアリーの人たちが「隠れ家《コーナー》」と呼んでいる、この人里離れた小さな家で、エディスおばさんと一緒に暮らすことはできなかった。ティモシーは「隠れ家《コーナー》」が大好きで、他の場所に住むことなど考えられなかった。けれどもいつだったか、カスリーンおばさんにそう話した時、彼女は溜息《ためいき》をつき、エディスの方をじっと見つめた。

カスリーンは何も言わなかったが、エディスは語気を強めて言った。

「私は神様がそんな非情なことをなさるはずはないと信じていますよ。いくらあの人……あの人だって、そんなにひどいことはできるはずがありませんもの」

ふたりは神様のことを話しているのだろうか。炉辺荘の人たちは、神様は愛だと話していたし、スーザン・ベーカーだってその通りだと言っていた。

「しぃっ」カスリーンはティモシーに聞かれるのを警戒した。

「あの人にいつかはきっと知らせなければならないのでしょうが……」エディスは、きびしい口調で言った。

ティモシーは、今では神様についてなら知っていた。それに、周りの人たちもみんな知っている。それなら、どうしてあんなに謎《なぞ》めいた話し方をするのであろうか。

「あの人にもいつかはきっとわかる時がきますよ」エディスは、もう一度苦々しげに言った。

「十年なんてすぐに経《た》ってしまいますからね……それに、まじめに務めればもっと短くだってなりますもの」

エディスおばさんの「あの人」っていったい誰なのだろう。ティモシーにはどうしてもわからなかった。近頃は神様のことではない、というのはわかっていた。いったい「あの人」が誰なのか自分にわかる時がくるのだろうか？　それに、どうして急に「しぃっ」と言って、話を途中でやめてしまうのだろう？　エディスはすぐにティモシーの音楽のレッスンのことを持ち出して話題をそらし、ローブリッジのハーバー先生にレッスンを頼もうかと言い出す始末だった、ティモシーにとっては、音楽のレッスンが、一番の苦痛の種だった。ジェム・ブライスは大した事はないじゃないか、と笑い飛ばすけれども、笑い飛ばしたってレッスンを受けなければならないことには変わりなかった。いくら頼んでも、カスリーンの気は変わりそうになかった。

彼は憂鬱《ゆううつ》な気分だった。以前からエディスは、ティモシーをローブリッジの避暑地の小さな湖へ連れていってあげると約束してくれていた。きっと自動車で行くに違いなかった……まだ自動車は珍しかったので、ティモシーは乗せてもらうのをとても楽しみにしていた。ブライス医師が、時々自家用車に乗せてくれることはあったが。湖に行ったら回転木馬に乗りたいと思っていた。ティモシーは木馬が大好きだったが、カスリーンが許してくれないので、なかなか乗る機会がなかった。エディスなら、きっと許してくれるに違いない。

ところが、約束の朝、カスリーンのもとへ一通の手紙が届けられた。それを読むと、彼女は真っ青になり、声を妙につまらせながらエディスに何か話しかけた。すると、エディスも真っ青になり、ふたりそろって部屋から出ていった。伯母たちは、ブライス先生に電話をかけて、何か相談している様子だった。カスリーンおばさんが病気にでもなったのだろうか。

しばらくすると、エディスが、申し訳ないけれど今日は湖に行けなくなった、と言いに戻って来た。とても重要な用事ができたので、ふたりそろってシャーロットタウンに行かねばならないのだそうだ。ブライス先生が間もなく迎えにくるらしい。

「おばさんのどちらかが病気なの？」ティモシーが心配そうに尋ねた。

「いいえ、そうではないのよ。でも……病気よりももっと厄介なことなの」エディスは答えた。

「エディスおばさん、泣いているんだね」ティモシーは不安そうにそう言うと、椅子《いす》から立ちあがって彼女に抱きついた。

「ぼくが大きくなるまで待ってね。大きくなったら、絶対におばさんを泣かせたりはしないよ」

するとエディスのやさしい褐色の目からまた涙があふれ出た。

カスリーンは泣いてはいなかった。青白い顔にきびしい表情を浮かべていた。そして冷たい声で、戻ってくるまで門から出ないように、と言った。

「炉辺荘へちょっとだけ行ってきてもいいでしょう?」ティモシーは尋ねた。

明日はエディスの誕生日だったので、プレゼントを買いに行きたかったのだ。ティモシーはこつこつ貯《た》めた二十五セントのお小遣いをはたいて、プレゼントを買うつもりだった。ロープリッジにはほしいものがいろいろあったが、カーター・フラッグの店のガラスの陳列棚には、とびきり素晴らしいものが並んでいた。ティモシーは、うっとりするような美しいレースのえり飾りがあったのを憶《おぼ》えていた。

しかし、カスリーンは容赦なく外出を禁じた。ティモシーはそれでも、ふくれっ面《つら》はしなかった。むくれたり、すねたりしないという点では、ティモシーの方がたとえジェム・ブライスと比べてみても上だったかもしれない。もっともそんなことをスーザン・ベーカーに言おうものなら、命を奪われかねなかったが。結局ティモシーは、ひとりぼっちのつまらない朝を過ごさなければならなかった。飼い犬のメリーレッグスとかけっこをしたり、鶏の卵を数えたり、並べ替えたりした。ジェムの持っている卵よりは多いとわかると、少しばかり愉快な気分になった。こちらの門柱からあちらの門柱へと飛び移ろうともしてみたが、不覚にも飛び損なって地面へ落ちてしまった。仕方がない、そのうちに飛び移れるようになるさ。彼はお手伝いのリンダが用意してくれた昼食をたいらげると、今度は彼女とおしゃべりでもしようかと思った。ティモシーは人なつっこい少年であった。ところが、リンダもむっつりしていた。いったい、きょうはみんなどうしたのだろう？　リンダは普段はとても気のいい人だったので、ティモシーは、炉辺荘のスーザン・ベーカーほどではなかったにしても、彼女に親しみを感じていた。ああ、午後はどうやって時間を潰《つぶ》したらいいだろう？　ティモシーはすっかり途方に暮れてしまった。

そうだ、もう一度門のところまで行って、自動車や馬車が通りすぎるのを眺めていよう。門を出なければいいのだから。ティモシーは干ぶどうがむしょうに食べたくなった。日曜日の午後には、「特別のごほうび」として、果汁たっぷりの大粒の干ぶどうをひとつかみもらえることになっていたが、その日は土曜日であったし、不機嫌そうなリンダの顔を見れば、頼んでみたところで無駄な気がした。でも、それは彼の思い過ごしだったのかもしれない。もしかしたら喜んで干ぶどうぐらいくれたかもしれなかった。

「何か考え事でもしているの、坊や？」と誰かの声がした。

ティモシーはびっくりして飛びあがった。この男の人は一体どこから現れたのだろう。物音ひとつしなかったし、足音も聞こえなかった。その人は門の外にひとりで立っていて、ティモシーをじっと見つめていた。端整な顔立ちに深いしわが刻まれ、どことなく陰気な印象を受けた。浮浪者ではなさそうだ……きちんとした身なりをしている。しかし、理由はうまく説明できなかったが、この人にはこういう立派な服はあまり似合わないような気がした。ティモシーはなかなか感受性の鋭い子どもで、ものごとを直感で的確に捉《とら》えるところがあった。

その男性の目は灰色で、どこか不満がくすぶっているように思えた。きっと何かに腹を立てているに違いない。それもちょっとやそっとの怒りでない、思いつけばどんなにひどいことでもしかねないほど腹を立てているようだ。ああ、何という一日だろう。プライス先生が口ぐせみたいに言う「ヨナの受難日」(不吉な日)なのかもしれない!

それにもかかわらず、ティモシーは、その男性に何となく心惹《ひ》かれた。

「ロープリッジの湖のことを考えているんだよ。あそこへ行ってたら、どんなに楽しかっただろうってね」ティモシーはやや緊張気味に口を開いた。知らない人と話をしてはいけないと言われていたからだ。

「ああ、あの湖ね! 男の子にとっては、最高にわくわくする遊び場だね……でも、私が子どもの頃はまだ避暑地にはなっていなかったなあ。それにあの湖は池と呼ばれていたんだよ。君はあそこへ行きたかったのかい？」

「うん、エディスおばさんが連れていってくれることになっていたんだけど、行かれなくなってしまったの。とっても大事な用事ができちゃったんだって。ブライス先生の車に乗って、町に出かけちゃったんだ」

「ブライス先生か！　いまでもグレン・セント・メアリーに住んでいるのかい？」

「そうだよ。今は炉辺荘に住んでいるよ」

「そうか！　ところで、カスリーンおばさんは家にいる？」

ティモシーはだんだん緊張がほぐれてきた。おばさんの知り合いなら、話をしたって叱《しか》られはしないだろう。

「カスリーンおばさんも一緒に出かけたよ」

「おばさんたちは何時頃戻ってくるかな？」

「夕方まで帰ってこないよ。弁護士さんに会いに行ったんだって。リンダがそう言ってた」

「そうか……」男性は一瞬考えこみ、それからくっくっと奇妙にくぐもった声で笑った。ティモシーはその笑い方が気に障《さわ》った。

「おじさんはカスリーンおばさんの友達ですか？」ティモシーは礼儀正しく尋ねた。

男性はまた笑った。

「友達と言えば、友達かもしれない。しかも、とても親しい友達だな。私に会えば、きっと喜ぶと思うよ」

「じゃ、ぜひまた訪ねてきてくださいね」ティモシーは説得するように言った。

「間違いなくまた訪ねるよ」男性は言った。そして、門のそばの大きな赤い丸石に腰をおろし、たこのできている、ごつごつした指に煙草《たばこ》をはさみ、火をつけると、気どって、品定めするような目つきでティモシーを上から下までじっくりとながめた。きちんとした可愛《かわい》い男の子だ……からだつきもしっかりしている……褐色のくせ毛……夢みるような瞳《ひとみ》ときれいな顎《あご》の線……。

「坊やは誰に似ているの？」男性は唐突に尋ねた。「お父さんの方？」

ティモシーは首を振った。

「わからない。お父さんに似ているといいなあ。でも、ぼくはお父さんの顔を知らないんだ。死んでしまって……写真も残っていないの」

「残っているはずもないだろうね」男性は言った。ティモシーは、その言い方がまた気に食わなかった。

「ぼくのお父さんはとても勇敢な人だったんだよ」彼はすぐに言葉を続けた。「ボア戦争で活躍した軍人で、立派な勲章をもらっているんだ」

「誰に教えてもらったの？」

「エディスおばさんだよ。カスリーンおばさんはお父さんのことは何も話してくれない。エディスおばさんだって、あんまり話したがらないけど……あんまりね……でも、そのことだけは教えてくれたんだ」

「エディスはいつもやさしかった」男性は呟《つぶや》いた。「坊やは、あの人……いや……君のお母さんにも似ていないね」

「そう似てないの。お母さんの写真は持っているんだ。お母さんはぼくが生まれた時に死んだんだって。エディスおばさんは、ぼくはノリスじいさんにそっくりだって言っているよ……お母さんのお父さんさ。だから、ぼくはノリスっておじいさんの名前で呼ばれることもあるんだよ」

「おばさんたちは親切にしてくれるかい？」男性は尋ねた。

「とっても親切だよ」ティモシーは力をこめて言った。たとえ親切でなかったにしても、そう答えていただろう。ティモシーは、誠実さに満ちた律義《りちぎ》な少年だった。「だって……ぼくを育ててくれているんだもの……時には叱られることもあるし……嫌いな音楽のお稽古《けいこ》にも行かなきゃならないけど……」

「君は音楽のお稽古が嫌いなの？」男性は面白がって尋ねた。

「うん、ぼくにとって、ためになることだとわかってはいるんだけどね」

「犬を飼っているんだね」男性は、メリーレッグスを指さした。「血統がよさそうだ。たしかカスリーンもエディスも、犬が嫌いだったんじゃなかったかなあ」

「うん、嫌いだよ。でも、ブライス先生が男の子は犬を飼ったほうがいいって言ったものだから、認めてくれたんだよ。夜ベッドで一緒に寝ても、今ではもう何にも言わないよ。知らんぷりさ。おばさんたちはいいとは思っていないだろうけど、見て見ぬふりしてくれているんだね。だって、ぼく、暗いところでひとりで寝るのがいやなんだもん」

「おばさんたちは、君を暗い部屋でひとりぼっちで寝かせるの？」

「うん、でも、だいじょうぶだよ」ティモシーはあわてて答えた。自分が伯母たちの欠点をあげつらっているように思われるのがいやだった。「ぼくはもう大きいんだもん。暗いところで寝るのは当たり前だよ。ただ……ただね……」

「何？」

「明かりが消えると、窓からいろんな顔がのぞいているような気がしちゃうんだ。恐《こわ》い顔とか……怒った顔とか……。いつかカスリーンおばさんが、窓を見るたびに『あの人の顔が見えはしないか』って心配していたんだよ。誰のことなのかなあ。ぼくにはわからない。それを聞いてから、暗闇《くらやみ》のなかに人の顔が浮かぶようになったんだ」

「君のお母さんもそうだった」男性はぼんやりと呟いた。「お母さんも暗いところが嫌いだった。だから、君をそんなところに寝かすのはいけないなあ」

「全然かまわないよ」ティモシーは大きな声をあげた。「ぼくのおばさんたちは、とてもやさしいんだよ。大好きさ。でも、あんなに心配ばかりしなければいいのにって思うんだ」

「あれ、そんなに心配しているの？」

「うん、とっても心配している。何がそんなに心配なのか、わからないけど。ぼくが原因っていうわけではないと思うんだけど。でも、おばさんたちは時々ぼくのことを心配そうに見るんだよね。おじさん、ぼくに何かいけないところがあると思う？」

「何にもないさ。ところで、おばさんたちは本当にやさしくしてくれるんだね？　ほしいものは何でもくれるんだね？」

「うん、何でもだいたいはね」ティモシーは用心深く答えた。「ただね、金曜日のライス・プディングには、干ぶどうを入れてくれないの。何でだめなのかわからないよ。炉辺荘ではいつだって、干ぶどう入りなのに。ブライス先生の大好物なんだって。エディスおばさんは入れたいみたいだけど、カスリーンおばさんが絶対許してくれないの。ノリスの一族はライス・プディングには、干ぶどうを絶対入れないんだって。あれ、もう行っちゃうの？」

男性は立ち上がっていた。彼はとても背が高かったが、少し猫背だった。ティモシーは男性のしぐさや物言いが少々気に入らなかったが、同時に惹かれるところもあったので、彼がもういなくなってしまうのは残念な気がした。それに、話し相手がいるというのはいいものだった。

「湖の方へ行ってみようかと思ってね」男性は言った。「君も一緒に行かないかい？」

ティモシーはびっくりした。

「おじさんはぼくを連れて行きたいの？」

「うん、すごく連れてゆきたいよ。小馬に乗ったり、ホットドッグを食べたり、ソーダ水を飲んだり……ほかにも坊やの好きなことを何でもさせてあげよう」

抗《あらが》いがたい誘惑だった。

「でも……でも……」ティモシーは口ごもった。「カスリーンおばさんが、ここから外へ出てはいけないって言ったんだ」

「ひとりではいけないさ」男性は言った。「ひとりで行ってはいけないという意味だよ。カスリーンだって、私と一緒だとわかれば、絶対納得するはずさ」

「本当にそうかな？」

「間違いないさ」そう言うと、男性はまた笑った。

「お金だけど……」ティモシーは、ためらいがちに言った。「ぼくは十セントしか持ってないんだ。お小遣いが二十五セントあるんだけど、それは使うわけにはいかないの。エディスおばさんの誕生日のプレゼントを買うお金だからね。でも、この十セントなら使えるよ。ずっと大事にしまっておいたの……道で拾ったんだよ」

「私が君を招待するんだから、お金のことは心配しなくていいよ」男性は言った。

「じゃ、メリーレッグスを小屋に入れてくるね」ティモシーは、ほっとして言った。「それから、顔と手を洗ってくる。ちょっと待っててね」

「いいよ」

ティモシーは車寄せを駆け戻り、いくらか後ろめたい気持ちに苛《さいな》まれながら、メリーレッグスを小屋に閉じ込めた。それから、顔や手足をごしごしこすり、特に耳は念入りに洗った。耳はいつもきれいにしておかなくては気が済まなかった。耳のつくりがもっと単純だったらよかったのに。どうしてこんなにややこしいんだろう。ジェム・ブライスも同じことをスーザン・ベーカーに尋ねたことがあったらしいが、それは神様のご意志です、という返事だったそうだ。

「おじさんの名前を教えてください。そのほうが呼びやすいな」ティモシーは、並んで歩きながら尋ねた。

「ジェンキンズって呼んでおくれ」男性は言った。

ティモシーは素晴らしい午後の時間を過ごすことになった。この上なく楽しいひとときだった。回転木馬には乗りたい放題乗れたし、ホットドッグよりずっと美味《おい》しいものも食べた。

「ちゃんとした食事がしたいね」ジェンキンズは言った。「昼ごはんを食べ損なっていたんだ。レストランがあるね。あそこで何か食べるとしようか？」

「あそこは高い店だよ」ティモシーは言った。「おじさん払えるの？」

「だいじょうぶさ」ジェンキンズは、寂しげに笑った。

値段が高いだけあって、高級な雰囲気のレストランだった。ジェンキンズは、値段は気にせずに、好きなものを注文するようにと言った。ティモシーはすっかり有頂天になっていた。夢みたいなひとときだ……ジェンキンズさんは、本当に素敵な人だ。それに、こうして本物の男の人と向かい合って……一人前の大人みたいにメニューから好きなものを注文できるなんて！　ティモシーはうれしさのあまり溜息《ためいき》をもらした。

「疲れたかい、坊や？」ジェンキンズは尋ねた。

「ううん、ちっとも」

「楽しかった？」

「うん、とっても。でも……」

「何、どうかしたの？」

「おじさんはあんまり楽しくなかったんじゃないかって、思ってね」ティモシーは、ゆっくりとした口調で言った。

「そうかな」ジェンキンズもゆっくりと言った。「そういえば、そうかもしれない。つい考えごとをしていたからね……友達のことがね……いろいろ気になってるんだ。きっとそのせいだね」

「その人、元気じゃないの？」

「いや、元気だ。とても元気だよ。普通に生きていけるぐらいにね。ところが……幸せではないんだ」

「どうして？」ティモシーは尋ねた。

「なんと言ったらいいのか……その人は愚か者だったんだ……いや、愚かどころではなかった。そうだ、大馬鹿《おおばか》だったんだ。自分のものではないお金をたくさん使ってしまったんだからね」

「じゃあ……お金を盗んだってこと?」

「そうだな、使い込んだと言ったほうがいいな。その方が聞こえがいい。でも、銀行の方では、坊やの言うように、盗んだって考えたんだよ。だから、その人は十年の刑を受けて、刑務所へぶちこまれた。でも、刑期の終わる一年前に釈放になったのさ……真面目《まじめ》に務めたからね。刑務所から出てみると、何と大金持ちになっていたんだ。刑務所にいる間に、その人のおじさんが死んで、たくさんの財産を遺《のこ》してくれたからだよ。でも、いくらお金があったって、なんの役に立つ? もう前科者の烙印《らくいん》を押されちまったんだからね」

「その人、かわいそうだね」ティモシーは言った。「でも、九年ってとても長いから、みんな忘れてしまっているんじゃない?」

「忘れない人もいるんだよ。たとえば、その人の奥さんの姉さんたちがそうだ。彼女たちはとても厳しくてね。だからその友達も、彼女たちをひどく嫌っていた。刑務所を出たら仕返しをしてやろうと考え続けていたほどだ」

「仕返しって、どうやって?」

「方法はある。彼女たちがとても大切にしているものを奪ってやればいい。それに、友達はひとりぼっちだから……仲間がほしいんだ……ひどく寂しがりやなんだよ。きょうの午後、そいつのことをずっと考えていたんだよ。でも、だからといって、私が楽しくなかったわけじゃないからね。坊やと過ごしたひとときは、決して忘れないよ。さて、おばさんたちが帰る前に、家に戻りたいだろう？」

「うん。でも、きょうのことはおばさんたちだって、そんなに心配しないんじゃないかなあ。帰ったら全部話そうって思っているの」

「叱《しか》られるんじゃないかな？」

「たぶんね。でも、いくら叱られたって痛くも痒《かゆ》くもなんともないよ。リンダがいつもそう言っているよ」ティモシーは、平然と言ってのけた。

「きっとそんなに叱りはしないよ。真っ先におじさんからの伝言を伝えてくれれば、きっとだいじょうぶだ。ところで、エディスおばさんの誕生日プレゼントは、もう買ったんだね？」

「うん。でも、もうひとつ買いたいものがあるの。あの十セントでお花を買って、公園の兵士の記念碑に献《ささ》げてこようと思うんだ。ぼくのお父さんは、勇敢な兵士だったんだからね」

「お父さんは南アフリカで戦死したの？」

「違うよ。戦争から帰ってきてお母さんと結婚したの。銀行で働いて、それから死んだんだって」

「そうだ、死んだんだ」ジェンキンズがそう言った時、ふたりはちょうど「隠れ家《コーナー》」にたどりついた。

「ところで……」ジェンキンズは続けた。「坊やのお父さんは、これからもずっと死んだままだと思うよ」

ティモシーはぎくりとした。こんな変な言い方があるだろうか？　カスリーンが聞いたら、不真面目だと言って怒り出すに違いない。それでも、ティモシーはジェンキンズに好意を抱かずにはいられなかった。

「じゃあ、さようなら、坊や」ジェンキンズは言った。

「また会えるよね？」ティモシーは別れがたかった。また会いたくてたまらない気持ちになった。

「いや、もう会えないだろうね。私は遠くへ行ってしまうからね。ずっと遠いところへね。さっき話した友達が……遠くの……新しい土地へ行くことになっているんだ……だから、私も行こうと思ってね。そいつはとても寂しがりやだから、ついて行ってあげなくちゃ」

「ひとりぼっちは本当に寂しいよね。お友達にぼくからもよろしくって伝えてね。これからはもう寂しくないといいね」

「うん、伝えるよ。それから私の伝言もおばさんたちに伝えてくれるね？」

「自分で伝えるわけにはいかないの？　だって、おばさんたちに会いに来たって言ってたじゃない？」

「どうやらもう会ってから行くのは無理みたいだ。おばさんたちが帰ってきたら、今朝の手紙のことは心配しなくてもいい、と伝えておくれ。もう弁護士のところへ行く必要はないって……今朝の手紙の差出人の無理な要求が実際まかり通ることなのか、なんてもうこれ以上相談する必要はないってね。私はその手紙を書いた人のことをよく知っているが、その人は考えを変えたんだ。その人は遠いところへ行くことになったから、もうおばさんたちに迷惑をかけはしないって。いいかい、必ずおばさんたちに伝えるんだよ。わかったね？」

「うん、わかった。じゃあ、おばさんたちはもう心配しなくてもいいんだね？」

「そうだ、その人のことはもうこれでおしまいだ。それから……いいかい、音楽のお稽古《けいこ》はやめにすること、金曜日のプディングには干ぶどうを入れること、それから坊やが寝る時には明かりを消さないこと、この三つも伝えるんだよ。もしそうしなければ、その人がまた何をしでかすかわからないって言うんだ」

「音楽のお稽古とプディングのことは話すよ」ティモシーはきっぱりと言った。「でも……その人さえよければ、明かりのことは言いたくないな。ぼくは臆病者《おくびょうもの》になるわけにはいかないんだもん。だって、お父さんは臆病ではなかったからね。その人に会ったら、そう伝えてくれない？」

「そうだな、坊やの方が正しいかもしれない。まあ、ブライス先生に相談してみなさい。先生とは大学で一緒に勉強したんだ。だから何でもわかり合っている仲さ。それから、これは坊やの耳に入れておきたいことだが、きょうは本当に楽しかった。万事うまくいってよかったね。でもね、忠告しておくよ、これからは知らない人とどこかへ行ってはいけないからね」

ティモシーは、ジェンキンズの堅い手を強く握りしめた。

「でも、おじさんは知らない人ではなかったもん」ティモシーはそう言うと、訴えかけるような眼差《まなざ》しでジェンキンズを見つめた。

第二夜

新しい家

乳白色の壁　松の丘に映え
金色に揺れる　ポプラのかげで
あなたは　私を待つ
私は心躍らせ　鍵《かぎ》を携える

あなたこそ　私の住処《すみか》
これから先　幾歳月《いくとしつき》の
美しい幻影の　すべてを見る

四月の雨にけむる　灰色の黄昏《たそがれ》
八月の月夜の　浮かれ騒ぎ
人恋しい秋の　やさしい風の音
弱みにつけこむ　十二月の嵐《あらし》
そのすべてが　あなたに恵みを与える
ああ、我が家よ、まだ誇らしげに新しい

笑いと涙　ここにあり
勝利と敗北　ここにあり
甘い日々と　辛《つら》い日々
歓喜　忠誠　そして恐怖……
そのすべてが　あなたと溶け合って

魂が宿り　生命《いのち》かよう

子らの歌声　戸口に響き
階段を下りゆく　純白の花嫁
少女は　五月花《メイフラワー》を髪に飾り
床を鳴らす　陽気な足音
静かな夜の　恋人たちの囁《ささや》き
心安らぐ明かりの灯《とも》る　新しき我が家よ

暖炉を囲む　語り合い
別れと出会い　死と誕生
喜びと悲しみを積み重ね
歳月がめぐり　満たされて
住む人すべての　家庭《ホーム》となる
愛《いと》しき我が家よ、まだ誇らしげに新しい

アン・ブライス

ブライス医師　トム・レイシーがローブリッジ通りに建てた新しい家のことかい？ そういえばじっと見入っていたよね。

スーザン・ベーカー　支払い切れないくらいお金がかかったそうですよ。新しい家というのはおもしろいものですね。どうしたって気になりますよ。時々思うんですが……（言葉を切る。心の中で……オールドミスが新しい家についてとやかく言わない方が賢明だね）

駒鳥《こまどり》の夕べの祈り

果樹園の樹木の枝を縫い
遠くからやさしく風が吹く時
駒鳥たちは　美しくさえずり
一日の終わりを　告げる
遠くほの暗い谷間に
冷たく静かに　夜露の降りる時
駒鳥たちは　宵の明星を迎えるため
丘の頂で　笛のような声を響かせる

ほらお聴き　駒鳥たちの歌声を
橅《ぶな》の木立ちが囲む空き地で　日の沈みゆく森で
ほらお聴き　駒鳥たちの歌声を
羊歯《しだ》の甘く香る　静かな霊気こもる物陰で
澄んだ響きを真似《まね》ようと
小妖精《ピクシー》たちが忍び寄る
声を合わせ　一斉に応《こた》える駒鳥たち

歓喜あふれる　夕暮れのひととき
駒鳥たちの合唱に　我らの心は満たされる
駒鳥たちは　陽気に歌い
木の上に棲《す》む　小人たちと
大事な秘密を　わかち合う
夜の帳《とばり》が降りるまで
駒鳥たちはその秘密を　我らに向けてくり返す
遠くから　近くから届く　駒鳥たちのやさしい呼びかけ
耳を澄ましてお聴き　彼らの歌声を

アン・ブライス

スーザン・ベーカー　私は夕方、駒鳥のさえずりを聞くのが好きですよ。
アン・ブライス　駒鳥たちのさえずりが響き渡ると、楓《かえで》の森と虹《にじ》の谷は生き返ったようになるわね。

ブライス医師　お化けの森やオーチャード・スロープで聴いた、駒鳥たちの歌声を憶《おぼ》えているかい？

アン　（やさしく）忘れもしないわ、ギルバート、何もかもね。

ブライス医師　ぼくもさ。

ジェム・ブライス　（窓辺から家の中に向かって叫ぶ）おやつ！　おやつ！　ねえ、スーザン、パイって残ってたっけ？　ぼくは世界中の駒鳥の歌声を聴くよりパイのほうがずっといいや。

スーザン　いかにも男の子らしいじゃないかね？　ウォルターもああだったらいいのに。

夜

おぼろげな草地を縁どる　砂丘のかげに
青白く魅せられし月が　沈みゆく
太古から途切れることない　潮の流れに
淡き　星影が揺れる

私はひとり
満たされぬ心を　隠すため
笑い声と微笑《ほほえ》みで　もはや取り繕うことをしない
孤独を道連れに
寄り添い　離れ　そぞろ歩く
影がかすかな帳を織りなす　荒地を横切り
仄暗《ほのぐら》い道を進み行く

風がなつかしい抒情詩《じよじようし》を詠《うた》えば
古き墓から女王のすすり泣きが洩《も》れ聞こえる
はるか遠くの静かなる丘と　昔なつかしい砂浜は
私の美しき姉妹
過去の心のすべての痛みを
甘い忘却の彼方《かなた》へと連れ去る
浮世の日々は辛《つら》く悩ましくとも
私を涙させる力はもはやない
暗闇《くらやみ》を　甘んじて受け入れる
疲れ果てた者が　眠りを歓迎するかのごとく

アン・ブライス

ブライス医師　想像力をかき立てられるね。心が満たされていなかったなんて、いつのことなんだい？

アン　（とがめるように）子どもの頃ずっとよ、ギルバート。それから、あなたがクリスチン・スチュワートと恋をしているって思いこんでいた時。そうね……あと……小さなジョイスが亡《な》くなった時。あなたにとっても忘れられないことでしょう、ギルバート。

ブライス医師　（後ろめたさを感じながら）うん、忘れられないさ。でも、ぼくはね、ぼくが君と出会った時から、君の人生が始まったって思うことにしているんだ。男のエゴだと、君は言うかもしれないね。だが、忘れなければならないから人は忘れるんだよ。そうじゃなければこの世の中やっていかれないよ。人は毎日何かしら痛い思いをしているんだからね。

スーザン・ベーカー　きょうシャーリーの子犬の小さな足にとげが刺さって痛がってたんで抜いてやりましたよ。ええ、確かに、本当ですとも。

男と女

男

愛しい女性《ひと》よ　貴女《あなた》が夢みたのは私しかいない
貴女の心を薔薇《ばら》で満たしたのは　私のほかにはいなかった
貴女の囁《ささや》きは私のもの　貴女の笑い声も私のもの
ほかの誰かの幻の口づけが　私たちを引き裂くことはない
私だけのために　その聖なる白い頰が紅《あか》く染まり
私だけのために　その瞳《ひとみ》がサファイアの罠《わな》を紡《つむ》ぎ出す
霧と炎の女性よ　私だけが貴女の恋人だと言っておくれ
貴女のその黒髪に　顔を埋《うず》めたのは私だけだと言っておくれ

女

愛しい男性《ひと》よ　私は少しも気にしない　私の前に誰がいようとも
麗《うるわ》しく　口づけしたくなるような　白くなめらかな肌の女たちが
光薄れゆく黄昏《たそがれ》に愛を求め　共に過ごした夜を　恋焦《こいこ》がれようとも
私の願いはただひとつ　私が最後の女性であること
最後の杯を飲み干そう　澱《おり》さえ残しはすまい
誰のためにも残しはしない　女王、ジプシー女、尼にさえ！
貴方がささやく　愛の言葉を　もはや誰も聞くことはない
私の勝ち取ったものを　誰も奪えはしない

アン・ブライス

ブライス医師　この手の詩はまったく興味がないな。でも想像力が創り出した世界だよね。本当にそんな詩を自分で書いたのかい？

アン レドモンド時代にね。そう、もちろん純粋な空想よ。どこにも載らなかったわ。ほら、こんなに紙が黄ばんでいるわ。それに、知ってるでしょう、あなたが初恋の人よ。

スーザン・ベーカー 自分でお書きになったと思っているだけですよ、先生の奥様、本当は書きはしなかったんですよ。奥様のお書きになったものと一緒にしまいこんでしまって、すっかりそのことをお忘れになっちまったんですよ。私が理解した限りでは、言わせていただきますがね、慎しみ深いとはいえませんよ。先生だって私に同意なさるはずです。

ブライス医師 (まじめくさったふりをして) そうだね、ぼくが最初の人か……チャーリー・スローンではなくてね。

アン (黄ばんだ紙を火に投げ入れながら) もう、馬鹿《ばか》げたこと言うのはおしまいにしてちょうだい。

ブライス医師 (捨てた紙きれを拾いながら) いいや、おしまいになんかするもんか。興味があるのは、僕が最後の恋人でもあるかどうかだ。じっくり待って確かめるとしよう。君が未亡人になったら、どう振る舞うのか見てみたいものだね。

スーザン・ベーカー (夕食の準備をするために台所に移りながら) おふたりが冗談

を言っているんだってわかってなければ、ぞっとするところですよ。それにしてもこんなに愛し合っているふたりをほかには知りませんね。メレディス牧師先生がローズマリー・ウェストと再婚するっていう話らしいね……まあ、あの方は男といっても、聖職者ですよ。まったく何がよくて、悪いのか……わけのわからない世の中ですよ。私には関わり合いがなくて御の字だね。マーシャル・エリオット夫人に言わせりゃ、女が舵《かじ》を取ってるほうが、ことはうまく運ぶそうですよ。

仕返し

クラリッサ・ウィルコックスは、ローブリッジを目指して歩いていた。彼女はデイヴィッド・アンダーソンが今にも死にそうだという話を聞いていた。炉辺荘《イングルサイド》のスーザン・ベーカーが教えてくれたのだった。ローブリッジにはパーカー医師がいるにもかかわらず、デイヴィッド・アンダーソンは、グレン・セント・メアリーのブライス医師にかかっていた。というのは、何年か前、デイヴィッド・アンダーソンはパーカー医師と大喧嘩《おおげんか》をして、それ以来付き合いを断っていたのだ。

クラリッサ・ウィルコックスは、デイヴィッド・アンダーソンが死ぬ前に、会っておこうと心に決めていた。彼に話しておかねばならないことがあった。彼女はいつか話そうと四十年もの間、機会を窺《うかが》っていたのだ……とうとうその時が巡ってきた！　彼女はスーザン・ベーカーを嫌っていたけれども、今度のことに関してはスーザンがどんなにありがたかったことか。……実は、グレン・セント・メアリーのベーカー家と、モーブレイ・ナローズのウィルコックス家は、長い年月仲違《なかたが》いをしていた。だから、互いに顔を合わすことがあっても、ふたりは、冷ややかにうなずくだけだった。スーザンが炉辺荘で働いているのをこっけいなほど誇りに思っているのが、クラリッサには鼻についた。あの家に雇われているのがそんなに偉大なことだというのだろうか、と彼女は思った。ウィルコックス家の人々は、生活の糧《かて》を得るためにどこかへ働きに行く必要はなかった。彼らはかつては裕福だったので、ベーカーの一族を馬鹿《ばか》にしていた。時は移り、今では彼らは落ちぶれてしまったが、ベーカー家に対する軽蔑《けいべつ》の念は持ち続けていた。しかし今度だけは、クラリッサは、デイヴィッド・アンダーソンの容態を知らせてくれたスーザン・ベーカーに感謝しないわけにはいかなかった。

あの人は本当に死にかけているらしい。そうでなければスーザン・ベーカーがあんな話をするはずがないもの。炉辺荘の人たちは、患者の話になるといつも口が堅かった。スーザンは、よく人から患者について根掘り葉掘り聞かれることがあったけれども、彼女もブライス家の他の家族と同じように絶対にしゃべろうとはしなかった――自分もちゃっかり家族の一員みたいな顔をしている、なんて馬鹿馬鹿しいことだろう、とクラリッサは思っていた。しかし、スーザンのような立場にある人間にとっては、それはとるべき当然の態度だった。それ以外どうあれというのだろうか。

しかし、今のクラリッサ・ウィルコックスにとっては、そんなことはどうでもよかった。デイヴィッド・アンダーソンが危篤《きとく》であるということだけが何より重要だった。クラリッサは、このような機会が巡って来るに違いないと思っていた。たとえ人生にはいろいろな不公平があるとしても、今この時ばかりは不公平であってはならないのだ……若い頃一緒にダンスを踊ったデイヴィッド・アンダーソンにずっと話したいと思っていたことを聞いてもらわずに死に別れる、なんていうことは断固としてあってはならない！　スーザン・ベーカーは、アンダーソンの深刻な病状についてクラリッサに話した時、彼女の老いさらばえた顔が一瞬奇妙に明るくなったのが不思議でならなかった。話してよかったのだろうか？　ブライス先生に叱《しか》られるのではないか、と彼女は気が気でなかった。

けれども、これは周知の事実であって、秘密にしておくべきことでもなさそうだった。スーザンは、慎重に慎重を重ねた方がよいと思い、念のためにブライス夫人に尋ねてみた。

「ええ、そうなのよ」ブライス夫人もこともなげに答えた。「先生は、いつでも飛んでいかれるように待機してなさるわ」

この言葉を聞いて、スーザンはほっとする思いだった。

噂《うわさ》によると、デイヴィッド・アンダーソンはまだ人の話を聞くことはできる状態ではあるらしい。事実、パーカー医師もそう言っていた。あの憎き宿敵、デイヴィッド・アンダーソンを打ち倒したのは、突然予告もなしに襲ってきた卒中の発作であった……ローブリッジやモーブレイやグレン・セント・メアリーの人々は、クラリッサとアンダーソンは憎しみ合っていて、それにはそれなりの理由があるということを、もうとっくの昔に忘れてしまっていたが、クラリッサ・ウィルコックスにはまだ昨日の出来事のようで、未《いま》だに深い恨みの念を抱いていた……もはや、卒中の発作の後遺症で、彼は口がきけず、もちろん体を動かすこともできなくなり、またまぶたを開くこともできなくなっていたので視力も失っていた。しかし、耳は聞こえ、意識はしっかりしているらしい。

クラリッサにとっては、彼の目が見えなくなっているのは、むしろありがたかった。かつては美しかった自分の顔に、時が刻んだ変化を見られずにすむ。ベーカー家の人々はあざ笑っていたけれども、若かりし頃のクラリッサは確かに美しい娘であった。ベーカー家にはクラリッサほどの美人はいなかった。スーザンは彼女よりも若かったが、とても及びもつかなかった。ああ、デイヴィッド・アンダーソンの目が見えなくなっていてよかった！　これで自分が何をしゃべろうと平気だ。人をあざ笑うかのようなあの目の表情を見なくてすむのはもっけの幸いだ！　とうとうブランチの敵討ちをする機会が訪れた……若く美しいままに死んでいった愛《いと》しいブランチ！　自分以外にブランチのことを憶《おぼ》えている者がいるだろうか？　スーザン・ベーカーの年老いた伯母なら憶えているかもしれない。スーザンはあの話を聞いたことがあるだろうか？　たぶんないに違いない。あの出来事は完全に闇《やみ》に葬《ほうむ》られてしまったのだから。

クラリッサはいつものように黒い服に身をつつみ、にこりともしないで腰を曲げて歩き続けていた。彼女はブランチが死んで以来、ずっと黒い服を着ていたが、ベーカー家の人々によると、それは風変わりなウィルコックス一族ならではの習慣であるらしかった。彼女の面長でハート型の顔はすっかりしわだらけなのにもかかわらず、青い目は色あせず鋭い輝きを放っていた。その日の午後も、スーザン・ベーカーは、同年配の人々の目はとっくに落ちくぼみ、輝きが失《う》せているのに、どうしてクラリッサの瞳《ひとみ》はあんなに若々しいのか、と不思議に思っていた。スーザンは、クラリッサより自分の方がずっと若いと思っていた。クラリッサは若い頃はその美しさをもてはやされていたが、悲しいかな今やすっかり容色は衰えてしまった。気の毒なことだ。それにしても、ウィルコックス家の人たちは、昔からうぬぼれが強かった。

「先生の奥様」スーザンはフルーツ・ケーキを一緒に作りながら話しかけた。

「不器量に生まれついて、年をとっても容色の衰えを嘆く必要がないのより、やっぱり若い時は美しくて、それをいつまでも憶えているほうがいいのでしょうかねえ？　かつての美貌《びぼう》が衰えていくのを見るのはつらいことでしょうけれど……」

「あなたは時々おかしな質問をするわね、スーザン」アンは、砂糖づけにしたオレンジの皮を器用に細長く切りながら言った。「そうね、私は、若い時には美しくあり、しかもそれを忘れないでいるほうが素晴らしいと思うわ」

「でも、奥様の場合はずっと変わらず美しいですね」スーザンは溜息《ためいき》まじりに言った。

「私が美しいですって？　この赤毛をご覧なさい。それにこんなにそばかすだらけよ」アンは笑った。「私がどんなに美しくなりたいと思ったか、あなたは知らないのね、スーザン。きょうの午後、お見えになったウィルコックスさんは、若い頃とてもおきれいだったそうね」

「ウィルコックス家の人たちはみんな、自分たちが美しいと思っているんです」スーザンはフンと鼻を鳴らした。「私はクラリッサが美人だなんて思ったことはありませんでしたよ。でも、あの人の姉さんのブランチは絶世の美女だったそうですよ。でも、私はその人のことは何も憶えていません。私ももう若いとはとても言えない歳《とし》になっちまいましたがね」

「あなたたちベーカー家の人たちは、ウィルコックス家の人たちとはあまり仲がよくないみたいね、スーザン」アンは興味津々《しんしん》に尋ねた。「何か昔からの確執でもあるの？」

「確かにそういうことになっているんですが……」スーザンは答えた。「でも、正直申しますと、先生の奥様、事の発端は、私にもよくはわかりません。ウィルコックスの人たちが、勝手に私たちよりえらいと思っていたのには気がついていましたけどね」

「ベーカー家の人たちだって、自分たちのほうがウィルコックス家の人たちよりもえらいと思っているのではないかなあ」ちょうど入ってきたプライス医師がからかうように言った。

「ウィルコックスのほうがお金持ちだったのでございますよ」スーザンが反駁《はんばく》して言った。「でも、だからといって、あの人たちのほうがベーカー家よりえらいとは言えませんわね。あのクラリッサだって、若い頃には美人だったと言われてますけど、結局は亭主持ちにはなれなかったんですよ。その点では私らと同じですよ」

「いやあ、あの人の場合は、えり好みしていたのじゃないかなあ」プライス医師は言った。こんな言い方をすればスーザンが怒るに違いないとは思いつつ、彼はわざと言ったのだった。予想通り、彼女は一言も言わずに干ぶどうのお皿をさげると、さっさと家の奥へ引っこんでしまった。

「ギルバート、あなたはどうしてそんなにスーザンをからかいたいの？」アンは非難するように言った。

「面白いからね」ブライス医師は言った。「ところで、あのロープリッジのデイヴィッド・アンダーソンだが、やはりもうそろそろあぶないな。今夜いっぱいもつかどうかだ。あの人は若い頃には、随分威勢のいい伊達男《だておとこ》だったそうだけど、今の姿からは想像がつかないよ」

「時の流れとは残酷ね」アンは溜息をついた。

「そんなふうに考えるなんて君にはまだ早過ぎるよ」ギルバートは言った。「クラリッサ・ウィルコックスは、年の割には若く見えるね。あの目がすごいね。それに髪の毛だって白いものがほとんどない。それはそうと、君はアンダーソンの奥さんがどんな人だったか知っているかい？」

「いいえ……ローズさんとかおっしゃったかしら……もちろん、ロープリッジの墓地で、墓碑を見かけたことはあるわ。デイヴィッド・アンダーソンとクラリッサのお姉さんのブランチとの間には、何かスキャンダルがあったらしいわね」

「今でもそんな昔のスキャンダルをむしかえしている人がいるのかい？」ギルバートが尋ねた。

「もうずっと昔のことですから、スキャンダルというより、単に事実と言ったほうがいいのかもしれないわね。そうそう、私はもう行かなくちゃ。なんとかスーザンにご機嫌を直してもらって、このケーキをオーブンに入れさせてもらわなくてはなりませんもの。これはケネス・フォードの誕生日のためのケーキなのよ。水曜日には、みんな『夢の家』に集まることになっているでしょう」

「『夢の家』ではなく、『炉辺荘』と呼ぶことにしたのではなかったかい？」

「ええ、とっくの昔からそうでしたよ」アンは溜息をつきながら言った。何年経《た》っても『夢の家』のような思い出深い場所はないように思われたから、ついそう言ってしまったのだろう。

一方、クラリッサ・ウィルコックスは、ローブリッジへ通じる街道を若い娘のような足どりで歩いていた。ブライス医師が言ったように、彼女の黒い髪にはほとんど白髪はなかったけれども、彼女のしわだらけの顔には、それがかえって不自然に見えた。彼女はその黒い髪を、ブランチがずっと昔に編んでくれたかぎ針編みの頭巾《フード》……昔はそういう言い方をしていた……でおおっていた。彼女はあまり外を出歩かなかったので、この流行遅れの頭巾もこんなに長持ちだった。それに、年老いた今では、彼女は着るものに全く無頓着《むとんちゃく》であった。唇は薄くて細長く、笑うとぞっとするような表情になった。とはいえ、クラリッサが笑う、などという考えを思いつく者がいたとしても、実際彼女が笑ったのを見た者はほとんどいなかった。

しかし、彼女は今、満面に笑みをたたえていた。デイヴィッド・アンダーソンが病の床にある……今まさに死にかけている……いよいよ待ちに待った時がやってきたのだ。ウィルコックス一族はずっとベーカー家を憎んできたが、今ならすべてを水に流せるような気がした。これもスーザンが教えてくれたおかげだ。炉辺荘に雇われていることをさも自慢に思っているらしいスーザン・ベーカーは、クラリッサの目には、鼻持ちならない年下女としか映らなかった。馬鹿みたいだ……ベーカー家にとっては世間的にかなりの出世に違いないのだろうが……クラリッサは腹の中でせせら笑った……でも、彼女がベーカー一族ではあっても許してあげようと思った。何しろ、彼女のひと言がなければ、デイヴィッドがもっと重態に陥るか死んでしまって、時すでに遅しで手遅れになっていたかもしれないのだから。

フォア・ウィンズ港の方角から射《さ》しはじめた、黄昏《たそがれ》の青く長い魔法の光が、しだいにあたり一帯を包みこんだ。俄《にわ》かに強まった風が、街道沿いに立ち並ぶ高い樅《もみ》の老木の上で戯《たわむ》れ、まるで吐息をつきながらざわめいているようだった。クラリッサには、過ぎ去った影のような歳月が自分に呼びかけているかのように感じられた。これはただの風ではない――デイヴィッド・アンダーソンに吹いている死の風だ。もし自分が着く前にアンダーソンが死んでしまったらどうしよう？　スーザンによると、彼はいつ死んでもおかしくない容態だそうだ。彼女は歩みを早めて、ローブリッジへと急いだ。

遠くに、フォア・ウィンズ港から出航していく二隻《せき》の船が見えた。……きっと彼の船だ。彼女はデイヴィッド・アンダーソンが何年も前に船の仕事から引退しているのを忘れてそう思った。今では、彼の甥《おい》たちが事業を継いでいるのだった。あの船はどこへ行くのだろう？　セイロン？……シンガポール？……マンダレイ？　かつてはその地名の響きに心ときめかせ、いつか訪ねてみたいと憧《あこが》れを抱いたこともあった。デイヴィッドと一緒にそれらの土地を訪れたのはローズであった……ローズが行ったのだ……本当はブランチのはずだったのに……しかもそのローズもまたこの世を去っていた。一生涯を造船技師として、また船の所有者として、世界を股《また》にかけて活躍したデイヴィッド・アンダーソン。船に乗るのをやめて久しいというのに、彼の船は相変わらず港を出帆していく。

デイヴィッドは一代で築きあげた事業を息子に譲り渡したに違いない。彼の息子！

きっと、そうだ！

クラリッサは、彼の息子が船医で、ローブリッジにはほとんどいないということも知らなかった。

ローブリッジは目前だった……そしてデイヴィッドも。かつてローズが女王として支配したデイヴィッド・アンダーソンの豪邸は、本街道に面して建っていた。今では若い人たちは、この家を古くさいとか時代遅れだとか言い始めていたけれども、クラリッサ・ウィルコックスには、昔と変わらず立派なお屋敷として目に映った。小さな白い桜の花が、冷んやりとした春の微風に吹かれて、ひらひらと歩道に舞い散った。

玄関の大きな扉が開いていたので、彼女は誰にも気づかれずに中へ入った……そして玄関の広間を通り抜け、足音がたたないほどぶ厚いビロード絨毯《じゅうたん》の敷かれた幅広い階段を上がっていった。どの部屋にも人のいる気配はなかった。門のところでは、デイヴィッド・アンダーソンの最後の往診を終えたブライス医師が、白衣の看護婦と立ち話をしていた。この看護婦はブライス医師だけではなく、パーカー医師の下でも働いていた。

「これからパーカー先生の患者さんのところへ行かなければなりませんの」彼女はゆっくりとした口調で言った。彼女は本当はできればブライス医師についていたいと思っていた。ブライス医師の方がパーカー医師よりはるかに道理にかなった判断をする医師のように思えたのだ。たとえば、もしパーカー医師がデイヴィッド・アンダーソンの主治医であったとしたら、患者に息がある限り、彼女が一瞬たりとも彼のそばを離れるのを許しはしなかったであろう。付き添っていれば、容態が少しでも好転するとでも思っているのだろうか。

「一刻も早くパーカー先生のところへ行ってさしあげなさい」ブライス医師は言った。「私の方は、ルーシイ・マークスに手伝ってもらいますから。ちょうど今、母親と一緒にモーブレイ・ナローズに滞在しているんだよ。ここは……もう長くはかからないだろうから、早く行ってさしあげなさい」彼は意味深長な言い方をした。

「若い者たちは愚かだこと」クラリッサは思った。「あの看護婦はブライス先生に言い寄るつもりなんだわ」

年老いたクラリッサ・ウィルコックスには、ふたりはまだほんの子どものようにしか思えなかった。しかし今の彼女には、彼らが何をしようとどうでもよかった。重要なのは、デイヴィッド・アンダーソンとふたりきりになることであった。長年待ちに待ったこの機会がとうとう巡ってきたのだ。相変わらずどの部屋にも誰かいる気配はなかった。死んでしまったり、死にかけている人間は、すぐに忘れられてしまう……彼女は苦々しく思いをかみしめた。あの看護婦までが、死にそうな人間を置き去りにしようとしている。やはりブランチがこの家を切り盛りするべきだったのだ、と彼女は思った。姉さんだったら、夫をひとりぼっちで死なせたりはしなかったであろう。ブランチが妻となっていたとしても、ローズと同じように夫より先立つ運命であったかもしれないのに、今のクラリッサにはそこまでは考えが及ばなかった。ウィルコックスの一族はじょうぶなからだを持ち合わせているのよ、彼女は誇らしげに思いをめぐらせた。

クラリッサは階段を上がりながら、書斎の入口のくすんだ金色のビロードのカーテンに気がついた。古くて擦り切れてはいたが、昔見たときと違《たが》わず、クラリッサにとっては素晴らしいものに思えた。そのカーテン越しに中を覗《のぞ》くと、暖炉の上に掛かるローズの肖像画が目に飛び込んできた。……あそこにはブランチの肖像があるはずだったのに。

肖像画のローズは、アイヴォリーの繻子《しゅす》のウェディングドレスに身をつつんでいた。デイヴィッド・アンダーソンがこの土地を訪れた画家に描かせたもので、クラリッサはこの絵がローブリッジ中でセンセーションを巻き起こしたのをよく憶《おぼ》えていた。この絵が完成した時に、デイヴィッド・アンダーソンはお披露目のパーティーを開いた。写真さえ一生に一度写すかどうかわからないほどの片田舎の小さな村なので、その後何ヶ月もの間、村じゅうがこの肖像画の噂《うわさ》でもちきりになった。

クラリッサは誰も見かけなかったが、あちこちの部屋からささやき声が聞こえるような気がした。いたる所に亡霊がいて……今にも飛びかかってきそうだ。デイヴィッド・アンダーソンをあの世に連れ去ろうと集まった亡霊たちに違いなかった。ローズとブランチとロイド・ノーマン、ほかにも彼をめぐるいろいろな人たちの亡霊。しかしクラリッサは恐ろしいとは少しも思わなかった。自分には言わなければならないことがある……ブランチ……そしておそらくは……意外にも……ロイド・ノーマンを除く、すべての人たちをびっくりさせるようなことを自分は言わなければならない。時は差し迫っていた。いつあの噂好きの看護婦が戻ってくるかもしれない。

おお、とうとう彼の部屋にたどり着いた……細長い陰気な部屋で、奥の暖炉では猫の舌のような赤い小さな火が燃えていた。デイヴィッドとローズが一緒に過ごしたこの部屋！

今やそこには、死に瀕《ひん》しているデイヴィッド・アンダーソンのほかには誰もいなかった。なんと嬉《うれ》しい幸運だろう！　彼女は看護婦がブライス医師と話しているのを見た時から、代わりに家政婦が看病しているのではないかと危惧《きぐ》していたのだ。明かりも灯《とも》されておらず、うっそうと生い茂った外の木立ちのせいで、部屋はいっそう薄暗く感じられた。すでに視力を失ったデイヴィッド・アンダーソンにとっては、それはどうでもいいことだ……けれども、クラリッサは何とも説明のしようのない恐怖に震えあがった。こんな暗がりでは、亡霊たちは好き放題をやらかすに違いない。最近では幽霊を信じる者などほとんどいないのはわかっている。また、ブライス医師やパーカー医師が幽霊の話をして大笑いしていたのも知っている。あのふたりも、自分ほどの歳《とし》になればもう少しはものわかりがよくなることだろう。現に、デイヴィッド・アンダーソンのベッドの周りには、大勢の亡霊たちが群がり集まっているに違いないのだから！

　庭の生垣のライラックの香りが、窓から重苦しく漂い入ってきた。クラリッサはライラックの花の香りが好きではなかった。この香りをかぐと、彼女はいつもある秘密の甘く切ない出来事を思い出した。……デイヴィッド・アンダーソンとブランチ・ウィルコックスの報われぬ恋。あるいは、驚くなかれ……誰も知らない……ローズ・アンダーソンとロイド・ノーマンの秘められた恋。クラリッサはこの真相のすべてをどんなに知りたいと願ったことか。

テーブルの上の花瓶には白い花が活《い》けてあり、薄暗がりの中で幽霊のようにちらちらと光っていた。これはおかしなことだ。というのは、デイヴィッド・アンダーソンは花などには全く関心がなかったはずなのに。看護婦が仕事のひとつとして飾ったのかもしれないし、あるいは他の誰かが持ってきたのかもしれなかった。クラリッサは、姉がせっかく贈った一輪の薔薇《ばら》の花を、彼が無造作に庭の小径《こみち》に落としたのを思い出した。ローズからもらった花だったら、もっと大切にしたのだろうか？　あの時クラリッサはその薔薇を拾って、どこかに隠したのだが……それがどこであったかを思い出せなかった。色あせ、ほこりをかぶった古い詩集の間に挟んだのかもしれない、と彼女は思った。

花瓶のそばの壁には、ローズの小さな肖像画が掛けられていた。それはふたりがどこかへ旅に出た時に描いてもらったものであった。クラリッサは書斎のあの肖像画が嫌いだったが、この肖像画にはそれ以上の嫌悪《けんお》を感じた。この絵の中のローズは、自分がデイヴィッドと深い絆《きずな》でつながっていて、彼は自分だけのものであると言いたげだった。彼を完全に自分のものにしたのを意地悪そうに、いかにも見せびらかしているように見えた。

クラリッサはその絵のどこもかしこも嫌いだった。色白の顔色にばら色の頬、その両脇《りょうわき》にさがる金髪の巻き毛はまばゆいばかりに輝いていた……見るもおぞましい。ブランチの髪は黒かった……丸い大きな青い目、当時もてはやされていた薔薇の蕾《つぼみ》のような唇……今では誰がそんな唇をしているだろう？……華奢《きゃしゃ》な撫肩《なでがた》……今やそんな肩の持ち主もいない。あの看護婦の肩はまるで男並みにがっしりしているではないか。

その絵の額縁は金でできていて、上のほうには黄金の蝶結《ちょうむす》びの飾りがついていた……ローズがデイヴィッドの何度目かの誕生日に贈ったものであったが、実はその頃にはローズはロイド・ノーマンと関係していた。ブランチなら、少なくとも不義を働くようなことはなかったであろうに。ウィルコックス家の女たちは、たとえ夫を憎んでいようとも、貞節を守り通すものなのだ。

それにしても、やはり部屋の暗いのはクラリッサにはありがたかった。絵の中のローズが勝ち誇ったように微笑《ほほえ》みかけているところで、思いのたけをデイヴィッド・アンダーソンに吐き出すとなれば、気後れを感じざるを得なかった。

クラリッサは憎しみをこめた眼差《まなざ》しをちらりと一度向けたきり、その絵のことはもう二度と意識しないようにした……雑念はすべて捨てて、ただデイヴィッド・アンダーソンだけに心を集中させた。彼は時代遅れの天蓋《てんがい》つきベッドに横たわっていた。両親から譲り受けたもので、結婚生活の間ずっと、ローズとわかち合った寝台だった。枕《まくら》に沈めた彼の顔は、まるで黄色い蠟《ろう》でできているかのようであった。彼の瞳《ひとみ》……アイルランド系の母親ゆずりといわれたくすんだ灰色の瞳は、しわだらけのまぶたがかぶさり見えなかった。長い指が特徴の、美しくもどこか残酷な印象の両手は、シーツの上に置かれていた。クラリッサは遥《はる》か昔、彼とふたりで家に歩いて帰ったことがあったのを思い出した。あれはどこからの帰り道だったのだろう。すっかり忘れてしまった。けれども、彼に手を握られた時の感触を今でもはっきりと憶えていた。それはローズが現れる前のことであった……。

彼の顎《あご》には、昔と変わらず深いくぼみがあった。ブランチはふざけてよくそのくぼみを指でふれていた。きっと大勢の娘たちが、同じようにしたに違いない。行く先々の港に情婦のいる船乗りが引き合いに出される古い諺《ことわざ》が確かあったではないか！　ブライス医師が、ある日その諺を引用したのを聞いた憶えがあった。人は死んでも、諺は永遠に生き続ける！　最初にその諺を言ったのはいったい誰だったのだろうか、とクラリッサは思った。

顎のくぼみはちっとも変わっていなかったが、彼の美しい金髪は額からかなり後退していた。しかし、すっかり年をとり、瀕死の状態で横たわっているにもかかわらず、彼の姿は老いを感じさせなかった。

特別の好意で自分を見る許可を与えてやろうと言わんばかりだ。クラリッサは思わず身震いした。アンダーソン家の人々は皆、多かれ少なかれこの独特の威厳を持ち合わせていたが、デイヴィッドにはそれが最も顕著に表れていた。

クラリッサは椅子《いす》に座った。彼女の息づかいは、まるで走った直後のようにはずんでいた。それでいて、この部屋に入ってきてからたった数秒しかたっていなかったのに、もう百年もここにいるように感じられた。

彼女は驚いた……自分はまだデイヴィッドを恐れているのだ。それはとても不愉快な驚きであった。彼女はいつも彼を恐れていた……それは自覚していたことだったが、死んだも同然のこの男に対して、まだ恐れを抱いているとは、夢にも思わなかった。また、この期《ご》に及んでも、自分が粗野で……愚かしく……いつもへまばかりしているつまらない存在だと感じさせられようとは、思いもしなかった。アンダーソン一族の方が、ウィルコックス一族よりも、遥かに格が上だ、とでも言っているかのように！しかし、死に際のデイヴィッドは、クラリッサにそう感じさせようと思えばいくらでもできたし、実際十分にそう感じさせてくれたのだ。

クラリッサは、自分のやせた筋ばった手がぶるぶると震えているのに気づいて、腹が立ってきた。千載一遇のチャンスがやっと巡って来たというのに。この機会を絶対に逃してはならない。もし看護婦や家政婦が入って来ようとしたら、戸をぴしゃりと閉めてやるわ！

彼女は自分の弱さにやっとの思いで打ち克《か》ち、落ちついた声で話し始めた……堂々として、澄んだ、若々しい声であった。若さが蘇《よみがえ》ってくるのを感じた。ふたりともまだ若者で、彼が死にかけているなんてまったく馬鹿《ばか》げた話、誰かが焚《た》きつけた噂にすぎないように思われた。しかし、そうであるなら、ローズだって若くなければならないだろう。そんなことはあり得ない。やはりふたりとも年老いているのだ。そして一刻も早く、心に溜《た》めてきたことを話さなければならなかった。そうしなければ、誰かが入って来て、最後の機会が永遠に失われてしまうだろう。

古い屋敷が、彼女の毒のある冷ややかな言葉に耳をそばだてているかのような気がした。激しい風の音がぴたっと止《や》んだ瞬間には、まるで全世界が聞き耳を立てているかのように思われた。ブライス医師と看護婦は、まだ門のところで立ち話をしていた。男なんてみんな同じだ。ブライス夫人が知ったら、何と言うだろうか？

「今夜、わたしは何年かぶりでぐっすり眠れますわ、デイヴィッド・アンダーソン。

もうすぐこの世を去るあなたみたいにぐっすりとね。デイヴィッド・アンダーソン、あなたも死ぬのね。自分が死ぬなんて思ってもみなかったでしょう？　でも、あなたは死んでも気が休まることはないかもしれませんよ……肉体は滅びても、魂は生き続けるというのが本当の話であればですけどね。わたしはゆっくり休めます……だって、ずっとあなたに話したいと思っていたことをやっと話してしまうのですもの。……何年も何年もきょうという日を待っていたのですよ。

わたしがどれほどあなたを憎んできたことか……ずうっとよ！　信じないかもしれないわね。あなたは、自分が誰かに憎まれるなんて思ってもみなかったでしょうね。わたしがあなたのご臨終をどんなに待ち望んでいたことか。ただわたしの方があなたよりも先に死にはしないかと不安でしたのよ。でも、神様がそんなひどいことをお許しになるはずがないと信じていましたわ。この世は不正だらけですけど、決して許されないこともあるのです。あなたにぜひ聞いていただきたいのは、そういうことのひとつなの。わたしの姿は見えないでしょう。でも、声は聞こえますすね。ブライス先生が耳だけはだいじょうぶだとおっしゃっていましたもの。あの先生は、わたしの知っている数少ない正直者のひとりですよ。

あなたはわたしの姉のブランチの心をずたずたにして、死に追いやったのよ。あなたも姉が死んだのはご存じでしょう。でも、姉の子どもが生きているのはご存じではないでしょうね。おお、もしあなたがまだ動けるのなら、びっくりして飛びあがったでしょうね。このことを知っている人はほとんどいないわ……わたしたちウィルコックス家の人間にも、誇り高きアンダーソン家の人たちと同じようにプライドがありますもの。だから、ずっと秘密にしていたのです。

赤ん坊は母親と一緒に死んだのだと思っていたでしょう。災難が去ってやれやれだったのではありませんこと？　でもそうではなかった、生きていたのです。わたしたちのいとこが引き取ったのです。男の子でしたよ、デイヴィッド・アンダーソン。たぶんあなたのひとり息子ですよ。ああ、あなたに動く力が残っていたら、縮み上がって逃げてしまったことね。あなたはローズを疑ったことは一度もなかったのでしょうね？　あなたの目には、完璧《かんぺき》な妻に映っていたのですからね。そしていつも……まあ、いいわ、気にしないで。噂は噂にすぎないかもしれないものね。あなたの息子はジョン・ラベルという名前だったのですよ。十七歳の時にローブリッジに戻ってきて、あなたの海運会社で働いていたの……みじめな、安月給の仕事だったわ。あなたの息子がよ、デイヴィッド・アンダーソン。憶えていますか？　どうでしょうね。その子のことなんか、もうとっくの昔に忘れてしまったでしょうね。

この秘密を知っているのは、たぶんわたしだけだと思いますよ。でもあやしんでいた人はほかにもいたかもしれません。だって、あの子はあなたに生き写しでしたもの。あなたのところで二年間働いていましたけど、金庫からお金を盗んでしまったのです。あなたの共同経営者は、過《あやま》ちを見逃してやろうと言ったのです……若さ故《ゆえ》のことだからと。わたしたちのいとこが、あの子のしつけにあまり熱心じゃなかったせいかもしれないわ。それにしても、あの時のあなたは冷酷でしたわ。憶《おぼ》えていますか、デイヴィッド・アンダーソン？　あなたは息子を……自分の息子を監獄に送ったのですよ。五年後に出てきた時には、あの子は前科者になってしまったんですからね。あなたの息子がですよ、デイヴィッド・アンダーソン！

わたしはことのいきさつをすべて証明できますよ。あなたが死んだら、公表するわ。みんな驚くでしょうね。あなたみたいに品行方正で検閲官のような人がねえって……若かりし頃にはやりたい放題だったなんて、ずっと昔のことだからみんなはすっかり忘れていますものね。……だって、あなたは教会の長老にも選ばれたくらいですものね？

でも、あなたが死んで……ローズの傍らに葬《ほうむ》られた時、みんなが知ることになるのですよ。あなたは、昔の恋人を破滅させたばかりか、犯罪者の父親でもあったとね。

あなたの葬儀はその噂《うわさ》でもちきりになることでしょうよ。さっきも言いましたように、わたしは確かな証拠を握っているのですよ、デイヴィッド・アンダーソン。

牧師さんはあなたの葬儀の説教をしながら、どう思うでしょうね？ 参列したわたしはきっと心の中で笑っているに違いないわ。ええ、あなたの葬式には絶対に行きますよ。おお、もちろん、行きますとも。もう何年もどこにも出かけてはいませんけど、あなたの葬儀だけには参列します。ほかのことは差し置いても何としてでもね。みんな何と言うでしょうね。あなたのことなど記憶になかった若い人たちだって、きっと話題にしますよ……あなたのことは名前しか聞いたことがなくてもね……。来る日も来る日も話し続けるでしょうよ。アンダーソン家の人たちがいくらもみ消そうとしたって、そうはゆくもんですか。何と言っても、みんなスキャンダルが大好きですからね。たとえ五十年、あるいはもっと経《た》っても、昨日のことみたいに話すものよ。時が経てばスキャンダルも単なる事実になるって言っていたブライス夫人も、その時になれば初めて、自分の認識が間違っていたことに気がつくのだわ。

話し過ぎたようだわ、ずいぶん長居してしまいましたわね。そろそろブライス先生があの看護婦とのお熱いおしゃべりを切りあげそうだわ。そしたら、もうすぐあの媚《こ》び売り看護婦がこの部屋に戻ってくるわね。

それにしても、本当に久しぶりにお話しする機会をもてましたわね、デイヴィッド・アンダーソン。あなたがお亡《な》くなりになる前にお話ししておきたいことが山ほどあるのですよ。

あなたはアンダーソン家の墓地に葬られるのですよね……ローズの傍らに。あの墓石には、あなたの名前を刻む場所がちゃんと空けてあるわ。でも、デイヴィッド・アンダーソン、ローズがあの墓石に刻んでほしいと思った名前は、実は違う人の名前だった……そう考えたことはなかった？　おそらく考えもしなかったでしょうね。誰にとっても、自分の墓石にアンダーソンという名が刻まれるほどの名誉はありませんもののね。それはそうと、あそこに刻まれるべきだったのは、ローズじゃなくて、ブランチだったのですよ、デイヴィッド・アンダーソン。

あなたのお墓のそばを通る時、みんなは指さしながらきっとこう言うわ。『ここにはデイヴィッド・アンダーソンが眠っている。あの男は偽善者だった』とね。

ええ、きっとそう言いますよ。みんなが忘れないように、わたしが心がけますからね。若い人たちだって忘れないでしょうよ。スーザン・ベーカーにはちゃんと話しておきますからね。あの人はいつまでも憶えているでしょうよ。ベーカー一族はいつだってアンダーソン家を嫌っていましたもの。アンダーソンの人たちは気にも留めていなかったわね……それどころか、まったく気づいてもいなかったのではないこと？ベーカー家なんて端《はな》から身分違いだと思っていて、あなたたちはまるで重きを置いていなかったでしょうからね。わたしが思うに、あの人たちは、ウィルコックス家も嫌っていたわよ。自分より上の人間を憎いと思うのが人情だものね。

でも時代が変わったわ、デイヴィッド・アンダーソン。今では、ベーカー一族がかなり幅を利《き》かせているのよ。スーザンは炉辺荘で働いているのを鼻にかけているわ。あなたのほかの家のことはまるで頭にないの。でも、昔の恨みは忘れちゃいないわ。あの名誉失墜の事実を聞けば喜ぶに決まっている。スーザンに話すのが楽しみだわ。あの人は噂話にはいかにも興味なさそうな顔をしているでしょう……あれはあのプライス夫人のおすましをまねしようとしているのよ。何でもかんでも奥様のまねをしたがるんだから。プライス夫人にも、プライス先生と看護婦の関係を耳打ちしてあげるわ……。そうそう、オーエン・フォード夫人との仲もあやしいってね。でも、そんなことはどうでもいい。今のわたしには、あなたのことが一番大切なのだから、デイヴィッド・アンダーソン。

あなたのお墓のそばを通る時、わたしはきっと大笑いするわ！　日曜日にはいつも墓地を通って教会に行くのですから。わたしは今でも教会には通っていますよ、デイヴィッド・アンダーソン。近頃は教会に行くのはあまりはやりませんけれどね……でもわたしは、毎週日曜日、できる限り行っています。しかも墓地を抜けるあの小径《こみち》を通ってね。みんなはわたしを熱心な信者と思っているかもしれない。そもそもわたしのことを気にかける人があったらの話ですけど。本当はせせら笑いたいがために通っているだけなのに……心の中で、ひそかにね……。わたしが口を割りさえすれば……あなたが誇りにしているその汚《けが》れなき名声だって、いとも簡単に失墜してしまうわ。ああ、愉快でたまらない。今まで以上に笑いが止まらなくなることよ。

あなたはいつもプライドの高い男でしたね、デイヴィッド・アンダーソン。アンダーソン家の血筋をいつも誇りにしていたわ。学校時代に、わたしのいとこと一緒に座りたくないと言い張ったのを憶えていますか？　彼がウィルコックス家の者だからという理由でね。あなたは年をとるにつれて、ますます高慢ちきになったわ。奥さんや……大きな事業や……美しい船を……これ見よがしに自慢していた。その上、皆に自分のことをアンダーソン船長と呼ばせたり、目を見張るばかりの豪邸を構えたり……鼻高々だった。ローズがあなたと結婚したのは、アンダーソン家の財産目当てだったと思ったことがありまして？　それから、あなたのご自慢のハンサムな息子ですが——本気であの子があなたの実の子だと思っているの、デイヴィッド・アンダーソン？

さあ、とうとうこの話をすべき時が来たわ。村の人たちは核心を摑《つか》んではいないわ。でも、あの世に行ったら、スーザン・ベーカーのおじいさんに聞いてごらんなさい。あなたの美しいローズには愛人がいたのよ。知らなかったでしょ……疑いもしなかったわよね。わたしは知っていたわ。本当のことを知っていたのはわたしだけだったと思うわ。あやしいと思っていた人は大勢いたのよ。そう、スーザン・ベーカーでさえ、あなたの卒中の発作の話をした時、そのことを言っていましたもの。あの人の話では、彼女のおじいさんが、ある夜、ローズとロイド・ノーマンが一緒にいるところを見かけたんですって。あなたとブランチの仲を勘ぐっている人もいましたよ。あなたは知られないように用心していたみたいですけれど。

あなたが死ぬ前に、話したいといつも思っていたのよ。わたしのほうが長生きするものと信じていましたから。わたしのほうがずっと若いからというだけではありませんよ……そうではなくて……まあ、そんなことはどうでもいいわ。あなたはローズを崇拝していたわね。彼女を記念してローブリッジの教会に美しい高価なステンド・グラスを寄付したでしょう。夜になると、その窓から漏れる光がローズの墓にふりそそぎ、ロイド・ノーマンのお墓も照らしているわ。

でも、いくらロイドだって、今では彼女の方へ歩み寄ることはできないわ。ローズも、彼の足音を聞いても、昔みたいにあどけなさの残る顔を赤らめやしませんよ。デイヴィッド・アンダーソン、目は開いていても、あなた少しも気づかなかったの？わたしはローズが頰を染めるのをこの目で見たわ。今ではその頰ももうすっかり冷たくなってしまった……お墓は残酷な恋人ね、デイヴィッド・アンダーソン。わかったわね……とうとう本当のことを知ったわね。わたしの言ったことは全《すべ》て真実なのよ。死にかけている人に、噓《うそ》は言いませんよ。ついにあなたは奥さんの正体を知る時が来たわね。空に吹く風さえぞんざいに当たらないようにと大切にしていたあなたの美しいローズは……実はあなたを裏切っていたのよ。あなたはいつも胸を張り、風を切って歩いていましたけど、大勢の人たちが奥さんの不貞にうすうす気づいていたのよ。スーザン・ベーカーの話では、彼女のおじいさんは、ローズの息子の洗礼の時、『賢い子だよ、ちゃんと自分の父親が誰なのかをわかっているんだから』って奥さんに耳打ちしたそうよ」

熱に浮かされたような彼女の声は、まるで深い井戸に沈んだかのように急に途切れ、部屋は静寂に包まれた。彼女は宿年の恨みをついに晴らしたのだ。

ちょうどその頃、ブライス医師は看護婦との立ち話を終えて帰って行った。看護婦は患者の元へ戻ろうとしていた。裏階段を家政婦が登って来るような物音がしたけれども、クラリッサは長年の悲願達成の喜びにひたりきっていた。ああ、復讐《ふくしゅう》とはなんと心地よいものだろう。

突然彼女は、この部屋にいるのは自分だけなのに気づいた。震える手でマッチをすり、テーブルの上の蠟燭《ろうそく》に火をつけ、高くかざしてみた――ほのかな光がちらちらと揺れ、枕《まくら》の上の顔を照らした。かつてはあれほど生気にあふれていたデイヴィッド・アンダーソンは息絶えていた。クラリッサが話しかけている間に、彼は息を引き取ったのだった。死顔にはうすら笑いを浮かべていた。

クラリッサはデイヴィッドの笑い顔をいつも憎らしく思っていた。その裏にある真意をどうしても計りかねたからである。彼の死顔に浮かんだ笑いも理解できなかった。何を言われても、もはや自分には関係ないと、せせら笑っているのであろうか？

アンダーソン家の人々の中で、そのような笑い方をするのはデイヴィッドだけであった。ウィルコックス家の人たちは、アンダーソン一族を憎んでいたけれども、彼らの笑い方が気にくわなかったわけではなかった。学校時代、ある教師が、デイヴィッド・アンダーソン少年はあのうすら笑いを地獄で習ってきたに違いない、と言ったのをクラリッサは憶えていた。その失言のためにその教師は、アンダーソン一族によって辞めさせられてしまった。しかし、スーザン・ベーカーのおじいさんに言わせれば、デイヴィッドは人が大事にしているものをだまし取るのが単に好きなだけだ、ということだった。あのうすら笑いひとつで船の乗組員たちを操るのだ、と言う人もいた。デイヴィッドが航海に出ようものなら、アンダーソン家の人たちは乗りたがらない船員を乗船させるのに四苦八苦していたのを、クラリッサは思い出した。ローズはあのうすら笑いの正体を摑んでいたのだろうか？

「わたしはオールドミスになりましたけどね……」スーザン・ベーカーが言ったことがあった。「と言っても、それ以外のものになる機会はなかったのですがね。でも、デイヴィッド・アンダーソン流の笑い……うちのおじいさんはそう呼んでいましたが……そんな笑い方をする男と結婚するよりは、何百回でもオールドミスの人生を生きた方がましですよ」

看護婦が急いで部屋に入って来た時には、クラリッサは古着のようにくたくたに疲れ切っていた。

「ご臨終ね」看護婦は言った。「きょうあたりじゃないかと思っていましたのよ」

「あなたがブライス先生にじゃれついている間に、この人は死にましたよ」クラリッサはとげとげしく言った。

看護婦はびっくりして目を丸くした。老いぼれのクラリッサ・ウィルコックスは「頭がおかしい」とは知ってはいたが……それにしても、ブライス先生に「じゃれついた」とは何という言いがかりだろう！

クラリッサは、急に年をとったように感じた。くたびれ果てて、頭が働かなくなってしまった。クラリッサは、看護婦はクラリッサを見て笑い出した……死者が目の前にいるというのにまるでお構いなしに。そして、生前と同様死んでからも傲慢《ごうまん》に微笑《ほほえ》んでいるデイヴィッドを残して、クラリッサはさっさと部屋を出て、足音をしのばせて階段を降り、屋敷をあとにすると、暮れかかる小径を歩いていった。西の空は残照で赤くすぶっていた。港では波頭が渦を巻き、氷のように白く透明な泡を立てて、まるで彼女に歯向かっているかのように見えた。

クラリッサは寒さが骨身にしみた。

「ああ、わたしも死ねたらいいのに」クラリッサ・ウィルコックスは、大声で叫んだ。誰に聞こえようと平気だった。「あの人をどんなに愛していたことか……おお、ずっと愛していたの、心の底から……学校に通っていた子どもの頃からずっとよ。わたしの告白が聞こえていませんように……ああ、神様、あの人に聞こえていませんように！　でも、今となっては知る由《よし》もない」

第三夜

愛する我が家

私を誘う海のそばに
私の愛する家がある
どこをさまよい歩いても
そこが私の帰る場所

帰り来て　また出てゆく人に
あらゆる部屋が友となり
庭を隈《くま》なく歩く時

すべての樹木を知り尽くす
門の傍らの野生のミント
窓辺に佇《たたず》む三色すみれ
丘にそびえる樅《もみ》の木立ちは
いつも私を待ち受ける
私の家は知恵にあふれ
楽しき日々を積み重ね
秋の空の夜ごとの月と
けだるい春の雨を　記憶に刻む

笑い声を招く家
ダンスの足音も今は昔
おお　西にも東にも　どこにもない
心豊かな愛《いと》しき我が家よ

今も喜びに満ちた家
売ることも買うことも　かないはしない
こよなく愛される家は
決して老いることはないのだから

アン・ブライス

ブライス医師　この詩はわかりやすいね……グリン・ゲイブルスのことだ。

アン　すっかりというわけではないわ……ほとんどというわけでもないわね。グリン・ゲイブルスと夢の家と炉辺荘のことを思って書いたのよ。三つをひっくるめて、私にとっての「愛する我が家」と呼んだの。

ブライス医師　君は自分の居場所を愛しすぎるとは思わないかい、アン？

アン　（溜息《ためいき》まじりに）そうね、その傾向はあるわ。でもスーザンがよく言うじゃないの。生まれもった性分はどうしようもないって。

ブライス医師　お化けの森の小高いところに並ぶ、天を指さすような樅の木立ち……なつかしいなあ！「心豊かな愛しき我が家」は言い得ているね。でも家は年をとると思うがな。

アン　（やさしく）思い出の中では年をとらないの。

海の歌

聞かせておくれ
海の神秘と魅惑の歌を
昼なお暗き洞窟《どうくつ》に　真珠の宝
夢の港に　難破船
波間に浮かぶ人魚の甘い唇

やがて死にゆく恋人の口づけを求め
浮世の至福をなつかしみ　妖精《ようせい》の国で涙に暮れる
そして人知れず隠し持つ財宝は
海に消えた商人たちの　失われし黄金

聞かせておくれ
海の恐怖と魅惑の歌を
海に呑《の》まれ　死へ追いやられた美しき人々
澄んだ瞳《ひとみ》の子どもたち　香《かぐわ》しい髪の麗婦人たち
その青い唇は苦しげに息を求め
強き心臓の男たちの温もりは消え
勝利に脈打つ鼓動も永遠に止まる
そしてうなりを上げて荒れ狂い　浜辺に打ち寄せる波
この世の王や王子たちは　幽霊の王者となる

聞かせておくれ

海の優美と魅惑の歌を
サファイアの水面に浮かぶ　泡の花々
エメラルドの珊瑚礁《さんごしょう》と　環礁の輝き
清く澄んだ湾に映る
青白く揺らめく月の光
夜の帳《とばり》がおり　世界は静けさに包まれ
紫の天空にかかる星は白く燃え　厳かな輝きを放つ
そして風はいつまでも浮かれ騒ぎ
夜明けの浜に押し寄せる白波と　喜びを分かち合う
　　　　　　　　　　　　　　　　　　アン・ブライス

ブライス医師　こんな詩を書く女性と結婚してしまったとは、ぼくは取り返しのつかない過《あやま》ちをおかしてしまったようだ。詩人としてのキャリアを台無しにさせてしまった……君が憤慨しても当然だよ、アン。ところで、その詩は『ジム船長の生活手帳』

に触発されて書いたんじゃないか？　そんな風に感じたよ。

アン　そうよ……それはそうと、私、怒るわよ。あなたとの結婚以外の道を私が望んでいたとでも思っているの？　あなたがそんなふうに考えているとしたら許さないわよ。

スーザン・ベーカー　奥様の詩を全部理解するには、私は十分な教育を受けてはいませんが、先生の奥様、ところどころですが、子どもたちに聞かせてもいいものかどうか首を傾《かし》げたくなりますよ。人魚が口づけを求めるだとかなんとか？　（息をひそめて）そうですとも。ウォルターのいいお手本じゃありませんよ。この点についちゃ譲れませんよ。

ブライス医師　みんなそろそろ寝る時間だよ。明日は厄介な手術があるんだ。

ふたごの空想ごっこ

ふたごのジルとP・G――ジルの気分しだいで、またの呼び名をピッグまたはポーキー――はいささか退屈していた。これはふたりには珍しいことだった。というのは、持ち前の豊かな想像力のおかげで、ふたりにとって世界はいつだって興味の尽きることのない、おもしろい場所だったからである。この幼い小悪魔たちが生まれてからの十年間というもの、次はいったい何をしでかすか、周りの者たちは皆、いつもはらはらさせられどおしだった。

ところが、この朝に限っては、どうも何もかもうまくいかなかった。

ここは、ハーフ・ムーン・コウブ……モーブレイ・ナローズとグレン・セント・メアリーの中間に位置し、一帯が「避暑地」と呼ばれるようになりはじめた頃の話だ。前の晩に約束を破っておやつを食べすぎたせいかもしれない……なにしろ、夕べはヘンリエッタおばさんがひどい発作を起こすわ、母親は忙しすぎるわで、ふたりにしっかりと目を光らせてはいられなかったのだ。母親がちゃんと構ってくれさえしていたら、こんなことにはならなかったのに。おまけに、グレン・セント・メアリーからナンとダイアナ・ブライスが遊びに来ていた。

「だから、おやつをふるまわなきゃならなかったの、ママ」

「あの子たちはおやつなんかいらなそうだったわ」母親はきびしく言った。「お夕食はすませてきたのだし、それに、あの子たちは、ここにはほんの三十分しかいなかったじゃない。お父さまがアッパー・グレンに往診に行っている間だけだったもの」

「スーザン・ベーカーはね、あの子たちに少ししか食べさせてくれないんだと思うわ。お腹《なか》が半分もいっぱいにならないのよ、きっと」ジルが言った。「でも、ふたりともいい子たちよ、ママ、もっと近くに住んでいたらよかったのに」

「ブライスのご一家は、皆とてもいい人たちだという話ね」母親も認めた。「ご両親はとてもいい方よ、よく知っているわ。でもね、あなたたちが三十分のうちにやってくれるいたずらを、あそこの子どもたちが一週間かかってしでかすとしても、お手伝いさんはどんなにかお気の毒なことでしょうよ。そういう子たちなら、そのスーザン・ベーカーさんとやらが噂《うわさ》に違《たが》わず半人前しか食事をくれないにしても、当然なことじゃないかしら。ちょっとしか食べさせてくれないって、あの子たちが言ってたの?」

「まさか、言うわけないわ。聞き分けのいい子たちだもの。でも、スーザンをひと目見ればわかるの、気分次第でご飯をくれなそうな人だって。教会でいつも会うのよ」

「スーザン・ベーカーとブライスさんちのふたごちゃんのことはさておいて」母親は言った。「ヘンリエッタおばさんの新しいお鍋《なべ》をこんな風にしたのは誰なの? たたいて、へこませちゃって、これじゃ、使い物にならないわ」

「ああ、ぼくたち、ローマ人のかぶとが入用だったの」P・Gが悪びれもせず言った。P・Gにとってはそんな些細《ささい》なことはどうでもよかった。だって、グレン・セント・メアリーの店にいけば、もっと上等の鍋がいくらでも売っているではないか。

いずれにしても、今は、ふたごたちは日に焼けた指先で砂いじりをしながら、しかめっ面《つら》でにらみ合っているだけだった。ジルが言うには、この単調さを打ち破るため、なにか事を起こさねばならなかった。さもなければ、ふたりは大喧嘩《おおげんか》をはじめかねなかった……喧嘩をすればいつも、どうしてこのふたごを育てる運命になってしまったのかと、働きすぎでくたびれきっている母親を困らせるだけだった……。だから、アンソニー・レノックスが通りかからなければ、ますますどうしようもない事態に陥っていたことだろう。

たまたまそこへアンソニー・レノックスが通りかかったのは、もっけの幸いだった。ジルが一目《ひとめ》惚《ぼ》れしてしまったのだ。

あとになってから、ジルがナン・ブライスに打ち明けたところによると、彼があたかも心に暗い秘密をもっている人のように見えたそうだ。ジルもナンも、悪《わる》に憧《あこが》れる年頃だった。人生の道を踏みはずしたはぐれ者のように見える外見であるほど、夢中になってしまうのだ。

「ねえ、自分が犯した罪を深く後悔している海賊って素敵じゃない？」とナンが言うと、

「あら、良心なんてまるでない残忍な海賊っていうほうがよかなくて？」とダイアナが言った。

「残忍な海賊」なんて最高だわ、とジルは思った。女の子三人でおしゃべりに盛り上がっていた時に、スーザン・ベーカーの耳にでも入ったなら、海賊なんてとんでもないと言ったに違いない。そうよ、海賊のよさのわからないような人だもの、人を飢え死にさせたりもするに違いないわ、とジルは考えた。

「あら、とんでもないわ」ダイアナはスーザンの肩を持った。「スーザンが誰かを飢え死にさせたりするわけないわよ。スーザンはあたしたちがベッドにはいってからお

やつをくれるのよ。それで、いつもお母さんに注意されるの。スーザンが小言を言うとしたら、あたしたちが大きくなれば、もう少しおりこうさんになるだろうっていうことくらいよ」

「それって、一番頭にくる言い方じゃないこと?」ナンがきめつけた。

ジルもそのとおりだと思った。

アンソニー・レノックスはどことなく深い陰のある面持ちだったので、どんな空想話をこしらえてもその主人公にぴったりとあてはまりそうだった。ただ、カナダ全土で手広く雑誌の出版を手がけている大金持ちのレノックス氏が、朝っぱらから、なぜこんなにふさぎこんで不満そうにしているのか、ふたごたちには解《げ》せなかった。また、どうして彼が大金持ちなのか――大金持ちだというのはプライス家のふたごたちがスーザンから聞きだした情報だった――そして、大金持ちのくせにどうしてこんな辺鄙《へんぴ》で名もないプリンス・エドワード島に避暑に訪れたのかさっぱりわからなかった。

アンソニー・レノックスはふたごたちと同様、退屈しきっていた。ただし、ふたごたちと違って、彼の退屈は慢性化していた。スーザン・ベーカーによると、お金のためにあくせく働く必要のない人はだれでもそうなってしまうのだそうだ。

アンソニーは何もかもがほとほと嫌になっていた。金もうけにも……雑誌の出版にも……世論のとりまとめにも……女性に追いかけられるのにも。彼はあらゆることに対してすっかり意欲を失っていたのだ。

世界そのものがひどく新鮮味に欠けているように思えた。

ハーフ・ムーン・コウブにも二、三日滞在しただけだったが、もう嫌気がさしていた。こんなところへ帰ってくるとは、なんて愚かだったのだろう。こうなることはわかっていてもよかったのだ……いや、わかっていたのだ、本当は。彼はひりひりと刺すような潮風を頰に受けながら海岸の小石の上を大股《おおまた》で歩いた。頭上には青空……目の前には大海原がひろがり、くらくらとめまいがするほど容赦なく真っ青な世界の真っ只中《ただなか》にいた。

こんなところに幽霊がいる筈《はず》はないではないか。それなのに、自分は何かにとりつかれている……ええい、いまいましい！

幽霊より始末が悪い。退屈極まりない。ほかのことを考えても堂々巡りで結局は退屈のどん底に戻ってしまう。幽霊も退屈も我慢ならない。この十五年間、そのどちらにも関わるまいとしてやってきたというのに。秋には普通の日常を取り戻したいのなら、夏の間、静かな所で神経を休ませるべきだ、と医者には勧められた。それにしてもこんな死んだような所へ来なければよかった。

午後にはここを発《た》とう。

アンソニーがちょうど心にそう決めたとき、ジルとP・Gに出会った。ジルは玉座の女王気取りで岩に腰をおろし、P・Gは、頭をもちあげるのも億劫《おっくう》だといわんばかりに、砂の上にうつ伏せになってころがっていた。

アンソニーは思わず立ち止まり、ジルを見つめた。ジルのおどけた、ものおじしない小さな顔には、赤茶色の髪がふさふさとかかり、十歳の子どもとは思えないほど鼻筋の通ったきれいな鼻、すっきりと細長い三日月型の口は、両端をギュッと結んで、今はへの字になっていた。

目が合った瞬間、アンソニー・レノックスの魂はジルの魂と響き合い、見えない絆《きずな》でしっかりと結ばれた。彼の心をとらえたのは鼻とか、口とか、きかん気そうな面立ちではなかった。それだけなら、一度会ったことのあるダイアナ・ブライスもそのすべてを持ち合わせていた。もっともダイアナには、生意気そうなところはなかったが。

アンソニーは彼女の目の表情に魅せられてしまったのだった――キラキラと輝く瞳《ひとみ》と黒いまつげ――思い出の中のなつかしい人の目と似ていた。ただジルの目のように情熱的で挑むような表情をたたえた灰色ではなく、夢みがちだが、激しさを内に秘め、素直に喜びの表情をたたえる青い目であった。ブライス夫人の目の印象と似ているかもしれない——夫人の瞳は灰色がかった緑だったが。彼はブライス医師がうらやましかった。もし彼女が未婚で、五人だか六人だかの子どもの母親でなかったら……やめろ、アンソニー・レノックスともあろう者が、感傷的な思いに耽《ふけ》るなど愚か者のすることだ！

「やあ」アンソニーが言った。

「やあとは何よ？」ジルがふくれっ面でやりかえした。

「いったいどうしたんだい？」アンソニーが尋ねた。「君たちみたいな子どもは、こんな天気のいい朝には、バッタみたいにはしゃいでいてよさそうじゃないか。ブライス家のふたごはそうしているんじゃないかな。夕べはあの子たちといっしょに遊んでいたのを見かけたよ。楽しそうだったたじゃないか」

「どうしたもこうしたも！　うんざりなのよ！」ジルの胸の内にくすぶっていた不満が一気に爆発した。「ブライスのふたごはふたりとも女の子ですもの。そこが大きく違うのよ。女の子は物わかりがいいの。つまらないのは全部ピッグのせいよ！」

　ピッグはぶうぶうと豚みたいに鳴いてみせた。

「ええ、ぶうぶう言ってりゃいいわ。ピッグったら、今朝はぶうぶう言うばかりで、なにもしやしないの。『ごっこ遊び』をしないのよ……何もしないの。ごろごろしてぶうぶう言ってるだけ。夕べは何もかも調子がよかったのに。ピッグはブライスの女の子たちがいたもんだから、いいところを見せたくてね。ねえ、ピッグ、そうでしょ」

P・Gは憤慨して、またぶうぶうと騒ぎ立てた。むきになって、ものを言おうとしないのだった。〈ジルはくだらないことをほざいてればいいさ。ブライスの女の子たちが何だって言うんだ〉

ベッドに入ってからナンの瞳に恋焦《こいこ》がれて、ハーフ・ムーン・コウブがグレン・セント・メアリーの近くだったらよかったと願っていた、なんて認めるくらいなら、死んだ方がましだとP・Gは思った。

「『ごっこ遊び』もしないと言うんだったら……」ジルは興奮気味に言った。「どうやってここで生きていくのよ?」

「いやはや、まったくそのとおりだね」アンソニーは力をこめてうなずいた。

「ブライスさんちの女の子たちが遊びにいらっしゃいと言ってくれたけど……毎日は行かれないわ。だって……」ジルは今度は涙ぐんだ。ジルの気分は四月の天気のように変わりやすかった。「あたしがわがままを言ってるんじゃないの。ピッグのお気に入りの『ごっこ』でいいからなんでもやるわって、譲ったのよ。本当はあたしが決める番だったのに……ひとつ心に決めていたのに。それはね、ナンとウォルターが虹《にじ》の谷でいつもしている『ごっこ』だって、ナンが言ってたわ……それでも、ピッグに決めてもらおうって、譲ったのに。あたし、なんでもやるつもりだった……拷問《ごうもん》にかけられているインディアンだって、王さまのとりまきだって、海辺のお城に幽閉されたお姫さまだって、処刑台に立ったイギリス人の看護婦エディス・ケイベルだって。それじゃなきゃ、夢が叶《かな》う国ごっこだってよかった……ナンとダイアナはこれが好きなのよ……なんでもやるつもりだったの。なのに、ピッグはしないって言うの。何もかもいやになっちゃったんですって」

ジルは息が切れるほど勢いよくまくしたてると、P・Gの向こう脛《ずね》を左足で邪険に蹴《け》った。

すると、P・Gはくるりとあおむけになり、ジルそっくりの顔がむき出しになった。目が榛色《はしばみいろ》で、そばかすがもっとたくさんあるところだけが違った。

「夢が叶う国なんて。『ごっこ遊び』の中でも一番くだらないや」彼は馬鹿《ばか》にしたように言った。

「夢なんて叶うはずないからね。ジルはクルクルパーだよ」

P・Gはもう一度うつ伏せになった。不覚にも弱みを露呈し、ジルに仕返しの機会を与えてしまった。

「夕べはそんなこと、ナンには言わなかったくせに」ジルはかすれ声で言った。「最高に楽しい『ごっこ遊び』だね、なんて言ってたじゃない。それからね、おなかを下にして寝ない方がいいわよ。汚い耳のうしろが丸見えよ。今朝、ちゃんと洗わなかったでしょ」

P・Gは聞こえないふりをしていたが、ジルのひと言は彼の痛いところに命中した。P・Gは、男の子にしてはきれい好きだったのだ。

「君はどんな『ごっこ遊び』がしたかったの？」アンソニーがジルに聞いた。

「ああ、お金持ちごっこがよかったの……だって、あたしたち、どうしようもないほど貧乏でしょう……だから、オーチャード・ノブを買って、あそこの家の命を蘇《よみがえ》らせてあげようと思ったの。ダイアナたちもよくやるんですって。でも、あの子たちは空想しているだけじゃなくて、本当にできちゃうかもしれない。だってお父さんは立派なお医者さんですもの」

アンソニーは榛色の目を丸くした。

「オーチャード・ノブとはいったい何のこと？　どこにあるんだい？　いつ、どうして命をなくしてしまったんだい？」

「教えてあげなよ」P・Gが口をはさんだ。「隠さなくてもいいさ。このおじさんは、きっとすごく興味を持つと思うよ」

「あのね、この名前は本の中からとって、あたしたちがつけたの。コウブの半マイル手前で、ここことグレンのちょうど真ん中あたりにあるの。持ち主は何年も前にどこかへ行ってしまって、もう帰ってこないのよ。昔はきれいな家だったたって。ナンが言うには、信じられないけど、炉辺荘《イングルサイド》よりきれいなくらいだったたって。スーザン・ベーカーが言ってたそうよ。炉辺荘は見に行ったことがあるでしょう？」

「うん、あるよ。あそこに立ち寄ったよ」とアンソニーはそう言いながら、小石を海面に向かって巧みな飛ばし方で投げてみせたので、P・Gはひどくうらやましく思った。「でも、オーチャード・ノブなんて家は知らないなあ」

「あたしたちが勝手につけた名前だって言ったでしょ。少しでも手をかけてあげたら、まだまだ美しい家なのよ。ナンの言うとおり、今ではぼろ家になってしまっているわ。屋根板はそりかえっているし、ベランダの屋根はたわんでいるし、雨戸も全部こわれていてね。煙突もくずれて、そこらじゅう雑草が伸び放題。あの家は、置き去りにされてひとりぼっち、悲しくて泣いているわ」

「ナン・ブライスの真似《まね》して言ってらあ」P・Gが呟《つぶや》いた。

「いいでしょ……ナンだってお母さんの真似して言ってるのよ。ブライスのおばさまは物語を書くんですって。ああ、あの家を見るたびに泣きたい気持ちになるの。あんなに淋《さび》しそうな家を見るのは本当に辛《つら》いわ」

「家が何か感じるみたいな言い方だな」Ｐ・Ｇがあざ笑った。

「いや、家にだって感情はあるよ」アンソニーが言った。「どうしてこれまで買い手がつかなかったのかな」

「だれも買いっこないわ。ダイアナから聞いたんだけど、相続した人が法外な値段を言うんですって。スーザン・ベーカーは、自分ならただでもらってくださいって言われたとしてもおことわりだって言ってたわ。修繕するのにひと財産いりますからって。でも、あたしがお金持ちだったら、絶対買うわ。ピッグだってあんなにふくれっ面《つら》してなければ、賛成のはずよ」

「手に入れたら、どうするつもりなの？」

「おお、もう決めてるのよ。ピッグとあたしは何度もそのつもりになって考えたの。ブライスのあの子たちのやり方とはちょっと違うの。だってあの子たち、『ごっこ』なのにとても節約するのよ。空想するだけだもの、うんと贅沢《ぜいたく》にしたって構わないでしょう？」

「そうだね。ところで、質問の答えはどうなったのかな?」

「ええと、まず屋根をなおすわ。ナン・ブライスは化粧しっくいを塗るつもりよ。煙突も立てなおして……あたしたちもこれには賛成よ。炉辺荘にある暖炉を一度見てくださいね。それから古いベランダをこわして、日当たりのいいポーチにするの……」

「この人は炉辺荘に行ったことがあるんだよ。もう忘れたのか」P・Gが鼻を鳴らした。

「それから、雑草だらけのところに薔薇《ばら》の庭園を作るの。これにはスーザンも大賛成よ。仲よくなってみるとびっくりすると思うけど、スーザンはものすごい想像力の持ち主なのよ」

「女の人のことだったら、どんなことを聞いても驚いたりはしないよ」アンソニーは言った。

「あら、そういうのを皮肉っていうの?」アンソニーをじっと見ながらジルが言った。「ナンが言っていたの、ナンのお父さんが、あなたのことを皮肉屋だって言ってるって」

「家の中はどうするんだい?」アンソニーは聞いた。「さぞかし、ひどいことになっているだろうね」

「宮殿みたいにするのよ。ああ、わくわくするわ」

「ねえ、おじさん」これ以上だまっていられなくなったP・Gが口をはさんだ。「ジルが『ごっこ遊び』が好きなわけ、わかったでしょう。ジルもブライスの女の子たちもカーテンやらクッションやらに夢中なんだ。センスがいいとは思うよ。それに、ぼくの希望も通っているし」

「君はどうしたいの？」

「おじさんは男だからわかるよね。ぼくはプールやテニス・コートや石の庭を作りたいんだ。炉辺荘の石の庭を見てみるといいよ」

「P・Gったら、この人は炉辺荘に行ったことがあるのよ、忘れちゃったの？」とジルが言い返した。「炉辺荘の子たちはね、自分たちで港から石を運びあげたのよ。スーザン・ベーカーも手伝ったけどね」

「石の庭を作るのはたいしてお金はかからないよね」とP・Gは言った。「ほら、こらへんは石がごろごろしてるもん。それから、ボート小屋も欲しいの……オーチャード・ノブには小川が流れてるからね。それに何百匹も犬が入れる犬小屋も欲しいなあ。あーあ！」そこまで言うとP・Gはうなり声をあげた。「金持ちだったら、全部実現できるのになあ！」

「でも、お金、ないんですものね。ねえ、ポーキー……」ジルは口調を和らげた。

「だけど、想像するだけならお金はかからないわよね」

「いや、時には……想像力はどんなにお金を出しても買えないほどのものだよ」アンソニーが言った。「世界一の大金持ちだって、一生かけても払えないくらいにね。それはそうと、薔薇の庭園はいいね。実は、私にはかねがね薔薇を育ててみたいという夢があったんだ」

「あら、どうして？　やればいいじゃない。みんな、おじさんはとてもお金持ちだと言ってるわ。ナンとダイが言ってたけど、お父さんが……」

「お金の問題ではないんだよ、ジル。楽しむ時間があるかどうかが問題さ。何年もの間にたった一度しか眺めることができない薔薇の庭園など作っても何の役に立つと思う？　薔薇が花盛りの季節にはトルキスタンに行かなきゃならないかもしれないのだよ」

「でも、薔薇が咲いていると思うだけでもいいじゃないこと？　それにおじさんは見られなくても、ほかのだれかがその薔薇を眺めて喜んでくれるわ」

「君は哲学者みたいなことを言うね！　それもそうだね……」アンソニーは彼本来の調子で、即座に決断した。「どうかね、君たちのオーチャード・ノブを修繕してみる気はないかね？」

ジルは目を丸くした。Ｐ・Ｇはこの人は気でもふれているのだろうか、と思った。ナン・ブライスによると、あの人は頭が変なのではないかとみんなが噂《うわさ》している、とスーザンが言っていたらしい。

「修繕って！　本気なの？　どうやって？　おじさん、あそこを買えるの？」

「買う必要はない。もともと私のものなのだから。この十五年もの間、見にも行かなかったが。当時はただ、『レノックス家代々の土地』と呼ばれていただけだった。はじめのうちは君たちがあそこの話をしているのだとは気づかなかったよ」

Ｐ・Ｇはまたしげしげとレノックスの顔を見て、やはりナンの言うとおりなのかもしれないと思ったが、ジルの方も同じように、彼をじっと見て、この人はどこもおかしくなんかない、と思った。

「いったい、どういうつもりだったの？」ジルはきつい口調で言った。「美しい家を置き去りにしてどこかへ行っちゃうなんて。家が死んじゃうじゃないの。スーザン・ベーカーがああ言うのもわかるわ……」

「スーザン・ベーカーにどう思われようと構わないさ。わけはいつか包み隠さず話してあげよう。どうかね、私と一緒に組んでやってみるのか、みないのか？　私が資金を出す、君たちは想像力を出す、そういうことにしよう。でも、完成するまでブライス家の女の子たちには内緒だよ」

「とてもいい子たちなのになあ」ジルは決めかねているようすだった。

「もちろん、すごくいい子たちだろうね……ギルバート・ブライスとアン・シャーリーの娘たちが素敵じゃないはずはないさ。ふたりのことは学生時代からよく知っているからね」

「あの子たちは約束したら、絶対口は固いのに」P・Gも言った。

「ブライスの女の子たちが約束を破らなくても、スーザン・ベーカーがたちまちかぎつけてしまうのじゃないかな」

「おじさんはお金はたくさん持っているの？」ジルが現実問題にふれた。「だって、あたしたちが空想していたとおりにしたら……何百万ドルもかかるわ、たぶん」

「そんなことないよ」P・Gがだしぬけに言った。「何べんも計算してみたけど、三万ドルでできそうだよ」

アンソニーが目を丸くしてP・Gを見たので、ジルは彼がその金額にうろたえたのかと思った。

「いくらおじさんでもそんなにたくさんは持ってないわね？　無理よね、誰だってそんな大金……。スーザン・ベーカーも言ってたけど……」

「もう一度その名前を言ったら、この辺の手ごろな丸石を炉辺荘にもっていって、スーザン・ベーカーを平たくのしてしまうぞ。そんなことになっても、ナンとダイは君たちと仲よくしてくれるかね？」

「でも、おじさんは……」

「ああ、驚いた顔をしたと言うんだろ。でも、金額に驚いたのではないよ。心配しなくていい。資金はちゃんとある。さあ、いっしょに来るかい？」

「もちろん」ジルとP・Gは声をそろえて言った。

退屈？　そんな言葉はふたりの辞書にはなかった。ふたりにとっていちばん関わりのない言葉だった。この朝の出来事は、言ってみれば、まさに青天の霹靂《へきれき》だった。

普通の人たちには信じられないようなできごとだったが、このふたごたちには信じられないことなどなかった。願いごとの叶《かな》う国に暮らしていたので、何が起ころうと少しもびっくりしなかった。ふたりは、このことをブライスのふたごに教えてあげられないのが残念だった。それでも、そのうちきっとスーザンが探り出すに違いない、と思った。そしてその暁には、自分たちは、このオーチャード・ノブの秘密をスーザンより先に知っていたのだから、勝利の気分に酔いしれることになるのだ。

「ご両親は反対なさらないかな」アンソニーが言った。「オーチャード・ノブにはひんぱんに来てもらうことになるが」

「両親はいないの」ジルは言った。「ええ、もちろん、ママはいるけど。でも、ヘンリエッタおばさんの世話で忙しくて、あたしたちのことはあまりかまっていられないの。でも、心配しないと思う。それにおじさんはちゃんとした人なんでしょう?」

「もちろんそうだよ。でも、君たちのお父さんは……」

「死んじゃったんだ」P・Gが明るく言った。ふたりが生後三ヶ月のとき死んでしまった父親は、P・Gにとっては名前だけの存在だった。「お父さんは一セントも残さないで死んだって、スーザンが……ええと、みんながそう言ってるよ。だから、ママが働かなくちゃならないんだって。ぼくらが家にいる時も、学校で教えているのさ。ぼくたちの家は島の西にあるんだ」

「ママは去年、からだの具合が悪かったの……」ジルが言った。「だから教育委員会が一年間休暇をくれることになって……」

「給料はちゃんとくれるんだよ」経済観念の発達したP・Gが口をさしはさんだ。

「それで、ママは療養しようと思ってハーフ・ムーン・コウブにきたのよ」

「ヘンリエッタおばさんにつきっきりの療養さ」P・Gがあきれたように言った。

「まったく、苦労の種がすりかわっただけだよね。思うに……」

「とにかく、今度のことは、ママには言わない方がいいわ」ジルが言った。「だって、きっとあたしたちのことを心配しちゃうし、ただでさえも心配ごとが山のようにあるって、スーザンが……あのう、そう言っている人もいるから。あたしたちが家に帰ってしっかりごはんを食べて、ちゃんと寝る限りは問題ないんだから。あたしたち、いつもどおり海岸で遊んでるっていうことにしておけばいいわ。自分たちで何でもするのには慣れてるもの。あのう……ミスター……ええと……ミスター……」

「レノックスだよ。アンソニー・レノックス、よろしくね」

「オーチャード・ノブがきれいになったら、どうするの？　住むの？」

「まさか！」アンソニー・レノックスは言った。

もうこれ以上の質問はお断りと言わんばかりのきつい口調だった。オーチャード・ノブに住むだって！　昔々の思い出が……。

その晩、三人はオーチャード・ノブへ様子を見に行った。ロープブリッジのミルトン弁護士から受けとってきた鍵《かぎ》でさびた鉄の門扉《もんぴ》をあけるとき、ふたごは大はしゃぎだったが、アンソニーはしっぽをまいて逃げだしたい気分だった。

「まず、最初にしなきゃいけないのは」ジルは言った。「この醜い塀と門を取っ払うことだわ。どこもかしこも穴ぼこだらけですもの。ポーキーとあたしはいつも納屋《なや》のうしろの穴からもぐりこんでいたの。でも家の中には入れなかったわ。のぞきこむこともできなかったの。スーザン……じゃなくて……おじさんが石でぺしゃんこにすると困るから名前は言えないけれど、その人が言っていたわ……昔は素晴らしい家だったって」

「さあ、今から見られるよ。中を隈《くま》なく見てまわってから、ベランダで腰を据えて計画を練ろう」

「あら、計画ならとっくの昔にできているのよ」ジルが気どって言った。「きのう、ちょうどナンとサンルームの家具の置き方を決めたところなの。ナンの名前は口に出しても構わない？」

「いいよ。ただし、この計画については秘密だよ」

「もう約束したじゃないの」ジルは不満げに威張って言った。「でも、あたしたちがオーチャード・ノブにしょっちゅう出入りしていたら、そのうちに秘密はばれてしまうんじゃないかしら」

「私が君たちの思いつきに協力しているということは、絶対教えちゃだめだよ」アンソニーは言った。

アンソニーは肩をすくめ、それ以上言うのはあきらめた。好きなようにやればいいさ。この子に主導権をとらせてみるのは面白そうだ。どんな風にできあがるか、楽しみに待つとしよう。自分にとってはこの家など、所詮《しょせん》どうだってよいのだから。修繕が終われば、オーチャード・ノブの買い手も簡単に見つかるだろう。何年か前には考えられなかったことだが、今ではこんな島にまで避暑客がやってくるのだ。

どんな仕上がりであろうと、どうだっていい。ちっとも構いやしない。

そう思いながら、玄関の鍵をあける手が妙にふるえた。家の中の様子は、知り尽くしているというのに。

そうだ、あの頃のままだ……四角い大広間には大きな暖炉があり、最後の火が消えた後の灰が残っていた。忘れもしないあの夜、十五年前のあの夜、アンソニーは顔に絶望の色を浮かべ、赤々と燃える火のそばに座っていた。そして、このなつかしい家に永久に別れを告げたのだった。どうして灰がそのままになっているのだろう？　ここを掃除してくれる女性を見つけるから、とミルトン弁護士は言っていたはずなのだが。

掃除の手配などしなかったに違いない。家中どこもかしこも、ほこりが厚くつもっていた。

ジルは鼻をくんくんさせた。

「お願い。ドアは開けっぱなしにしておいて」ジルは命令口調で言った。「何だかお墓みたいな匂《にお》いがする。無理もないわ、かわいそうなお家《うち》。十五年間、陽が当たらなかったんだもの。でも、あたしたちでとことん模様替えするのよ。もし、スーザン・ベーカーがここを見たら……」

「私の言ったことを忘れたのかい?」アンソニーが口をはさんだ。

「忘れちゃった。本気じゃないわよね。あたし、頭に浮かんだ時には、スーザンのことだって、ブライスのふたごのことだって口に出すわよ。でも、おじさんがオーチャード・ノブの修繕の協力者だなんてばらしません……これだけは、固く誓うわ」

そのあとの一時間は、ふたごたちにとっては心躍るひとときだった。ふたりは屋根裏から地下室まで隈なく探検し、ジルは、ああもしたいこうもしたいと、夢は無限にふくらみ、興奮の極みだった。P・Gもだんだん熱くなってきた。

しかし、ひとつだけ、ぞくっとさせられるものを見つけた、とジルは訴えた……階段の踊り場にある時計だ。十二時をさしたまま死んだように止まっている……背の高い柱時計で、炉辺荘にあるものとよく似ていた。

「十五年前のある夜、私が止めたのだよ」アンソニーが言った。「ブライス夫妻がグレンに引っ越してくるよりも前のことだ。あの晩はひどく気持ちが高ぶっていた。何もかも終わってしまったと思い込んでね」

「この家が生き返ったら、あの時計を動かしましょうね」ジルは固く決意するように言った。「炉辺荘にあれにそっくりの時計があるの。もちろんちゃんと動いているわよ。ブライス先生のひいおじいさまの時計だったんですって。スーザンがどんなに自慢しているか、おじさんも確かめてみるといいわ。ブライスのおばさまだって……」

「ブライス夫人のことは何も言わないこと。噂も悪口もね」アンソニーはきっぱりと言った。

「好きじゃないの？」ジルは勘ぐるように尋ねた。

「もちろん、好きだよ。あの人がブライス先生と出会うより前に出会っていたらなあ……あるいは、あんな馬鹿《ばか》な過《あやま》ちの前に出会っていたら……きっと結婚していただろうなあ。もっともあの人が承諾してくれていたらの話だがね。まあ、もちろん、うんと言ってくれるはずはなかったけれどね。ああ、こんな余計な話をしている場合じゃなかったね」

三人はベランダへ出て腰をおろした。アンソニーはあたりを見まわした。なんて美しく、もの悲しく、なつかしい家だろう！　かつてはあれほど華やかだったこの場所が……。

アンソニーの母親が大切にしていた庭は、今ではすっかり雑草におおわれてしまった。すみれのほかには茂ることを許されなかったあの奥まった隅っこの場所も、草がぼうぼうだ。アンソニーは家に非難されているような気がした。かつては大勢の人たちが集った家……この家で愛し合った男女がいた。誕生と死がくり返され……そして、苦悩も……喜びも……祈りも……安らぎもここにあり……私たちを守り癒《い》やしてくれる隠れ家だった。

家は、まだあきらめ切ってはいなかった。もっと生きたいともがいていた。長い年月顧みなかったとは、恥ずかしい話だ。アンソニーは、かつてここを愛していたのだ。正面玄関からの眺めは何と素晴らしいことか。見渡す限りの海の景色は銀とサファイアと深紅に彩《いろど》られていた。

炉辺荘からフォア・ウィンズ港を望む景色も同じくらい素晴らしいと評判だが、ことは比べ物にならないではないか。気のいいスーザン婆《ばあ》さんが自慢したければ勝手にすればいい。

ジルがアンソニーに話しかけた。

「ねえ、うちへ帰る前にどうしてオーチャード・ノブをほったらかしにしていたのか、そのわけを教えてね。話してくれるって約束したでしょ」

「いつか、そのうちにって言ったんだよ」アンソニーは断った。

「今がその『いつか』よ」ジルは容赦なかった。「今すぐ話してくれなくちゃ！　あたしたち、暗くなる前に帰らなくちゃならないもの。ママが心配するといけないから」

結局、アンソニーは話をする羽目になった。誰にも打ち明けたことがなかった。十五年もの間、口をつぐみ、胸に秘めていた。しかし、目を丸くしている子どもたちに話して聞かせることに、不思議な慰めを感じるのだった。もちろん子どもたちには理解できないだろうが、すべてをありのままに話してしまえば、心にずっと抱えていた苦悩を洗い流せるような気がした。ある晩、ブライス夫人とフォア・ウィンズに歩いて向かっていた時にも、話してしまいたい衝動に駆られたのだが、結局、自分が馬鹿だと思われるだけかもしれないと思い、やめてしまったのだった。

「昔、ひとりの若い愚か者がいてね……」

「おじさんのこと？」P・Gが尋ねた。

「しっ。お行儀が悪いわよ」ジルが鋭く小声でささやいた。

「気にしなくてもいいさ。かしこまって聞くような話じゃないのだから。そうだよ、若い愚か者とは私のことだよ。未《いま》だに賢くなれないがね。そして、ひとりの娘がいたんだ……」

「必ず女の子が出て来るんだ」P・Gがうんざりして言った。

「ピッグったら、しっ！」ジルがきつくたしなめた。

話が進むにつれて、アンソニーの眼差《まなざ》しも声も、だんだん夢みがちな表情を帯びてきた。今では海賊ではなく、何かにとりつかれた詩人のように見える、とジルは思った。

アンソニーとその娘とは幼なじみで……大人になるといつしか恋人同士になっていた。彼はイギリスへ留学するとき、恋人に小さな指輪を贈った。そして、娘は「ほかのだれかを好きにならないかぎり」はずさないと誓った。

三年後、帰国すると、恋人の指に指輪がなかった。それは、彼のことをもはやなんとも思っていないという証拠だった。アンソニーの自尊心はあまりにひどく傷つけられて、理由を聞く気にもなれなかった。

「男の人って、まったくね」ジルが言った「何かちゃんとしたわけがあったのかもしれないのに。ゆるくなって洗い物をしている時に抜けてしまったのかもしれないし、こわれてしまったんだけど直す暇がなかったのかもしれないし」

「それでね、私はこの家を閉めてしまうことにしたんだ……両親が亡《な》くなっていたので、この家の持ち主は私だったからね……それっきり、ほったらかし。それでこの通り、ほこりまみれのぼろ家になってしまったわけさ」

「そんなやり方はよくなかったと思うわ」ジルがずけずけと言った。「その人にどうして指輪をはめていないのか、問いただせばよかったのに」

「ぼくだったら、絶対聞いてみたな」P・Gが言った。「ぼくとそんな約束をして指輪をはめてくれる人なんていないけどね。ジルの言うとおり、簡単な理由だったかもしれないよね」

「実に単純なわけがあったのさ。つまり、その人は別の男の人を好きになっていたんだ。すぐにわかったことさ」

「どうやってわかったの?」

「人づてに聞いたんだ」

「その女の人が言ったわけじゃないんでしょう。きっと、その人も同じぐらいプライドが高かったんだわ。ナン・ブライスが言ってたけど、スーザン・ベーカーはそういう話をいっぱい聞かせてくれるんですって。スーザンは自分はオールドミスだけど、恋の話をするのが大好きなのよ。あたしはオールドミスにはならないと思うわ。いい

 こともあるらしいけどね」

「話を脇道にそらせるなよ、ジル」P・Gはイライラして言った。「女の子ってのは、すぐにあっちへふらふら、こっちへふらふらするんだから。スーザン・ベーカーはこういうことは、何も知らないだろ」

「知らないなんてどうしてわかるのよ？　スーザンは何でもよく知ってるのよ。ダイアナが言ってたわ」

「おじさんの話が本当のことだとしたって、オーチャード・ノブがこんなにひどいことになっちゃうまで、ほったらかしにしておいたなんて、いったいどういうわけ？」P・Gが言った。

「男の人って身勝手なお馬鹿さんよね」ジルは言った。「スーザン・ベーカーがそう言ってたわ。ブライス先生は、スーザンが知る限り、この世界中でいちばん身勝手じゃない男の人だけど、それでも、スーザンが寝る前に、先生のお夜食用に戸棚にしまっておいたパイを、誰かが食べちゃうと大騒ぎするんですって」

「恋におちた男はわからんちんで……身勝手なものだよ、ジル。それに、私はひどく傷ついていたしね」

「そうね、わかるわ」ジルは日に焼けた小さな手でアンソニーの手をとり、やさしく握った。「おじさんにそんな思いをさせるなんて、ひどいわ。どんな女の人だったの？」

ああ、彼女の姿といったら……色が白くて、はにかみ屋で、かわいい人だった。しょっちゅう笑いはしなかったが、笑い声は実に気品に満ちていた。彼女はまるで……そうだ、月の光を浴びて銀に輝く白樺《しらかば》のようで、夢中にならない男はいなかった。グレン・セント・メアリーのブライス夫人が、どことなく彼女を彷彿《ほうふつ》させる、とアンソニーはかねがね思っていた。顔が似ているわけではないのだけれども。魂が似通っているのかもしれない。

彼女が自分と結婚する気にならなかったのは無理もない。親から譲り受けた、ちっぽけな土地を持っているというだけのあわれな田舎者だったのだから。

彼女の瞳《ひとみ》は……海のように青くて、星のように輝いていた。見つめられたら男はみんな、魂を奪われてしまった。

「まるで、トロイのヘレンの瞳みたいね」ジルが言った。

「なんのヘレンだって？　なに？」

「トロイのよ。トロイのヘレンは知っているでしょう」

「もちろん。私の古代史の知識はだいぶさびついてしまっているけどね。彼女をめぐって男たちが十年間も戦争したのだったね。それにしても、勝利を摑《つか》んだ者は、長年の戦の末やっと手に入れたヘレンにそれに見合うだけの価値があると思ったのかなあ？」

「スーザン・ベーカーの意見では、そんな女はあとにも先にもヘレンだけだって」P・Gが言った。「スーザン・ベーカーをめぐって争った男なんているわけないよね」

「スーザン・ベーカーはどうでもいいよ。ところで、君たちの『ごっこ遊び』では、だれをトロイのヘレン役にしたてるの？」

「夏の間、ヘンリエッタおばさんの隣に下宿している絵描きさんよ。名前は知らないんだけど、会うたびにすてきな笑顔でにっこりしてくれるの。きれいな青い目でね……あんな美しい人は見たことがないわ」

「かなりいかしてるぜ。かつての若々しさはいくらか衰えはしたけどな」P・Gはお気に入りの荒くれ男のふりをして口を差し挟んだ。ブライス医師が誰かのことをそう言っているのを耳にしたことがあったのだ。

「ねえ、お願いだから、黙っててちょうだい」ジルはまたP・Gを叱《しか》りつけた。「それで、その人は……つまりおじさんの恋人は……結婚してしまったの？」

「たぶんね」

「たぶんですって！　知らないっていうの？」

「う、うん。彼女の一家は、翌年、西のほうへ引っ越してしまったからね。その後どうなったかはわからない」

「調べてみようともしなかったのね。やっぱり、スーザンだったら、どんな女の人よりも勘がいいから、その恋人を探し当てたに違いないわ」ジルはうんざりして言った。「でもね、あの時はたまらなくつらくて、それどころではなかったんだよ。さあ、きょうはここまでとしよう。お母さんは気にしていなくても、トロイのヘレンがたぶん君たちのことを心配しているよ」

「ヘレンはぼくらのことなんか知るもんか。いつものようにママがものすごく心配しているに違いないよ」P・Gが憤然として言った。「ヘンリエッタおばさんは、あれこれ注文の多い始末に負えない女の人なんだ。ぼくらのお父さんの姉さんだからね、ママのじゃなくて。スーザン・ベーカーが、おばさんは島一番のへそ曲がりだって言ってた。ブライス先生だって……」

「P・G！」ジルが真顔で言った。「人の噂話《うわさばなし》をくり返すものじゃないわよ……たとえダイアナ・ブライスから聞いた話でもね」

「P・Gはどっちに夢中なの？」アンソニーはジルに耳打ちした。「ナンかな？　ダイアナかな？」

「どっちもよ」ジルは言った。「ところで、この家のことはいったいどうするつもり？」

「明日、ひとっ走り町へ行ってこよう。来週には作業開始だ」アンソニーが答えた。

数日後、職人の一団がオーチャード・ノブに乗り込んだ。ジルは天にも昇る思いだった。生まれてこの方、こんなに愉快な気持ちを味わったことはなかった。ジルが陣頭指揮をとり、大の大人の職人たちに命令を下し、こき使ったが、異性を指の先で動かす天性のこつを持ち合わせているらしく、職人たちは皆、こき使われているなどとは少しも思わず、ジルの思いのままに文句も言わずてきぱきと働いてくれた。家の外側の改修はアンソニーとＰ・Ｇに大方まかせたが、内装に関してはジルが総監督で、素晴らしい手腕を発揮した。

長い年月、眠りについていた家は、とうとう、ぱっちりと目を覚ました。新しい煙突が立ち、屋根には緑と茶の板が葺《ふ》かれ、上から下まで配線工事が済むと、あらゆる設備がとりつけられた。

ジルはたいそう夢みがちな性格にもかかわらず、室内装飾について驚くばかりに実用的な采配《さいはい》を振った。食器棚は台所と食堂の間にとりつけるべきだと主張し、きれいな緑と藤色《ふじいろ》を基調にオールドローズの模様をあしらった浴室の壁は見事だった……一階も二階も、隅から隅まで色の取り合わせに気を配った。このこだわりのおかげで、相当経費が嵩《かさ》み、本人が一目見たら仰天しそうな請求書が後に届くこととなった。

最後に新しく家具を配置する段階になると、ジルはすっかり有頂天になった。アイディアがあふれんばかりに湧いてきた。アンソニーは、大広間用にジルの気に入っている中国刺繍《ししゅう》の壁掛と、扉に花模様の描かれた青い小さな飾り棚と、居間用に萌黄色《もえぎいろ》と淡い金色が織り交ざった豪華なカーテンを買いに走らされた。それにしても、ジルはなんと趣味がいいことか！　洋服ダンスの扉には鏡を取り付けた……ビロードのようなペルシャ絨毯《じゅうたん》……真鍮《しんちゅう》の薪載せ台《まきのせだい》に銀の燭台《しょくだい》、新しいポーチに吊《つ》るすレース模様のような銅《あかがね》細工のランプ。

ブライスの女の子たちが、おばさんに会いにアヴォンリーとやらへ出かけているのは、ジルにとっては幸いだった。そうでなければ、改装作戦の一部始終を話したり、見せたりしたくなるのを我慢できたかどうかわからなかった。村の人たちは、これは間違いなくアンソニーが花嫁でも迎える準備だろう、と盛んに噂し合っているらしい。

「ともかく、あの窓だけはおじさんの思い通りにできてよかったよね」P・Gはアンソニーを励ますように言った。

P・Gはブライスの女の子たちが戻ってきて、自分が職人たちに指図を出して、プールやテニス・コートの囲いを直しているところを見に来てくれればいいのに、と密《ひそ》かに願った。

問題の窓については、ジルとアンソニーは何度も意見をぶつけ合った。アンソニーは大広間のドア側の壁をくり抜いて、窓を作りたいと思った。そうすれば、はるか遠くのフォア・ウィンズ港を望む素晴らしい海の景色が眺められるからだった。ところが、ジルは壁が台無しになると言って、その案には反対だった。しかし、アンソニーが驚くほどの頑固さを見せ、壁がどうなっても構わないとまで言うので、結局ふたりは妥協案を採択した。アンソニーは窓を思い通りに作る。そのかわりに、ジルは、駒鳥《こまどり》の卵のような空色に塗りあがっていた寝室の壁が気に入らないので、驚くほど派手なオウムの柄の壁紙に貼《は》り替えてもいいことになった。

アンソニーはどんな部屋になるか内心恐れたが、仕上がってみると、ほかと同じようにジルのセンスのよさが証明された。

ついに、完成の日が訪れた。職人たちは引き上げ、荒れ放題だった家は、どこもかしこもすっかり整った。八月の終わりの陽光を浴びて、オーチャード・ノブは、内側も外側も美しく、見るからに幸せそうに見えた。

ジルはほっと溜息《ためいき》をついた。

「天国にいるような夏だったわ」ジルは言った。

「私も楽しかった」アンソニーも相槌《あいづち》をうった。「君たちの友達の、ブライスさんの女の子たちが戻ってきたそうじゃないか。ここを見せてあげたいんじゃないかい？」

「あら、ナンとダイアナはきょうの午後、来たのよ」ジルは言った。「あたしたち、家中を案内してあげたの。素晴らしいと思ったみたいよ……ちっともうらやましそうじゃなかったけどね。でも、ここを見たあとでは、炉辺荘がちっぽけに思えたに違いないわ、きっと」

「炉辺荘だって同じようにいい家だよ」P・Gが言った。炉辺荘に通ううちに、彼はスーザン・ベーカーのパイの虜《とりこ》になったのだ。

「でもね……」ジルはアンソニーを咎《とが》めるように見つめた。「この家は誰かに住んでもらいたがっていると思うの。その点では、炉辺荘には敵《かな》わないわね」

アンソニーは肩をすくめた。

「まあ、誰かが住むことになるだろうね……少なくとも夏の間は。ニューヨークの百万長者からいい条件で申し込みがあるんだ。おそらく、契約することになるだろうね」

「そうなの……」ジルは溜息をついた。現実はいやでも認めなければならないのだ。アンソニーがハーフ・ムーン・コウブで夏を過ごす気がないのなら、だれかがオーチャード・ノブの持ち主になってくれた方がいいに決まっている。「また閉めきって、ほったらかしになるより、その方がいいわよね。どうなるにしても、まず改築祝いはしましょうよ。計画はとっくに立ててあるのよ」

「そうじゃないかと思っていたよ。スーザン・ベーカーも呼ぶつもりかい？」

「嫌味な言い方しないで、アンソニーおじさん。ブライス先生ご夫妻は絶対呼ばなくちゃ……でも、あんまり大勢は呼ばないわ」

「ブライス夫妻か、いいね。ここが人手に渡る前に、ぜひブライス夫人には見ていただきたいものだ」

「暖炉に火をぼうぼう焚《た》きましょう。薪にする流木を拾う場所はナンが教えてくれるんですって。そして、家中の明かりを灯《とも》すのよ。外から見たら、どんなに豪華かしらね。川がすぐ近くにあって幸運だわ。うちから食べる物をもってきて、楽しくにぎやかに騒ぎましょうよ。ママがお料理を作ってくれるって言ってるの。夕べ、あたしたち、すっかり打ち明けたの。でも、なぜかほとんどのことはもう知ってたわ」

「お母さんというのはそういうものだよ」

「明日の晩、ご都合はいいですか？」

「あれ、すっかり決めてしまっているんだろう？」アンソニーが冷やかした。「何でもかんでもどんどん決めちゃう君のことだものね」

「でも、おじさんの都合がよくなければ何にもならないわ」ジルが言った。「おじさんの家のお祝いですもの。それに、ブライス先生たちの都合も聞かなくちゃ」

「お祝いの晩にグレンの近くで赤ん坊を産まないようにって、触れまわっておかなきゃね」Ｐ・Ｇが鼻を鳴らして笑った。

「お行儀の悪いこと言わないでよ」ジルが言った。

「赤ん坊のどこが行儀悪いんだよ」Ｐ・Ｇが言い返した。「それなら、お前は産まなければいいだろ」

「あたしは六人産むの」ジルは涼しげに言った。「ねえ、レノックスのおじさん。もし、その人が今でも指輪をしていたとしたら、何人ぐらい赤ちゃんが生まれていたかしらね」

「後生だから、そんな話はよしてくれ」アンソニーはたのんだ。「私は古い人間だからね、そんなことを聞かれたら困ってしまうよ。改築祝いは明日の晩でだいじょうぶさ。好きなようにやってくれていいよ。ただし、ブライス先生がお産で呼ばれても、私を責めないでおくれよ」

実は、ふたごたちはアンソニーの思いもよらないことを計画していた。アンソニーは、もちろん、ふたりの母親がくることは知っていた……ヘンリエッタおばさんもふたりの母が参加するのを快諾してくれた。しかし、アンソニーは、一度も顔を合わせたことのない画家のエルムズリー夫人も来ることになっているとは知らなかった。ジルがエルムズリー夫人を招待したと聞いて、P・Gは、最初、目を見張った。

「ええっ、なんで？　おじさんの知らない人だよ」

「お馬鹿さんね、ピッグ。エルムズリーさんはあそこを死ぬほど見たがってるし、もうすぐ、ウィニペグに帰ってしまうでしょ……だから、アンソニーおじさんがエルムズリーさんのことを好きになるだけの時間がぎりぎりあるか、ないかってとこよ」

「おじさんが恋をすればいいって、そんなこと考えてたのか？」P・Gは呆気《あっけ》にとられた。

「そうなの……とても美人だもの、絶対好きにならないはずがないわ」

「でも、ミセスだよ」

「ところが、未亡人なのよ、ピッグ。おじさんがエルムズリーさんを好きになってほしいあたしの気持ち、当然だと思うでしょ。わからないの？　そうしたら、きっと、オーチャード・ノブを売らないで、少なくとも夏はここに住むことよ。そしてね、三人の子どもができて――男の子がふたりに女の子がひとりよ――女の子があの青いオウムの部屋をもらうの。ああ、たとえおじさんの子だって、あの部屋をあげるなんて悔しいわ」

「そのころ、ぼくらは島の西へ戻っているよ。また東に来られるかどうか、わからないさ。だから、その子があの部屋を使っているのは見なくてすむんだから、そんな悔しい思いはしなくていいはずだよ」Ｐ・Ｇはいつになく優しかった。

「でも、その子があの部屋にいるのをいつでも想像しちゃうわ。オウムがその子の目を突っついてくれればいい」

次の晩、オーチャード・ノブは十五年ぶりに明るさを取り戻し、大広間の暖炉では流木が赤々と燃えた。赤い蠟燭《ろうそく》に火が点《とも》され、壁はまるでいくつもの紅《あか》い薔薇《ばら》が花盛りのように見えた。

その晩、グレン・セント・メアリーとモーブレイ・ナローズとローブリッジの住人の半数は車か徒歩で『レノックス家代々の土地』まで物見遊山《ゆさん》にやって来た。その人の群れの中にスーザン・ベーカーはいなかったが、翌朝、ブライス医師とアンから様子を聞いた。

「未亡人はどう思いますかね」スーザンは言った。「ウィニペグはいいところかもしれません……わたしの甥《おい》が住んでいますよ……だけど、プリンス・エドワード島には敵うかって言ったら！」

ジルは暖炉の前の敷物の上で踊っていた。

「これは魔法の絨毯っていうことね」ジルは叫んだ。「これに乗れば、誰でもこの世のいやなことをみんな忘れちゃうのよ。アンソニーおじさん、試してみて」

アンソニーはそれまで火のそばの椅子《いす》に手足を伸ばしてくつろいですわっていたが、立ち上がると月の光に満たされた外の様子を見ようと窓辺にゆっくりと近づいた。客はそろそろ来るだろうか。ブライス夫妻は少々遅れると電話をよこした。運よく、その晩は生まれそうな赤ん坊はなかったのに、ジム・フラッグが足を骨折したのだ。

ふたごは、エルムズリー夫人を招待しているとは、アンソニーには伝えていなかったが、彼の方ではうすうす感づいていた。ふたごたちは夫人と知り合ってからというもの、彼女がいかに美しいかと、しょっちゅう夢中になって話していたので、アンソニーは一度会ってみたいという好奇心に恥ずかしながらからかられていた。彼は彼女の名前は憶えていなかったが、ジルは、彼女のことを世界中で最も美しい女性だと思っているらしかった。

「ドキドキしてきた。そろそろエルムズリーさんが来てもいい時間よ」ジルはP・Gに心配そうにささやいた。「忘れていなければいいんだけど。芸術家はあんまりあてにならないって言うものね」

「ねえ、アンソニーおじさんを見て。どうかしたのかな」P・Gが小声で言った。

この新しい窓は魔法でもかかっているのか。外を眺めながら、アンソニー自身も、自分はどうかしてしまったのではないか、と首をかしげていた。私は気がおかしくなっているのか。それとも、ジルが空想したみたいに、この窓はほんとうに魔法の窓なのだろうか。

なぜなら、まぎれもなくあの人がすぐそこにいるのだ。まぎれもなく「踊る星のもとに生まれた」ぼくのベアトリスが……あの軽やかな足どりで月光の降り注ぐ芝生を横切ってやってくるではないか。次の瞬間、彼女は玄関に立っていた。木立ちの影法師と紫色の夜空を背にして。

愛らしい顔……美しい瞳《ひとみ》……豊かな黒髪……昔と少しも変わらない……この人は永遠に変わらないのだ。

「ベティ！」アンソニーは叫んだ。

「ママ！」ふたごたちも叫んだ。「エルムズリーさんはどこ？　来ないの？」

「エルムズリーさんが来ませんように」ブライス医師がベティのうしろから呟《つぶや》いた。ジムの手当が思いのほか早く済み、ちょうどそこへやって来たのだが、アンソニーの表情を見て瞬時にすべての事情を読みとった。「少なくとも、今しばらくは来てほしくないね。さあ、アン、一緒に薔薇園を見せていただこう。いや、問答無用さ。ただちに言うとおりにするんだよ」

アンソニーは戸口まで進み出て、ベティの手を握った。

「ベティ……君だったんだね！　ええ、君が……あの子たちが……君があの子たちの母親だったのか？　苗字《みようじ》はもちろん聞いていたのだけれど……珍しい名前じゃないからね……」

ふたごの母親は吹き出してしまった。というのは、ジルは――一瞬にして百歳まで年を取ったように感じ――完璧《かんぺき》に事の次第を飲みこんで、泣き笑いの表情に変わったのにもかかわらず、P・Gは何が何だかわからないまま、ただ口をあんぐりと開けて、微動だにせず突っ立っていたからだ。

「アンソニー！　知りませんでしたわ……夢にも思いませんでした。子どもたちはあなたの名前を言ってくれなかったもの……オーチャード・ノブなんて、聞いたこともなかったもの。夏の間ずっと、ヘンリエッタにつきっきりで、どこにも出かけなかったし、噂話《うわさばなし》ひとつ耳に入ってきませんでしたから。私はこの子たちが想像していただけかと……話してはいても……おお、またいつものこの子たちの馬鹿《ばか》げたおふざけにすぎないと……おお……」

だれもかれもがまごついていたので、ジルがなんとか救いの手を差し伸べなければならなかった。この時アンソニーが見せたほどの驚きの表情を、ジルは未《いま》だかつて見たことがなかった。アン・ブライスも同感だった。彼女は、わざと夫の言いつけに逆らい、玄関まで戻ってきたのだ。

「ママ、エルムズリーさんは来ないの？　あたしたち……」

「そうなの、ひどい頭痛でね。せっかく誘ってくれたのにごめんなさいって、おことづてよ」

「ジル」アンソニーがだしぬけに口を開いた。「君はこの夏じゅう、私にあれこれと指図してきたね。今度は私の番だよ。さあ、表へ出てなさい。どこでもいいから、P・Gとふたりでね……三十分ばかり。それからブライス夫人、まことに申しわけありませんが、あなたも……」

「わたしもですね？　わかりましたわ。主人に謝りに行ってまいりますわ」

「席をはずしていただくお礼に、明日、この顚末《てんまつ》をスーザン・ベーカーにしゃべっていただいてかまいませんよ」アンソニーが言った。

ふたごたちが、夕食の用意ができたと知らせに戻ってくると、ふたりの母親はアンソニーと暖炉のそばの長椅子《ながいす》に並んですわっていた。

彼女はずっと泣いていたように見えたが、今はこの上なく幸せそうで、今までに見たこともないほど美しかった……悲しみはもうどこかへ去ったのだ。

「ジル」アンソニーが言った。「この間の夜、ここで聞かせてあげた物語に続きができたよ」

「礼儀正しい人は、立ち聞きなんかしないものだよ」ブライス医師は、部屋に入る手前のサンルームの階段で踏みとどまっている妻に言った。

「それなら、わたしはお行儀が悪いってことね」アンは答えた。「あなたもそうね、ギルバート」

「たいへんな誤解だったのだよ」アンソニーは話を続けた。

「ほら、やっぱり、そうだ」ジルが勝ち誇って言った。

「その人はちゃんと指輪を肌身離さず持っていたんだ。くさりに通して、首にかけていた……ところが、私のことでよからぬ噂を耳にした……でも、その人に私を責める権利はあるかな、ベティ?」

「そうね、あるとは言えないわね」ベティは微笑《ほほえ》んだ。

「はてさて、その人は私が約束を忘れてしまったのだと思って、指輪を指から抜いたのだそうだ……私たちはどちらも気位が高すぎた。ひとりで心を傷《いた》め、ふたりとも愚かな若者たちだった……」

「あのころ、生きる目的はたったひとつだった気がしますわ」ベティは静かに言った。

「……世間の人たちからくよくよしていると思われたくない……それだけでした」

「その点では成功したよね」アンソニーは少々険しい表情で言った。

〈歴史はくり返すものだな〉ブライス医師は内心思った。〈アンがロイ・ガードナーと結婚するものと信じ込んでいた時……〉

〈これが人生というものね?〉アンも思いを巡らせた。〈ギルバートがクリスチン・スチュワートと婚約しているものと思い込んだ時……〉

「じゃあ、どうしてパパと結婚したの?」ジルが責めるように言った。

「私は……私はひとりぼっちで寂しかったの……パパはやさしくて、思いやりがあって……好きだったわ」ママは途切れ途切れに言った。

「ジル、口を慎しみなさい」アンソニーが言った。

「もし、お母さんがお父さんと結婚しなかったら、君とP・Gはこの世にいなかったんだよ」ブライス医師が笑顔で部屋に入ってきた。

「これで一件落着だね」P・Gが言った。「それでさあ、今、ぼくが知りたいのはこれなの……みんな、いったい夕ごはんは食べるつもりなの？」

「さあ、万事うまくいった。わかってくれるね」アンソニーが言った。「みんなでここに住むんだよ。オウムの部屋は、君のものだ、ジル。時が再び私の味方になってくれたのだから、あの古い時計のねじも巻こう。ブライス夫人、その役を引き受けていただければ光栄なのですが」

「本当にあたしたちのパパになってくれるの？」やっと息がつけるようになったジルが尋ねた。

「婚姻届が受理されて、教会の式が済んだらね」

「おお！」ジルは歓喜に打ち震え溜息《ためいき》をもらした。「P・Gとあたしはずっと、こうなればいいって、想像していたのよ」

第四夜

理想の友

私は君に求めたい……
知性と愛情と忠誠を　その顔にたたえ
素晴らしい夢と　豊かに充たされた魂
肩を並べ歩み　冒険の旅に出かけよう
若き日々を共に過ごし　共に歳《とし》を重ね
人生という大いなるゲームに熱き心で挑み
勝ち負けには頓着《とんちゃく》しない

それ故《ゆえ》に挑む価値がある
すべての人々と友にはなり得ず……友情とは繊細なもの
着回すことなどできはしない……
しかし君こそは我が腹心の友！

我々は同じものを愛する……
さまよえる小さき星々と
空想を邪魔するもののない　風吹く夜の
いつまでも続く至福のとき
青白い魔法　なつかしいお化けの森
雨にけむる黄昏時《たそがれどき》　夕陽が金の指で我々にふれる時
あるいは　気ままに流離《さすら》う月の光が降り注ぐ時
我々は共に街道を歩く
輝く秋も　生命の息吹《いぶき》あふれる五月も　我々のもの
昼間に続いて訪れる　紫の真珠のような夜も我々のもの

我々は互いに与え合う……
悪意のかけらなど少しもない　健やかな笑いの贈り物
聖なる杯にしたたる　血のように赤い輝ける言葉
信頼から生まれる沈黙
暖炉の火がパチパチと音をたてて燃えさかる時　我々は陽気に浮かれ騒ぎ
気高い夢が塵《ちり》と消える時　我々は白い灰を囲み悲しみに暮れる
なつかしき部屋に　楽しく語らえば心安らぎ
思い出に浸りそぞろ歩けば　庭はより愛《いと》しいものとなる

我々は互いに求め合う……
岐路に立ち　何を採り　何を捨てるか
力を合わせ　種をまき　実りを分かち合う
おお、互いにすべてを語り尽くす時間はない！
過ぎ去りし歳月に　多くのことを失《な》くしもした
我々の絆《きずな》がいかなるものかを　いま一度確かめよう
さあ、私の手を……迷うことなく取るがいい……それで万事うまくいく……

最期《さいご》の日を迎えるまで　道が尽きるまで
君と私は足並みそろえて進みゆく　我々はかけがえのない友なのだから
アン・ブライス

ブライス医師　いい詩だね、アン。こんなに賢明な妻をもつとは思いもしなかったよ。子どもたち、よく覚えておきなさい。善良で誠実な友人ほど尊いものはないんだよ。そういう真の友がひとりいるのは、百万人の知り合いを持つくらいの価値があるのだ。

ウォルター　（心の中で）いつかそんな友達ができるといいな。

誰にも聞こえない声　きっと現れるに違いない。そしてその名前は死であろう。

スーザン・ベーカー　（心の中で）どうして今、震えがきたのでしょうかね？　ルシンダ大伯母さんなら言うでしょうよ。誰かが私の墓をまたいで歩いたんだって。

想《おも》い出の庭

エズメは、どうしても週末をロングメドウで過ごしたくなかった。ロングメドウは、シャーロットタウン郊外にあるバーリー家の住まいの呼び名だった。

彼女としては、アラーダイスと結婚する意志をしっかりと固めるまでは、彼の家を訪れるのはよそうと思っていた。しかし、コンラッドおじさんもヘレンおばさんも、行くべきだと勧めるし、エズメはいままで、何事においてもおじたちやおばたちの考えに従ってきたので、今度のことでも従うのが当然だった。

しかも、彼女がアラーダイスと結婚するのはもうすっかり決まっているかのように取り沙汰《ざた》されていた。グレン・セント・メアリーのブライス医師は本業の医者としての付き合いはなかったが、バーリー一家をよく知っており、この結婚が決まったとすれば残念だ、と夫人に話していた。彼はアラーダイス・バーリーの人柄について何かしら気になることがあるらしかった。

もちろん、アラーダイスは結婚相手としては申し分なかった。エズメのようにぱっとしない小柄な女が、よくもあんな玉の輿《こし》に乗れたものだと、周囲の人々はびっくりして噂《うわさ》し合っていた。彼女の身内の者たちでさえも驚いていた。

エズメは自分の考えをそっと胸にしまっておく性質であった。胸のうちを見せ合う親友がいなかったので、誰にも打ち明けたことのない秘密をたくさん抱えていた。今回の幸運な結婚話にしても、自分には過ぎた話だと考えていた。彼女はアラーダイスを友人としては大好きだった……でも、夫として好きになれるのかどうか……どうしても……不安だった。

だからといって、誰かふさわしい人がほかにいるのであろうか？ いや、いるはずはない。フランシスを思い浮かべるのは、馬鹿《ばか》げていた。フランシスなんてそもそもいなかったのだ……いるはずがない。想像力豊かなプライス夫人でさえ、それは単なる思い込みだと言い切るに違いない、とエズメは思った。夫人はここから離れたグレン・セント・メアリーに住んでいるので、二、三度会ったことがある程度だったが、エズメは好印象を抱いていた。

エズメ自身も、いいかげん現実的にものごとを考えなければならないと思ってはいた。ただ……なかなか納得できないのが悩みの種だった。どうしてもフランシスが実在するように思えて仕方がなかった。過ぎ去りし日、バーケントリーズの月の光降り注ぐ庭園で過ごした美しいひとときが、はかない夢だったなんて信じられないのだった。

彼女は、子どもの頃からアラーダイスの母親には一度も会ったことがなかった。バーリー一家がアラーダイスの父親が亡くなって以来、ずっと外国に住んでいたからである。彼らが帰国して、避暑のためにロングメドウを開けてから、まだ六ヶ月しか経《た》っていなかった。

娘たちは皆、アラーダイスを〈追っかけまわしている〉……コンラッドおじさんがそう言っていた。ところが、エズメだけは別だった。

アラーダイスが彼女に恋をしてしまったのは、おそらくそのためであろう。あるいは、彼女が他の娘たちとはかなり違っていたせいかもしれない。色白の美しい娘で、繊細で奥ゆかしかった。親類たちは、エズメのことを「まるで存在感のない娘だ」といつもこぼしていた。黄昏《たそがれ》の子どもとでも言い表そうか、薄暮の星明かりが彼女には似合っているように思われた。物腰は上品で、あまり笑わなかったが、もの憂《う》げな雰囲気はうっとりするほど美しかった。

「彼女は結婚しないわね」アン・ブライスは夫に言った。「現実的な世の中を渡っていくにはあまりにも繊細すぎる気がするわ」

「彼女の扱い方がわからないような野蛮な男と結婚するんじゃないかなあ」ブライス医師は言った。「ああいう女性はえてしてそういう選択をしてしまうものだよ」

「何と言っても、アラーダイスは素敵な耳の形をしていますよ」結婚とはまったく縁がなかったスーザン・ベーカーがきっぱりと言った。

エズメに出会った男たちは皆、彼女を笑わせたいと思った。しかしうまくやりおおせたのはアラーダイスだけだった。彼女が彼を好きになったのはそのせいだった。彼は突拍子もない冗談を連発するので、誰でも吹き出さずにはいられなかった。

あの遠い日、フランシスだって、おもしろい話をしてくれたのではなかったかしら？　はっきりと思い出せなかったけれども、確かそうだったはずだ。でも、今となっては、心に映るのは彼の姿だけだった。

「つまり、醜いアヒルの子が白鳥になったというわけね」バーリー夫人はエズメと対面した時、目を輝かせてそう言った。エズメの緊張を少しでも和らげてあげようとした彼女ならではの気遣いだった。

しかし、バーリー夫人がエズメをもう少し理解していたならば、そんな気遣いは無用だと気づいたであろう。実は、エズメはまったく超然としていて、いつでも束縛のない自由の身でいたいと望み、冷静そのものだった。その態度を多くの人たちが引っ込み思案なのだと勝手に勘違いしていた。人付き合いも悪く、ブライス医師の夫人以外、村の人たちとは一切交流がなかった。

エズメは、バーリー夫人が自分のことを、小さい頃は不器量で、不思議なことに大きくなったら美しくなった、と言ったのが気に入らなかった。彼女は確かに可愛《かわい》い子どもではなかったかもしれないけれども、人から醜いと言われたことは一度もなかった。それにあの時フランシスは私に……。

エズメは身震いした。フランシスなんていなかったのよ……そんな人がいたはずはないじゃないの。もしアラーダイス・バーリーと結婚して、この美しいロングメドウの奥様の座におさまるつもりなら、肝に銘じておかなくては。とはいえ、再び開けられたばかりのこのお屋敷は、素晴らしく広々として豪華ではあったが、どうしても違和感を感じてしまうのだった。

自分にはもっとこぢんまりした住まいの方が落ちつくような気がした。例えばグレン・セント・メアリーの炉辺荘《イングルサイド》とか……バーケントリーズとか……。エズメは突然バーケントリーズが恋しくてたまらなくなった。

しかし、今ではあそこには誰も住んではいなかった。ジョン・ダーレイおじさんが死んでからは、閉ざされ、荒れ放題になっていた……彼女には理解できないある法的なもめごとが原因らしい。

コンラッドおじさんの家から三マイルしか離れていないのに、彼女はこの十二年の間、一度もバーケントリーズを訪れていなかった。訪れたくもなかった。雑草が生い茂り、ほったらかしにされているあの場所なんて見たくはなかった。見るのが怖いような気がした……ヘスターおばさんももういないのだから。

風変わりなヘスターおばさん！　エズメは彼女を思い出す度に、からだが震えた。でもフランシスのことを思う時は違っていた。彼女は今でも時々、子どもの頃の小さなこの手が、あの大きな力強い手に握られた感触を思い出すことができた。その記憶で、からだが震えることはなかったが、ほんの少しビクッとした。もし……もし……自分もヘスターおばさんのようになってしまったらどうしよう！

エズメが一枚の肖像画を見たのは、次の日の午後のことであった。屋敷中を案内してくれたアラーダイスに連れられて、彼の父親の使っていた部屋に入ると、薄暗がりの中、肖像画が壁に掛かっていた。

それを見た瞬間、エズメの無表情な白い顔が一瞬ぱっと薔薇色《ばらいろ》に染まり、そのあと前より一層青白くなった。

「あれは……あれはどなたですの？」彼女は弱々しい声で尋ねた。まるで返事を恐れているかのようだった。

「あれって？」アラーダイスはぶっきらぼうに言った。彼は古い物にはさほど興味がなかったし、ロングメドウであまり時間をつぶすのはよそうと決めていたからである。他のところへ行くほうが、もっと楽しいはずだと思った。ここは母が老後を送るのにはちょうどいい場所なのだ。彼は母親のことをかねがね重荷に感じていた。エズメには母親みたいなところはなかった。言うことは聞いてくれるし……行きたいところについてきてくれる。それに、たとえ自分にほかの……女ができたって……彼女だったらそんな話を信じやしないだろうし、ばれたとしても騒ぎ立てたりはしないだろう。グレン・セント・メアリーのブライス医師に意見を求めたら、全く違った見解を述べたに違いないが、アラーダイスの方ではブライス医師のことは知らなかったし、たとえ知っていたとしても医師の意見など意に介しはしなかっただろう。彼はブライス夫人には会ったことがあった……その時彼はふざけて言い寄ってみたのだが、一度で懲《こ》りて二度と話しかけようとはしなかった。それ以来、彼女の名前が出る度に意味ありげに肩をすくめるのであった。赤毛の女ほど大嫌いなものはないなどと言っていた。

「あれはね」アラーダイスは言った。「ぼくの大おじのフランシス・バーリーさ……。

一八六〇年代に若き船長として活躍した命知らずの男さ。弱冠十七歳で二本マストの帆船の船長になったそうだよ。信じられる？　材木を積んでブエノス・アイレスまで航海し、そこで死んだそうだ。それ以来母親は心を病んでしまったらしい。目に入れても痛くない大事な息子だったからね。今の時代は有難いことにそんなに簡単には心が壊れたりしないよね」

「そうかしら？」とエズメは言った。

「もちろん、そうさ……そうでなければ、安心して生きられやしないだろう？　母方はダーレイとかいってね、どうもその一族にはおかしなところがあったそうだ。素直に世の中渡っていけばいいものを、わざわざややこしい生き方をするんだ。割り切ってタフに生きなきゃ、そうでなければ日陰の人生を歩くことになっちまう。それはともかく、あのフランシスおじさんは、誰に聞いても、相当血気盛んな若者だったらしいよ。うちの家族の歴史が知りたければ、母のところに行くといい。大喜びで聞かせてくれるよ。でも、どうしたんだい、エズメ？　具合が悪そうだね。ここが暑過ぎるのかもね。外へ出て、新鮮な空気を吸おう。この古い家は、長く閉めきっていたから、どうもかび臭くてね。母がここへ来たいと言い出した時、そう言ったんだけど。でも、今は言い出してくれた母に感謝しているよ、君に出会えたんだから」

エズメは、ぶどうの蔓《つる》が幾重にも絡《から》まり日が遮られているベランダの角っこへ連れ出された。椅子《いす》に腰をおろしその固い感触を感じると、彼女は何かほっとした気分になった。ああ、やっと現実に戻れた！　周りの青々とした芝生も現実のものだし……アラーダイスだってここにいる……現実過ぎるくらいだ。

でも、フランシスだって本当はいるのよ！　昔ここにいたはずと言った方がいいかしら？　さっき肖像画を見たんですもの！

でも、一八六〇年代に亡《な》くなっていたなんて。バーケントリーズのあの鍵《かぎ》のかかった小さな庭園で一緒に踊ったのはたった十四年前よ！

ああ、ブライス夫人にこのことを話せたらいいのに！　あの方ならわかってくださるはずだわ。わたしはヘスターおばさんみたいに気が変になってしまうのかしら？　どうであれ、アラーダイスには話しておかなくては。彼には知る権利があるもの。

エズメは、フランシスのことはだれにも話したことがなかった。でも結婚するのなら、アラーダイスには当然知っていてもらわなければならない。話してしまっても結婚できるかしら？　それでもわたしと結婚したいと思ってくれるかしら？　しかし、そういうことはどうでもよかった。というのは、時々……フランシスの方が自分にとって本当の人という気がしてならなかったのだ。それにはほとほと困り果てた。彼女はアラーダイスに大筋を聞いてもらった。話しながら、あの時の様子が生き生きと、こと細かに蘇《よみがえ》ってきた。

彼女はあの時まだほんの八歳だった。両親を早く亡くして、おじやおばのもとをあちこち転々としていた。

その夏は、たまたま彼女の一族が古くから住むバーケントリーズで過ごすことになっていた。その大家族の主人はジョン・ダーレイといった。もうかなりの高齢で、末っ子であるエズメの父親の一番上の兄だった。

その屋敷には、独身のジェーンおばさんや変わり者のヘスターおばさんも一緒に住んでいた。ジェーンはだいぶ歳がいっていた……少なくともエズメにはそう見えた……一方、ヘスターはそれほどでもなく、聞いたところによると、まだ二十五歳そこそこだった。

エズメがバーケントリーズで過ごした夏の間、ヘスターおばさんの様子はずっとおかしかった。ヘスターは二十歳の時に恋人と死に別れたのだ、と誰かが話しているのを耳にしたことがあった。エズメは子どもの頃とてもおとなしかったので、大人たちは、おしゃべりな子どもの前では決してしゃべらないようなことを、エズメの前では平気で話していた。大人たちが笑いながら噂話《うわさばなし》に興じている横で、小さな腰かけにちょこんと座り、ぽちゃぽちゃした膝《ひざ》に肘をつき、丸いあごを手のひらにのせているエズメの姿を見かけることがよくあった。ヘスターおばさんは、恋人が死んでから「別人」のようになってしまったらしい。

子どもたちは大抵、ヘスターのことを怖がっていたが、エズメは違った。彼女は虚《うつ》ろで悲しそうな目をしたヘスターが、バーケントリーズの樺《かば》の並木道を行ったり来たりさまよい歩き、独り言を言ったり、空想の誰かに話しかけている姿が好きだった。いつもそんな様子なので、「風変わり」と言われるのだろう、とエズメは思った。

ヘスターは、エズメと同じように、顔色が青白く、奇妙なほど真っ黒な髪をしていた。ただ、あの頃のエズメの黒髪は、前髪が琥珀色《こはくいろ》の目に無造作にかかっていたので、どこか犬っぽい印象を与えていた。

エズメは時々、思い切って片方の手を――八歳の子どもにしては美しい手だった――ヘスターの冷たい手にそっとすべり込ませて、一緒に静かに散歩した。

「わたしだったら、百万ドルもらったってあんなことはしたくないわ」とたまたま訪れていたいとこのひとりから大げさに言われた。

ヘスターは、いつもは人が付き添うのをとても嫌がっていたにもかかわらず、エズメなら構わないと思っていたようだった。

「わたしは影を連れて歩くのが好きなの」彼女はエズメに言った。「影はね、お陽さまの光の中では決して見つからないような素敵なお友達なのよ。でも、あなたはお陽さまが好きでしょう。わたしも昔はそうだったわ」

「ええ、お陽さまが好きよ」エズメは言った。「でも、影も時々好きよ」

「そう、影が気に入っているならいいわ。来たけりゃ、ついてらっしゃい」ヘスターは言った。

エズメはバーケントリーズが大好きだった。なかでも、立ち入るのを許されていなかった小さな庭園が大のお気に入りだった。彼女の知る限りだれも入ったことはなかった。

まさに閉ざされた庭で、周りには高い柵《さく》がめぐらされており、門にはさびついた南京錠《ナンキンじょう》がかかっていた。どうして鍵がかけられているのか、だれも教えてはくれなかったけれども、それには何か奇妙な理由がありそうだ、とエズメは感じていた。日が暮れると使用人たちもだれひとりとしてそこに近づこうとしなかった。

けれども、薔薇やぶどうが絡まる高い柵の外から見たところ、別に危なそうには見えなかった。

エズメはあの中を探検してみたいものだと思っていた……いや今でもそう思うことがある。ある夏の夕暮れ、その庭の近くをぶらぶら歩いていた時、彼女は突然、自分の周りに何か妙な気配が漂うのを感じた。

それが何だったのかわからなかったし……その時の胸騒ぎをどう言い表わせばいいのかもわからなかったが、まるで自分が庭園に引き寄せられていくような心地だった。

彼女の息づかいはだんだん早まり、小さなあえぎに変わった。この誘いにこのまま身を任せたいような気もするし、怖いような気もした。額には玉のような汗が噴き出した。からだが小刻みに震えた。周りには人っ子ひとりいない。変わり者のヘスターさえいなかった。

エズメは両手で目を覆《おお》うと、一目散に家の方へ駆け出した。

「いったいどうしたの、エズメ?」玄関ホールに飛び込むと、背が高く、ぶっきらぼうだが心根は優しいジェーンおばさんが、出会いがしらに心配そうに声をかけてくれた。

「あの……あの庭があたしを誘うの」エズメは叫んだが、自分でも何を言っているのか……また何を言いたいのかわけがわからなかった。

ジェーンの顔が青ざめた。

「あの庭の近くで遊ばない方がいいわ……もうあそこに近づくのはおやめなさい」

しかしその警告は役には立たなかった。エズメは相変わらずその庭に心惹《こころひ》かれた。使用人のひとりが、あそこは出るんだよ、と教えてくれたが、子どものエズメにはその言葉の意味がさっぱりわからなかった。ジェーンおばさんに尋ねると、今までに見たこともないような怖い顔をして、使用人たちのくだらないおしゃべりに耳を傾けてはいけない、と言った。

ある年の夏、ヘスターの具合はずいぶんよくなっていた。エズメはおばさんの回復をどんなに願っていたことだろう。「ヘスターはかなりまともになった」……前よりずっと幸せそうで、満たされているようだ、と大人たちが口々に話すのをエズメは聞いた。おそらく、そのうち「正気に戻る」だろうという話だった。

確かにヘスターは前よりも幸せそうだった。今では樺の並木道をさまよい歩いたり、独り言を言ったりもしなくなっていた。そのかわり、ほとんどいつも百合《ゆり》の池のそばに座り、耳を澄まし、何かを待っているような表情をしていた。ヘスターおばさんはひたすら何かを待っているのだ、とエズメは直感した。でも、一体何を待っているのかしら？

エズメは心の奥底で、大人たちはまったく間違っていると思った。おばさんは確かに幸せそうに見えるけれども……本当は少しも「よく」なってはいないのだ。でも、そのことを誰にも言わなかった。そんなことを言っても、誰も取り合ってはくれないとわかっていた。彼女はまだ「ほんの子ども」に過ぎなかったからだ。

しかし、エズメは、バーケントリーズに来てそれほど時の経《た》たないうちに、ヘスターが何を待っているのかをとうとう探り当てた。

ある夜、本当ならもうとっくに眠っていなければならない時間に、エズメはひとりで庭の芝生に出て行った。ジェーンおばさんは出かけていたし、家政婦のトンプソンは頭が痛くて寝こんでいた。自分の世話を焼く人が誰もいないのをいいことに、ひとりで勝手気ままに羽を伸ばすことができるのが嬉《うれ》しかった。

エズメがヘスターに近づきすぎるのには賛成しかねる、と思っている人たちがいた。シャーロットタウンからグレン・セント・メアリーへ帰る途中に通りかかったブライス医師夫妻も、不賛成派だった。

「あの子が年がら年中ヘスター・ダーレイと一緒にいるのを許しておいてはいけないね」とブライス医師は言った。

「私もよくそう思いますのよ」アン・ブライスが言った。「でも、なぜいけないの？」

「互いに影響し合う心があるからさ」ブライス医師は言葉少なに言った。「人によるんだがね。そういう心もあるということだ。ナンやダイアナだったらまったく心配はない……しかし、ダーレイ一族はちょっと違うからね。現実の世界と空想の世界の区別がつかない人が多いんだよ」

「私もいつも空想ばかりしていると言われるわ」アンが言った。

「でも、空想の質が違うんだよ。それにエズメ・ダーレイはとても感じやすい子だ……感じ過ぎるくらいだよ、ほんとにね。あの子が自分の娘だったら、ちょっと心配だろうな。あの子には面倒をみてくれる両親はいないし……あんなにヘスターとばかり一緒にいたら、何かよくない影響があるかもしれない、と誰も心配している様子もない」

「実際何か悪いことはあるの？」アンは尋ねた。「私も両親のことはまったく憶《おぼ》えていないわよ。ご存じのとおり」

「きみは想像力豊かだったけれど、うまい具合に常識も混ざり合っていたんだよ、アン」ブライス医師は彼女に微笑《ほほえ》みかけた……夫の笑顔を見ると、妻として母として何年も経っているにもかかわらず、いつでもアンの胸は高鳴った。

「ギルバート。ヘスター・ダーレイは本当に正気ではないのかしら？」

「精神科医に聞いてみるといい。ぼくではなくてね」ギルバートは笑って言った。

「でも、おかしいと決めつけることはできないのではないかな。誰もちゃんと調べようとはしていなかったんだから。本人はいたって正常で、世間の方がおかしいこともあるしね。誰にでもどこかしらおかしいところがある、という考えを持っている人だっている。スーザンだっていろんな人のことを頭がおかしいって言っているじゃないか。君にもぼくにも全くまともに思える人のことを」

「スーザンに言わせると、ヘスター・ダーレイは『頭がこわれている』そうよ」

「やれやれ、この問題は放っておくしかないね。ぼくらには何もできないんだから」ギルバートは言った。「ただ、また繰り返すけれど、もしエズメ・ダーレイがぼくの娘か姪《めい》だったら、あの子がしょっちゅうヘスターと一緒にいないように気をつけるだろうな」

「そんな意見を聞いても、納得のいく理由がちっともわからないわ」アンは不服そうに言った。

「おっしゃるとおり……女性みたいだと言えるね」ブライス医師は言い返した。

ブライス夫妻がこのように会話している間、エズメは、こんなに美しい夜に眠るなんてもったいないと考えていた。今宵《こよい》はまるで妖精《ようせい》の世界ね……厳《おごそ》かな満月の光に満たされて、魔法がかかっているような夜の世界！　老犬のジイプを連れて百合の池のほとりにすわっていると、ヘスターが芝生の上をすべるようにやって来た。

彼女は美しい白いガウンを纏《まと》い、黒い髪には白い真珠の飾りをつけていた。どこかで一度見たことのある花嫁さんのようだ、とエズメは思った。

「おお、ヘスターおばさん、何てきれいなんでしょう！」エズメは声をあげた……ヘスターがまだうら若い乙女のように目に映った。

「いつでもそういう格好をなさっていたらいいのに！」

「これはわたしの花嫁衣装になるはずだったの」ヘスターは言った。「みんながわたしの手の届かないところにしまいこんだのよ。でも、隠し場所がわかっているから、着たいと思えばいつでも着られるの」

「きれいな衣装だわ……それにおばさんもとてもきれいよ」まだおしゃれにはあまり関心のないエズメが言った。

「わたしのことをきれいだと言ってくださるの？」ヘスターは言った。「うれしいわ。今夜、わたしは美しくありたいのよ、可愛《かわい》いエズメ。あなたになら秘密を打ち明けてもいいわ、絶対に誰にも言わないって誓ってくれるのならね」

ええ、絶対にもらすものですか！　ふたりだけの秘密が持てるなんて素晴らしいわ、とエズメは思った。

「さあ、こちらへいらっしゃい」

エズメは、ヘスターが差し出した手をとった。ふたりは芝生を横切り、月光の降り注ぐ長い樺の並木道を進んでいった。老犬のジイプはあとをついてきたが、古い小さな庭園の鍵《かぎ》のかかった門のところまで来ると、背中の毛を逆立て、うなり声をあげて後ずさりした。

「ジッピィ、おいで」エズメは言った。しかし、ジイプは、ますます後ずさりした。

「どうして向こうに行っちゃうのかしら？」エズメは尋ねた。ジイプのこんな行動は今まで見たことがなかった。

ヘスターは返事をしなかった。彼女がさびついた古い鍵を門にかかっている南京錠に差し込むと、さびなどついていないかのようにいとも簡単にはずれた。

エズメは後ずさりした。

「中に入るの？」彼女は恐る恐るささやいた。

「そうよ。どうして？」

「あたし……何だか……ちょっと怖いわ」エズメは言った。

「怖がることはないわ。何も悪いことは起こらないわよ」

「じゃあ、どうしていつも鍵がかかっているの？」

「みんな何もわかっていないのよ」ヘスターは馬鹿《ばか》にしたように言った。「ずっとずっと昔、ジャネット・ダーレイという子がここに入ったっきり、二度と出て来なかったのよ。だから、鍵をかけっぱなしにしているんでしょうね。その子がここから出たいと思ったのに、出られなかったって、みんな信じているのね！」

「その子はどうして出てこなかったの？」エズメは小声で聞いた。

「誰が知るものですか？　たぶんこの庭で見つけた友達の方が、外の世界の友達よりも気に入ったんでしょうよ」

これは、ヘスターおばさんのいつもの「風変わりな」考え方だと、エズメは受け止めた。

「もしかしたら石の塀に上っていて、川へ落ちたのかもしれないわね」エズメが言った。「でも、そうだとすれば、どうして死体が見つからないのかしら？」

「その子が許してくれなければ、誰もこの庭には入れないのよ」ヘスターが言った。

「でも、わたしと一緒だったら平気よ、怖がらなくてもいいのよ、エズメ」

エズメはまだ怖いような気がしたが、どうしてもそれを認めたくはなかった。

ヘスターは門を開けた。エズメは、彼女にぴったりと寄り添って中に入っていった。

ジイプはくるりと向きを変え、走り去ってしまったが、もはや犬のことなどすっかり忘れていた。また、今まで感じていた恐怖の念も、突然すっかり消えてしまった。これが不思議な……禁断の……庭なのね！　あら、全然不気味じゃないわ。全然怖くなんかないわ。どうして鍵をかけたまま、手入れをしないでいたのかしら？　そうだわ、この庭は出るって使用人たちが話していたけれど、まったく馬鹿げた話ね。何だか不思議だわ。家に帰ってきたような気分なのはどうしてかしら。

庭は思いのほか荒れ果ててはいなかった。しかし、月の光を浴びていかにも寂しそうで、ヘスターおばさんみたいに、何かを待っている……ひたすら待っているかのように思えた。庭一面、雑草が生い茂っていたが、南側の塀沿いに背の高い百合が一列に並んで咲いていて、まるで満月の下、聖者たちが列を成しているかのように見えた。若いポプラの木々が風に吹かれ葉が小刻みに揺れており、隅にはずっと昔、花嫁が植えたという一本の細い白樺《しらかば》が立っていた。エズメは、誰に聞かされたわけではないのに、その木の謂《いわ》れを知っていたのだ。

薄暗い小径《こみち》があちらへこちらへと木々の間を縫って続いていた。半世紀前には若い恋人たちが肩寄せ合い歩いたのだろう。また、海辺から運んできた薄い砂岩を敷いた一本の小径は、庭の中央から川辺へと延びていた。川沿いには柵《さく》はなく……低い石の壁がめぐらされていた。

まあ……驚いた！　誰かいるわ！　若い男が腕を広げながら、砂岩の小径をこちらへ歩いて来るのが見えた。

今まで笑ったことのなかったヘスターおばさんが、笑っているではないか。

「ジェフリー」ヘスターは叫んだ。

エズメは、やっと出るの意味を理解したが、少しも怖いとは思わなかった。怖がるなんて馬鹿馬鹿しいと思った。ヘスターとジェフリーがささやき合いながら、小径を行ったり来たりしている間、エズメは石の壁に腰を下ろしていた。

ふたりが何を話しているのか、聞こえなかったが、別に知りたいとも思わなかった。ただ、彼女は毎晩でもこの庭に来て……こうして座っていたいとだけ思った。ジャネット・ダーレイが戻らなかったのも不思議じゃないわ。

「また連れてきてくださる？」エズメは、帰り際、ヘスターに尋ねた。

「また来たいの？」

「ええ……ぜひ来たいわ」

「じゃあね、ここに来たことは誰にも言ってはいけないわよ」ヘスターは言った。

「もちろんよ。おばさんが駄目とおっしゃるのなら、絶対言わないわ」エズメは言った。「でも、どうして言っちゃいけないの、ヘスターおばさん？」

「それはね、わかってくれる人がほとんどいないからよ」ヘスターは言った。「わたしだって、今年の夏まではわからなかったのよ。でも今は違うの……今、わたしはとっても幸せよ、エズメ。でも、ここに来られるのは満月の夜だけなのよ……時には我慢できないほど待ち遠しいこともあるわ。今度来る時には、あなたにも遊び友達を見つけてあげなくちゃね。ジャネット・ダーレイがここから戻らなかったわけ、もうわかったでしょ?」

「でも、ジャネット・ダーレイがこの庭に入ったのは、六十年以上も前のことでしょう?」恐怖が蘇《よみがえ》り、エズメは声をあげた。

「この庭には時間がないのよ」ヘスターはおだやかに微笑みながら言った。「ジャネットは帰りたくなったら、今でもちゃんと帰れるのよ。でもここにいったん入り込んだら、みんな帰りたくなくなっちゃうのね」

「あたしもこのままずっとここにいたいわ。帰りたくない」エズメは小さな声で言った。

「もうここに来られないわけではないわ。いつでもまた来たいと思えば来られるって言ったでしょう。さあ、今晩は家に帰りましょう。もう寝る時間よ。次の満月の夜まではこの庭のことは考えないことね……それに絶対誰にも話しちゃいけないのよ」

「ええ、ええ、話しませんとも」エズメは言った。

そして死んでも話すまいと心に誓った。

ブライス医師のエズメに対する見解は、おそらく正しいものであったに違いない。いずれにしてもアン・ブライスは、その晩、眠りについた娘たちを覗《のぞ》き込みながら、この子たちにはダーレイ家の血が流れていなくてよかった、と神様に感謝した。スーザン・ベーカーはどうかと言えば、この件についてては何も耳にしていなかった。でも、もし彼女が知ったらこう言ったに違いない。

「あそこの人たちはいったい何を考えているんでしょうね。エズメ・ダーレイをバーケントリーズにおいて、しかも、あの頭のこわれた女と一緒にさせておくなんて。風変わりが魅力的だなんて私に言わないでくださいよ。中にはそういう人もいるのかもしれませんがね」

エズメは、次の満月の晩が待ちきれなかった。時々、あれは夢だったに違いないと思うこともあった。陽の光の中では、見慣れた荒れ果てた庭だった。また行きたいと望んでいるのか、それとも恐れているのか、自分の気持ちがわからなくなった。

しかし、次の満月が巡ってくると、またヘスターとあの小さな庭へ出かけていった。初めて訪れた時には、ヘスターおばさんがジェフリーと呼びかけていた若い男性しかいなかった……エズメは、その人がおばさんの恋人だとだんだんにわかってきた。これは相当な衝撃で……エズメは怖気《おじけ》づいてしまった。そして、ヘスターおばさんと一緒にもう庭へは行くまいと小さな胸に誓ったのだった。ところが、満月の晩を迎えると、喜び勇んで出かけていった。ジェフリーがまた現れ、ヘスターとふたり肩を並べて、砂岩の小径をそぞろ歩いた。エズメは、その間、この前と同じように、石の壁にすわって待っていた。ちょうどそのそばに香りのいい羊歯《しだ》の茂る小さなくぼみを見つけ、どうして庭に行くのが怖いなどと思ったりしたのだろうと不思議な気がした。

その夜の庭は、この前とはすっかり様子が異なっていた。多くの人たちが、出たり入ったりしているように見えた。夢みがちな眼差《まなざ》しで微笑んでいる少女たち……青白い炎のようにやせた女たち……ほっそりとした少年たち……目を輝かせている子どもたち。その中でエズメに気づいてくれたのは、同い年くらいの小柄な少女だけだった……その子は金髪の前髪が眉《まゆ》にかかり、悲しげな大きな目をしていた。

エズメは、どういうわけか、その少女がジャネットであると知っていた。キラキラ光る緑色の蛾《が》を追いかけていたジャネットは急に立ち止まって、エズメに向かって手招きをした。彼女のあとをついて行こうとしたまさにその時、フランシスがやって来たのだ。あの時ジャネットについて行ってしまっていたら、どうなっていたのだろうか、とエズメは後になってよく思った。

彼がフランシスであると知っていたのが、どうしてだかわからなかったが、彼とは長年の知り合いであるような気がした。彼は、背が高くやせていて、少年のあどけなさの残る面差しに、不思議なほど自信あふれる表情を浮かべていた。

ふさふさした茶色の髪を真ん中で分け、濃い青色の瞳《ひとみ》はきらきらと輝いていた。彼はエズメの手をとり、ふたりは庭を散歩しながら語り合った。何を話したかは、すっかり忘れてしまったが、彼が笑わせてくれたことだけは確かだった。

エズメはジャネットのことが心配になり、振り返ってみたが、もう彼女の姿はなかった。その後、二度と彼女を見かけることはなかったが、大して気にしなかった。フランシスと一緒にいる時間があまりに楽しく素晴らしかったのだ。彼は最高の友達だった。ふたりは水の涸《か》れ果てた泉のほとりの草地で踊った。そこには一面、野生のミントがぎっしりと生えていて、ステップを踏むたびに、心地よい香りが立ちのぼった。

ふたりは聴こえてくる調べに合わせて踊り、エズメの心は喜びに打ち震えた……喜びという言葉だけでは表現し切れない感情だった。この音楽はいったいどこから流れてくるのかしら？　フランシスに尋ねても、彼はただ笑うばかりだった。彼の笑い声はどんな音楽よりもエズメを心地よくさせてくれた。こんなに愉快そうに笑う人に今までに会ったことがなかった。

この庭に出入りしている人たちは、誰もふたりに話しかけもしなければ、注意を払おうともしなかった。ヘスターも近づいてはこなかった。彼女はずっとジェフリーと一緒にいた。

その頃になって、ジェーンはエズメの様子を心配するようになっていた。エズメが何となく元気がないように思えた。走りまわったり、遊んだりもせず、ヘスターと同じように、何かを待っているような夢みがちな顔をして芝生にただ座っている。

「あの庭に毎晩でも行けたらいいのに」エズメはヘスターに言った。

「あの人たちが来るのは、満月の夜だけなのよ」ヘスターは言った。「満月になるのを待ちましょうね。月が満ちて、樺の並木道をさやかに照らしたら、また行きましょうね」

その日たまたま、バーケントリーズに往診に来たブライス医師は、エズメの伯父のコンラッド・ペイジと顔を合わせた時、姪《めい》をできるだけ早く、ここから連れ出した方がいいと忠告した。

ところが、この問題は思いもよらない方法で解決した。八月の満月の夜が近づいたある日、ヘスターが死んでしまったのだ。彼女は眠ったまま静かに息をひきとった。

彼女の死に顔は若々しく、幸せそうな笑みを浮かべていた。ブライス医師の診断によると心臓が弱っていたそうだ。

彼女の亡骸《なきがら》は、白く美しい両手に花を抱いて横たわっていた。親族たちが最後のお別れにやって来て……涙を流した女性もいたけれども……「あわれなヘスター」の問題が、こうして波風立つことなく、穏当に解決し、一同心密《こころひそ》かにほっと胸をなでおろしていた。

ひどく嘆き悲しんだのはエズメだけだった。

「おばさんはジェフリーとずっと一緒にいたいから逝《い》ってしまったんだ」彼女はそう考えた。「でも、あたしはもう二度とフランシスに会えないんだわ」そう思うと、しばらくの間、耐えられない思いだった。

その夏を最後に、エズメはバーケントリーズを二度と訪れなくなった。ジョンおじさんは亡《な》くなり、ジェーンおばさんはシャーロットタウンに移り住んだ。

しかし、エズメはあの庭での出来事を決して忘れはしなかった。思い出す度に、すべては夢だったのだと自分に言い聞かせていたのだが、なぜかそれと同じくらいに、あれは夢ではなかったのだという確信も湧《わ》き起こるのだった。

「あなたの大おじさんの肖像画なのですけど、アラーダイス。あの方はわたしがあの不思議な庭で出会ったフランシスそっくりなの……そのフランシスという人と実生活で会ったわけではないのよ。お手伝いのサリーが、『あの庭には幽霊が出る』って言ってましたけど、本当だったのかしら？　きっと本当だったのね」

アラーダイスは大声で笑って、エズメの手を強く握った。エズメは身震いした。アラーダイスにはこのように笑い飛ばしてほしくなかった……また軽薄でだらしない、上辺しか見ていないような目つきで見てほしくはなかった。本当にからっぽだわ……この人の笑い方って。突然、彼が自分とはまるで関係のない人のように思えた。

アラーダイスはとってつけたようなつまらない説明をし始めた。

「サリーは迷信に惑わされている間抜けにすぎないよ」彼は言った。「君のヘスターおばさんが……なんというか、ぶっちゃけた話……気がおかしかったんだ。おお、あの人のことは何もかも聞いているよ。あの庭で誰かに会ったと勝手に思いこんで……君にもそう思わせようとしたんだ……君も本当に見たような気になったんだよ。君はとても繊細で感じやすい子どもだったからね。庭でだれかを見たと想像してしまったのさ……子どもにはよくあることだよ。現実と空想とを区別する能力がまだ発達していないからね。母に聞いてごらん、ぼくも子どもの頃、よく変なことを話していたそうだよ」

「でも、ヘスターおばさんはフランシス大おじさまにはお会いしたことがなかったのよ。わたしもお会いしたことがないわ」エズメは言った。「それなのに、どうしてそのお顔を思い浮かべられたのかしら?」

「おばさんは、あの肖像画を見ていたんだよ。子どもの時、よくロングメドウへ遊びに来ていたらしいしね。ジェフリー・ゴードンに会ったのもここだったんだよ……どこの馬の骨だか、この家に、そいつの肖像画があるのかどうか知らないが。ところがおばさんはその男に夢中になってしまったというわけだ。君の場合も、物心つく前にここに来て、あの肖像画を見たのかもしれない。さあ、もうそんなことを考えるのはよしなさい、いい子だから。幽霊なんかと関わり合うような馬鹿《ばか》な真似《まね》はしない方がいい。面白いかもしれないが、危ないよ。いい加減な話だしね。ぼくだって幽霊の話は嫌いじゃないが、しょっちゅう聞かされたら胃が変になるよ」

「そんな説明は聞きたくもないわ……わたし……あなたと結婚できない……絶対に」

エズメは言った。

アラーダイスは驚いて彼女をまじまじと見つめた。

「エズメ……冗談言うなよ!」

しかし、エズメは冗談で言っているのではなかった。本気なのをアラーダイスにわかってもらうにはなかなか骨が折れたが、彼は、とうとう聞き入れた。ダーレイ家の血筋の女などとは結婚しない方が身のためだ、と何とか自分を納得させて、怒りに身を震わせながら出ていった。彼の母は腹を立てたが……ほっとした気持ちにもなった。というのも、以前から取り沙汰《ざた》されていたが、イタリアの王家の末裔《まつえい》のお嬢様がアラーダイスに夢中だという話があったからだ。それにしてもエズメ・ダーレイのようにつまらない女が息子をそでにするなんて、何というお門違いだろう！　と母親は腸《はらわた》が煮えくり返る思いだった。

エズメにとって、コンラッドおじさんとヘレンおばさんを説得するのが大変だった。ふたりに納得してもらうのは、とうてい不可能であった。このふたりはもちろん、ほかの親族たちも皆、エズメはとんでもない馬鹿な娘だとあきれ果てた。

彼女の決断を褒めてくれたのは、ブライス夫妻だけだったが、エズメの耳には入ってこなかったので、何の慰めにもならなかった。

「アラーダイス・バーリーはろくでもない男だよ」ブライス医師は言った。

「わたしはあの人にあまり会ったことがないから、あなたの言葉を信じるわ」アンは言った。

「ロシアのお姫さまがあの男に夢中だなんていう噂《うわさ》ですけど、とても信じられませんね」スーザンは言った。

十月初めのある晩、家の者たちがそろって出かけてしまい、エズメはひとりで留守番をしていた。外は満月に照らされ明るかった。

満月を見ていると、エズメはバーケントリーズの古い庭や……変わり者のヘスターおばさん……それにアラーダイス・バーリーの怒った顔とあの苦々しい別れに際しての擦った揉《も》んだを思い出した。決して許してもらえはしないとわかっていた。ただ親《しん》戚《せき》たちは最近になってようやく、エズメのことを大目に見てくれるようになっていた。

エズメは、ふいに降りてきた記憶と心に浮かんだ願いに、自分のからだが小刻みに震えているのに気がついた。川のほとりのあの鍵《かぎ》のかかった小さな庭よ！　ああ、もう一度あそこへ行きたい！　おぼろげな美しい想《おも》い出の詰まった庭よ……今でもわたしを待っていてくれるかしら？

そうだわ、あそこへ行ってはいけないわけなんてないわ。バーケントリーズまでは近道をすれば三マイルしかない。エズメはか弱そうに見えるが、足には自信があった。

一時間後、彼女はバーケントリーズに着いていた。

暮れなずむ空を背に古びた屋敷が黒っぽい輪郭を現し、芝生の前庭に濃い影を投げかけていた。裏のトウヒの森は、すでに黒々としていた。屋敷はすっかり見捨てられ荒れ放題だった。遺産相続の話し合いの末に、この屋敷は人手に渡さないことになっていた。

しかし、エズメは屋敷には関心がなかった。もう一度あの魔法の庭の秘密の小径《こみち》を歩きたいからここに来たのだ。彼女は庭へと続く樺《かば》の並木道を足早に突き進んだ。

たまたま車で通りかかったギルバート・ブライス医師は、エズメの姿を見かけて訝《いぶか》しく思った。

「あの子は、こんな人気《ひとけ》のないところでいったい何をしているのだろう？」ブライス医師は少しばかり胸騒ぎを覚えた。その夏、エズメがヘスターと同じように「だんだんおかしくなってきている」という噂を小耳に挟んでいた。噂の種を振りまくのはたいていは、アラーダイス・バーリーがエズメを「さんざん弄《もてあそ》んだあげくに捨てた」と言っている人たちだった。

ブライス医師は、彼女を車に乗せて家まで送り届けようかと考えた。しかし、グレンでは重症の患者が待っていた……それにエズメは断るだろうという気がした。エズメ・ダーレイは見かけはとても可愛《かわい》らしいけれども、実は鉄の意志の持ち主だ、とアンがいつも言っていた。ブライス医師はかねがね妻の直感の鋭さに一目を置いていたのだ。

エズメがどんな目的でバーケントリーズに来たにせよ、それを果たさずに帰るはずはない。そう思ってブライス医師はそのまま通り過ぎた。

自分は何の手出しもせずに、少なくともひとつ縁結びの大役を果たしたよ、と彼は、あとになってからよくこのことを引き合いに出して得意気に話すことになる。

「あなたは、よくよく私をからかいたいみたいね」アンは言った。

「おお、だんな様はそんなつもりでおっしゃったんではないと思いますよ、奥様」スーザンが口を挟んだ。「だんな様なりのおっしゃり方ですよ。男の人ってそういうものだそうですよ……とはいっても……」彼女は溜息《ためいき》まじりに付け加えた。「私は自分でそのことを証明するチャンスはありませんでしたけれどね」

想い出の庭の門は、鍵もかけられずに開けっ放しになっていた。庭は思っていたよりも、ずっと狭く感じられた。フランシスと踊った場所は……空想か夢だったのかもしれないが……落ち葉に覆《おお》われ、枯れた茎には霜がおりていた。

しかし、なつかしい庭は相変わらず美しく、神秘的な空気が漂い、狩猟月（訳注：中秋の満月の次の満月）が昇るにつれて、不思議な長い影があちこちに射《さ》した。庭の奥では黄金色に色づく楓《かえで》に囲まれてトウヒの木立ちが天を指してそびえ立ち、その上空で風が溜息をつくように吹いているのが聞こえるだけで、ほかには何の物音もしなかった。川岸へと続く草の生い茂った小径を歩きながら、エズメは今までに味わったことのないほどの寂しさを感じた。

「あなたはやっぱりいないのね」彼女はフランシスを思い浮かべながら、悲しそうにささやいた。「そもそもあなたはいなかったのよ。わたしは何てお馬鹿さんだったのかしら！　アラーダイスにあんな仕打ちをするべきではなかったんだわ。みんながわたしに腹を立てたのは当然ね。バーリー夫人がほっとしたのも当然ね」

エズメはアラーダイスの外国での生活については何も聞かされてはいなかったし、イタリアやロシアの王家の姫君との噂も知らなかった。アラーダイスは、それでもなお、エズメにとっては、フランシス……この世に存在しなかったフランシス……と同じように自分をほんの少し笑わせてくれた人には違いなかった。

バーリー家の人たちはロングメドウを閉めて、また外国へ行ってしまい……もう二度と戻ってこないという話だった。あの大おじさんの肖像画はどうなっているのかしら、とエズメはふと思った。噂によると、バーリー夫人はカナダに帰ってくるつもりは毛頭ない、と言っていたらしい。このあたりはあまりに洗練されていない土地柄で……女の子たちが寄ってたかってアラーダイスを追っかけまわしていたので、息子がとんでもない人と結婚するのではないかと気が気でなかったそうだ。息子はエズメに危うくつかまるところだったが……失敗に終わった。母親側からすれば、アラーダイスは、幸いなことにすんでのところで自分自身を取り戻したのだ。

エズメはあの肖像画のことを考えていた。たとえ夢に現れた人だとしても、あの絵がどうしてもほしかった。

ところが、ほとんど倒壊してしまった土手の石の壁までたどりつくと、岸辺から階段を上って来るフランシスの姿が見えた。階段はもろくなっていて、ところどころ崩れていたので、彼は慎重に足元を確かめながらやってきた。それにしても、記憶の中の彼とそっくりだった……背は思っていたより少し高く、流行の服を着ていたけれども、髪はあの時と同じように茶色くふさふさとして、鷲《わし》のような青い目は、あの頃と変わらぬ冒険心に満ち、きらきらしていた。……何年か後に彼とジェム・ブライスは、ドイツ軍の捕虜となり、同じ収容所に入ることになるのだが、この時には、そのようなことは誰も夢にも思いはしなかった。

ぼんやりと霞《かすみ》のかかった川と荒れはてた庭、それにトウヒの木立ちが、エズメの周りでぐるぐると回っているように感じられた。もしフランシスが崩れた壁を飛び越えて、からだを支えに来てくれなかったなら、エズメは手を差し出したまま倒れてしまっていたかもしれない。

「フランシス！」エズメはあえぎながら言った。

「フランシスは、ぼくの洗礼名だよ。ぼくはみんなからスティーヴンと呼ばれているんだ」彼は微笑《ほほえ》みながら言った……エズメの記憶のとおり、素直で人懐《ひとなつ》っこく朗らかな笑顔だった。

エズメは我に返り、フランシスから離れようとしたが、彼女があまりに激しく震えているので、彼は彼女に腕をまわしたまま支えてくれていた……かつて、フランシスがしてくれたように。

「びっくりさせてしまったね、ごめんね」フランシスは優しく言った。「ぼくがあまりに突然現れたからだね。ぼくはハンサムでないとは思っていたけれど、女の子が気絶してしまうほど醜かったとはなあ」

「いえ……そうじゃないの」エズメは言った。我ながら自分の愚かさ加減にあきれ果てた。たぶん、わたしも変なのかもしれない。ヘスターおばさんと同じように。

「いや、たぶん、ぼくの方が不法侵入者だったんだよ……でも、ここには誰もいないと思ったんだ……それにここを通るほうが近道だって人に言われたものだから。驚かせて本当にごめんね」

「あなたはどなたですの？」エズメは感極まって叫んだ。知りたいのはそれだけだった。

「名のるほどの者ではありませんが……スティーヴン・フランシス・バーリーと申します。ぼくの家は西海岸なのですが、ここの港にできた新しい生物学研究所に勤務することになって、数日前に東海岸へやって来たのです。ロングメドウというところに遠い親戚が住んでいる……というか、住んでいたと聞いていたので、今晩、思い立って、その人たちが今でもいるのかどうか確かめに来たんですよ。外国へ行ってしまったようだとも耳にはしているのですが。ピラトがその昔言ったように『真理はいかに？』というわけです」（訳注：イエス・キリストの処刑を許可したユダヤの総督ピラトとイエスの間で交わされた言葉。ヨハネによる福音書18章38節）

今やエズメには彼が誰なのかがわかった。アラーダイスがいかにも馬鹿にした口調で、西海岸にいるまた従弟《いとこ》……と話していたのを思い出したのだ。

「その男は働いているんだ」アラーダイスは、それが恥ずかしいことかのように言った。「ぼくはそいつには会ったことがない……その一家は誰も東海岸へ来たことがないからな。きっと虫の研究とやらで忙しいらしいんだ。そうじゃなきゃ、先立つ物が乏しいとかでね。まあ、同じ血筋でも我々の方とは、まるで住んでいる世界が違うのさ。ブライス先生が、バンクーバーの医学会議に出た時に、その一家のスティーヴンだか何だかっていうやつに会ったことがあるっておっしゃっていたよ。なかなかの好青年だったらしい。ぼくと先生はたいてい意見が合わないんだけどね」

エズメは少しからだを離して、フランシスを真顔で見つめた。彼女は、ビロードのドレスに身を包み、月明かりに浮かんだ自分の姿が、どんなに美しいか気づきもしなかったが、スティーヴン・バーリーはすっかり彼女に釘《くぎ》づけになっていた。彼は立ちつくし、エズメを見つめていた。どんなに見つめていても見飽きることなどなかった。

「わたしがびっくりしたのは、あなたが突然現れたからではありませんの」エズメは真剣な表情で言った。「前に会ったことのある人にそっくりだったからです……いいえ、会ったような気がしたと言った方がいいわ。ロングメドウに飾ってあったフランシス・バーリー船長の肖像画ですのよ」

「大おじのフランシスですか？　確かにその大おじにそっくりだと祖父が言っていました。その絵を見てみたいものだなあ。そんなにフランシス大おじさんに似ていますか？」

「本当にそっくりですわ」

「それじゃあ、あなたがぼくを幽霊と見間違っても仕方がありませんね。で、あなたは何とおっしゃるのですか？　それにしても、ぼくは何年か前にあなたを夢の中で見たような気がしてならないんですよ。やっとあなたが夢から出て来てくれたみたいな気がするのです。もし差しつかえなければ、お名前を教えていただけますか？」

「エズメ・ダーレイと申します」

薄暗い月の光のもとでも、彼が落胆の色を浮かべたのが見て取れた。

「エズメ・ダーレイ！　聞いたことがあるぞ……アラーダイスの恋人ですよね！……」

「いいえ、違います、違うんです！」エズメは興奮して大声で打ち消した。「それに、ロングメドウにはもう誰もいませんわ。閉じられて、売りに出されています。アラーダイスとお母様は外国へいらして、もう永遠に帰ってはこないのです。そう思いますわ」

「思うって？　あなたははっきりとは知らないわけですか？　彼の……彼の婚約者ではないのですか？」

「違います」とエズメはまた大声を上げた。自分でもどうしてだかわからないが、彼にそう思われるのはとても我慢ならなかった。「その噂《うわさ》はほんとうではありませんわ。彼わたしとアラーダイスはただの友達です……いいえ、友達とも言えなかったかもしれません」彼女はアラーダイスと最後に話した時のことを思い出しながら、できるだけ誠実に説明したい一心で付け加えた。「それにさっきも言いましたように、アラーダイスとお母様はヨーロッパに行ってしまわれて、もう戻ってらっしゃらないのです」

「それは残念だ」スティーヴンは極めて明るく言った。「ぼくはわざわざあの人たちに会いに来たんですよ。ここには二ヶ月ぐらいしかいないので、つながりのある人がいれば少しは心強いと思ってね。でも……充分報われました。幽霊でも出そうな時間に、月明かりに照らされてさまようあなたにお会いできたんですからね。あなたは幽霊ではないですよね、可愛いエズメ・ダーレイさん？」

エズメは笑った……心から楽しそうな笑い声をたてて。「ええ、もちろん、幽霊ではありませんわ。でも、幽霊に会いにここへ来ましたの……いつかくわしくお話ししますね」

この人ならきっとアラーダイスみたいに鼻で笑ったりはしないだろう。そして、偉そうに説明したりもしないだろう。それに、今ではあの出来事が本当かどうかは、もうどうでもよかった。そのうちにふたりともきっと忘れてしまうだろう。

「じゃ、この古い石の壁に座って、今ここですぐ話して聞かせてくださいよ」スティーヴンは言った。

ちょうどその頃、ブライス医師がアンに話をしていた。

「きょう、スティーヴン・バーリーにちらっと会ったよ。二、三ヶ月シャーロットタウンに滞在するのだそうだ。あの青年は実に素晴らしい男だよ。彼とエズメ・ダーレイとが出会って、恋に落ちればいいなあ。あのふたりはきっとお似合いのカップルだよ」

「さあ、誰が二人の仲を取り持つのかしらね？」アンは眠たそうに尋ねた。

「女性というのは縁結びとなると、どうしてもしゃしゃり出ずにはいられなくなるものだね」ブライス医師はやり返した。

第五夜

真夏の一日

青白い東の空が　薔薇色《ばらいろ》の真珠のように輝き
夜明けの風が詩《うた》いながら　牧場を吹き抜ける時
朝は　しなやかな足どりの　乙女さながらにやってくる
薄もやの影を　たなびかせて踊り
玉の露の上で　大はしゃぎ
松の枝々の間から　顔をのぞかせる
無数の小川から生まれた　笑い声が

錦織《にしき》りなす丘を越え　彼女のあとをついてくる

朝の陽気さと　躍る心で
彼女は　晴れやかな喜びの歌を口ずさみ
失敗と悲しみに打ちひしがれた昨日など
忘れなさいと我らに告げる
ヒースの刺繡《ししゅう》の草原をゆく　小さな足は
眼下に踊る　雛菊《ひなぎく》のように白く
彼女こそ　けがれなき奔放なニンフ……
口説きおとすことなどできはしない　魅惑の女神よ

真昼は　眠たげな魔女
ひなげしが一輪　お化けの谷に咲く
彼女は　南風と戯《たわむ》れて
寄り道なさいと　無言で我らを愛撫《あいぶ》し誘う
歌うようにやさしく　鈴の音のように甘く

けだるそうに　金色の呪文《じゆもん》を唱え
物憂《ものう》げに手招きする……こちらへいらっしゃいと
昼下がりの熟したひとときに　我らは彼女の虜《とりこ》となる
香水の香りと　麝香《じやこう》と薔薇の芳香が
蜜《みつ》のように甘い　彼女の接吻《せつぷん》の吐息にまとわりつき
彼女がもたらす　至福の時に浸ると
夏の魔法のすべてが　たちまち我らにふりかかる
桃源郷の小川から汲《く》む　夢の杯を
彼女は　我らに差し出す
けだるい　空のドームの下で
我らは杯を飲み干し　あとはなりゆき任せ
夕映えの西の丘を越え
夜は美しい天使のようにやってくる
髪には星の光が霧のようにかかり

彼女の輝く瞳《ひとみ》にはなつかしい物語が宿る
優雅に大地を歩き
手には祝福と平和を
白い胸には　子らをなだめあやすように
愛《いと》しい思い出を抱く

松のやさしいざわめきの下で　彼女は歌う
冷たく澄んだ露が　清《さや》かに落ちるところ
歌声には　長く愛されてきた知恵が籠《こも》り
ほら　耳を澄ませば　その呼びかけが聞こえる
牧場の向こうにかすかに迫る
夜の神秘を　彼女は語り
我らが眠りにつく前に
我らの魂が　彼女に抱かれ守られていることを知る

アン・ブライス

アン　「アン・シャーリー」って署名すべきだったわ。十代の頃に書いた詩なのよ。

ブライス医師　その頃詩人になりたいって思っていたんだね……ぼくにはそんなことひと言も言わなかったね？

アン　パティの家で書いたのよ。あの学生時代の最後の二年間は、私たち、仲違《なかたが》いしていたでしょう、覚えてる？　私が詩人になりたいって知っていても、私と結婚したかしら？

ブライス医師　（ふざけて）おお、たぶんね。でも死ぬほど怖がったかもしれないね。物語を書いていたのは知っていたけれど……詩となるとまったく別の世界だからね。

スーザン　（真に受けて）まったく同感ですよ！

記憶の中で

うち震えるような　なつかしき思い出が
街の喧騒《けんそう》を通り抜け　私にささやきかける
暮れゆく牧場　黄昏《たそがれ》の海
ひんやり冷たい夜に咲く　林檎《りんご》の花
波止場の光りに照らされた　幽霊のような灰色の霧
ひざまずき　祈りを捧《ささ》げる丘の向こうに
悲しげに美しく　沈みゆく三日月

はるかなるあの唐檜《トウヒ》の丘は　忘却の彼方《かなた》
夕闇《ゆうやみ》に　冷たい風の吹くところ
梟《ふくろう》と鵟《のすり》の棲《す》むところ
今　あの場所に思いを馳《は》せ　気づく
どこへ行こうとも　私の心はいつもあの丘にある

風と星の友情のありか
緑の民が住んでいると人が信じるところ
私のそばを人々が　狂ったように通り過ぎる
しかし私はこの荒《すさ》んだ街にはいない
私の居場所は
影と静寂の出会うところ
連なる丘と　さざめく海の間に建つ
愛《いと》しきなつかしき　灰色の家のあるところ
黄昏の魔法の中で
失われし美しき思い出と　出会うことのできる場所
深紅のひなげしが風に吹かれ
馴染《なじ》みの小径《こみち》に　絹の衣をまき散らす
百合《ゆり》は白く　山肌に積もる雪のよう
開いた扉の傍らに咲く　薔薇の花が

今再び友になろうと待ち構え
ブルーベルの花は　妖精《エルフィン》の鐘を鳴らす
時間の奴隷《どれい》など　ひとりもいない

旧知の友のような　やさしい夜に抱かれて
私は再びひとりきりになる……
私の世界を取り戻すため
ここを抜け出し　夢に導かれ
ひざまずく丘と　灰色の家へと　帰る
海と砂丘と樅《もみ》の木が　とっておきの秘密をささやき
私の手中の金は色あせ　もはや何の値打ちもない

アン・ブライス

アン　（笑いながら）この詩は、二十年前にレドモンドにいた頃に書いたのよ……受け取ってくれた編集者はひとりもいなかったわ。

スーザン　（編み物をしながら）ものごとの価値のわからない人達でしたね、先生の奥様。りんごのことを言えば、今年はあまり収穫が見込めませんよ。花をほとんどつけてませんからね。

ウォルター　でも三日月は必ず巡って来るもんだよね。昨日、虹《にじ》の谷で見たよ。

スーザン　祈りを捧げているような丘は、私、見たことがありますよ。「そんな空想ばかりしなさんな、スーザン」って母に言われたもんですよ。でもね、緑の民だとかいうのは、妖精のことなら、あんまり関わらない方がいいですよ、私ごときが思うにね、先生の奥様。いたとしても、そんなのはいるわけないですから。

ウォルター　どうしてそうだって言えるの、スーザン？

スーザン　だって私は見たことありませんから。

ウォルター　じゃあ、ピラミッドは見たことがある？

スーザン　（惚《ほ》れ惚《ぼ》れとしながら）あなたにはかないませんよ。

ブライス医師　「緑の家」といった方がいいのでは？　「灰色の家」ではなくて。

アン　そうね。でも、あの頃の私には、灰色の方がロマンティックに感じられたのよ。

ブライス医師　グリン・ゲイブルスの六月の百合《ジューン・リリー》はなつかしいなあ……時間の奴隷と

言えば……ぼくらは多かれ少なかれ、皆そうなっているものだね、アン。

スーザン　でも、誰が雇い主様かっていうことに大きく左右されますよ。

ジェム　金はね、色褪《いろあ》せてたって、金ぴかだって、この世でとても大切なものだよね、おかあさん。

スーザン　まさにそのとおり、よくわかってるじゃないですか。

ブライス医師　金の奴隷にならない限りはね、ジェム。たぶん、そこだね、アン、君の詩が採用されなかった訳は。編集者たちは金が何より大事で、君の金にまつわる皮肉にちっとも共感しなかったんだよ。

夢叶《かな》う

アンソニー・フィンゴールドは、土曜の夕方、家を出た時には、クララのほしがっている塗布薬を買いに、グレン・セント・メアリーの薬局までちょっと行ってくるだけのつもりだった。用事が済んだらまっすぐ家に帰って寝ることにしよう、と思っていた。

別にほかにすることもないし、と彼はうら悲しい気持ちで物思いにふけった。朝起きて……一日中働き……三度の食事をして……九時半に床につく。ああ、何という生活だろう！

クララは、こんな生活でもまったく平気な様子だった。彼女だけではない。アッパー・グレンに住む近所の人たちは、誰ひとりとして少しの疑問も感じてはいなかった。皆、昔ながらの決まりきった生活に飽きることがないらしい。自分たちの生活にどんなものが欠けているか、想像力が乏しいために、おそらく気がつかないのだ。

夕食のテーブルにつくと……クララの料理の腕が素晴らしいことは否定できなかった。わざわざ口に出して褒めようとは夢にも思いつかなかったが……そしてアンソニーはつまらなそうに呟《つぶや》いた。

「島のこのあたりじゃ、今年の夏も面白いことは何も起こらないな。葬式さえないんだから」

ところが、三週間前には、モーブレイ・ナローズで、洗濯屋のバーナードの家が泥棒に入られ、数週間前には、グレン・セント・メアリーのカーター・フラッグの店が強盗に襲われた。クララは夫が思い出すようにと穏やかにそのことをほのめかし……それからしょうが入りのクッキーを勧めた。

クララは、しょうが入りのクッキーが、激しい願望や興奮と歓喜に満ちた大冒険の代わりになるとでも思っているのだろうか？

さらに悪いことに、クララはカーター・フラッグの店でパジャマのバーゲンをしていると切り出し、夫を不快極まりなくさせるのだった！

彼とクララの間には、夜何を着て寝るかでいつも意見の食い違いがあった。彼女は夫にパジャマを着てもらいたいと思っていたが、アンソニーはズボンなしのシャツ寝巻き（訳注：膝下丈の男物のシャツ型の寝巻き）以外には断じて着ないと心に決めていた。

「ブライス先生はパジャマをお召しになるそうですよ」クララは悲しそうに言った。

アンソニーは、ブライス医師ほど尊敬できる人物はこの世にほかにはいないと思っていた。それに夫人もなかなか知的な女性だった。ただ、炉辺荘のお手伝いとして住み込んでいるスーザン・ベーカーには、もう何年もの間、恨みを抱いていた。パジャマのことをクララに吹き込んだのは、スーザンに違いない、とアンソニーは常々疑っていたのだが、実はそれは、全くのお門違いというものだった。

モーブレイ・ナローズの洗濯屋の事件は、そうだ、あれはモーブレイ・ナローズで起こった事件ではないか！　アッパー・グレンの村のどこの家にもフィンゴールド家にも、そんな幸運は巡ってきやしない。カーター・フラッグの店に強盗が入ったって言ったって？　たったの十ドルとフランネルの生地をひと巻き盗《と》られただけではないか。まったく、お話にもならない。それなのに、ここの連中は、何日もそんな話に夢中になっている。ある晩、スーザン・ベーカーが何かの用事で立ち寄り、クララに油を売っていた……帰り際《ぎわ》に戸口のところで何かひそひそ話をしていたが、あれはパジャマの話をしていたに違いない、とアンソニーは訝《いぶか》った。彼は少し前に、ブライス医師がカーター・フラッグの店でパジャマを一着買ったのを見ていた。

アンソニーが今までに経験したことのある冒険といえば、木登りをしたり、野良犬《のらいぬ》に石を投げることくらいだった。しかし、これは不運な宿命に生まれついたからであって、彼のせいではなかった。もし機会さえ与えられれば、自分にだって、ウィリアム・テルやリチャード獅子心王《ししんおう》や世界に名だたる大冒険家たちのようになる資質はあるはずだと思っていた。プリンス・エドワード島のアッパー・グレンのフィンゴールド家に生まれついたばかりに、英雄になる機会がなかったのだ。墓地には、歴史に名を残したどんな英雄たちよりも、名も無き素晴らしい英雄たちが大勢眠っている、とはブライス先生の弁だが、先生はまったくいいことをおっしゃるものだ。しかも、先生の奥様は、誰もが認めるロマンティックなお方だ。

ところで、ウィリアム・テルはパジャマを着ていたのだろうか。そうは思えない。では一体何を着ていたのだろうか。どうして本には人が本当に知りたい肝心なことが書かれていないのだろう。もし本に歴史や物語に出てくる偉大な英雄が、シャツ寝巻きを着ていたと書いてあればどんなにありがたいことか！　クララに見せつけてやれるのに。

いつだったか、彼はそのことを友人に聞いてみたことがあった。……誰にだったかとっくに忘れてしまったが……当時は何も着ていなかったのではないか、と友人は答えた。

あまり品のいい考えには思えなかったので、アンソニーはそのことをクララにあえて話さなかった。

時々アンソニーは、追いはぎになれたらどんなに素晴らしいだろうかと思った。運さえあれば、自分だって追いはぎになれないことはない。追いはぎなら夜通しうろつき回っているのだから、シャツ寝巻きもパジャマも着る必要がないだろう。

追いはぎの多くは当然、絞首刑《こうしゅけい》に処された。……でも死刑になるまでは、人生を謳《おう》歌《か》していたに違いない。追いはぎになれば、自分だって思う存分大胆に悪事を働きたいだけ働き、月光に照らされたヒースの草原で、官能的な女たちに誘われるがままクーラント・ダンス（訳注：イタリアで生み出され、十七世紀フランスで発展したダンス。走るような滑るようなステップが特徴）を踊るのだ――そうだ、一緒に踊るなら、王女たちのほうがいい――一緒に踊ってくれたお礼に盗んだ宝石や金貨を返してやろう。ああ、何と愉快な暮らしだろう！ ある時、ローブリッジのメソジスト派の牧師が「叶えられなかった夢」について説教をしたことがあった。アンソニーとクララは、厳格な長老派であるにもかかわらず、たまたまメソジスト派の友人宅を訪れていて、彼らと一緒に説教を聞きに行ったのだった。

クララにはその説教がとても心に響いたようであった。彼女も心に夢をもっていたとは驚きだった！ 夫がパジャマを着ている姿を見たいなんていう夢でなければいいのだが！　彼女は何の変哲もないこの生活にすっかり満足しきっていた。周りの知り合いは皆そうだ。あるいは、自分が勝手にそう決めつけているにすぎなかったのかもしれないが。

ああ……結局はこのままだ、アンソニーは溜息《ためいき》をついた。おれは所詮《しょせん》、チビでやせの、ごま塩頭のアンソニー・フィンゴールド、グレンのお手軽な何でも屋にすぎないのさ。今までに興奮を覚えたことと言えば、ミルクを盗んで猫にやったことぐらいだ。クララは夫がミルクを盗んだのに気づいたけれど、それは猫がなめつくしてしまってからのことだった。クララはひと言もがみがみ言わなかったが、スーザン・ベーカーに何もかもしゃべったに違いない、とアンソニーは嫌な確信をいだいた。その証拠にふたりがあんなに笑い合っていたではないか。スーザン・ベーカーがブライス先生夫妻に話さなければいいのだが。まったく見下げた振る舞いをしでかしてしまったもので、こんな話が伝われば、教会の長老にはあるまじきことだ、と非難されかねない。

それにしても、クララが夫の罪を穏やかに受け入れたのが、彼にはどうにも腹立たしかった。彼女はただ「あの猫はバターにでもしたいくらい太っているのよ。でも、言ってくだされば、あなたがやりたいだけ、いくらでもミルクを差し上げましたのに」とだけ言った。

〈あいつはおれと喧嘩《けんか》をしようともしない〉アンソニーははらわたが煮えくり返る思いだった。〈たまには怒り狂ってくれれば、退屈しのぎになるのだが。トム・クロスビーは、毎日夫婦喧嘩をしているそうだ……先週の日曜日も顔にみみず腫《ば》れをこしらえていたが、あれも女房にやられたんだそうだ。そんなことでも、何もないよりはずっといい。ところがクララときたら、腹を立てるといったら、おれがどうしてもパジャマを着ないということだけなのだ。それだって、パジャマのほうが流行なのよ、と言うくらいだ。ま、仕方がない。我慢しなくちゃなるまい。みんなそうやっているんだから。「神様、若き日の夢をむなしく思い出す者たちすべてを、どうか憐《あわれ》んでくださいますように！」とでも祈ろうか〉

アンソニーは、こんな言葉をどこで聞きおぼえたのか、思い出すことができなかったが、見事に彼の心境を言い当てていた。彼は溜息をもらした。

薬局へ向かう途中、アンソニーはひとりの浮浪者に出会っただけだった。その男は長靴らしきものをはいていたが、靴下ははいていなかった。シャツは穴ぼこだらけで肌が見えていた。煙草《たばこ》をくゆらし、至極満ち足りて幸せそうな様子だった。

アンソニーには、この浮浪者がうらやましかった。なぜって、この男は眠たければ、夜通し野宿して寝ていられるのだ。果てしない空が屋根だなんて！　パジャマを着ろなんて、うるさく言われることもない。今夜のねぐらも決まっていないなんて、何とご機嫌な生活だろう！

ブライス医師が新車で通りかかり、乗っていくように勧めてくれたが、グレンの薬局は、目と鼻の先だったので遠慮した。アンソニーは医師の好意をとても嬉《うれ》しく感じた。彼はブライス医師のことが好きだった……しかし、医師の方では自分のことを笑いものにしているのではないか、と常々疑心暗鬼だったのだ。それに、ブライス医師がパジャマを着ているという話も、耳にたこができるほど聞かされていた。

それにしても、誰の人生にも冒険があるというのに、どうして自分には、このアンソニー・フィンゴールドには縁がないのだろう？　港口《ハーバー・マウス》のサム・スモールウッド爺《じい》さんは若かりし頃、海賊だったらしいとか……海賊に捕まえられたらしいとか……どちらだったかアンソニーははっきり憶《おぼ》えていない。サム爺さんは、自分が海賊だったというような思わせぶりな態度をとっているが、スモールウッドの一族は、生来ほら吹きだから、本当かどうかはわからない。ジム・ミラーは列車の衝突事故から命からがら助かったというし……ネッド・マクアリスターは、サン・フランシスコで地震に遭ったというし……フランク・カーター爺さんも、雌鳥《めんどり》泥棒をひとりでとっ捕まえて、証人として法廷に立ったことがあるという。

カーターの店に、男たちが夜な夜な集い話がはずめば、誰でも彼でも、何かしら話して聞かせる逸話があるというのに……。そのうちの何人かの武勇談は、島の名士、デリア・ブラッドレー氏の担当する「シャーロットタウン・エンタープライズ紙」の連載に取り上げられたこともある。それにひきかえ、アンソニーは、結婚報告以外で名前が載ったことなど一度もなかった。

彼が道楽に没頭するなどあり得なかった……そもそもそれが不幸の原因だった。だから、当然のことながら楽しみに浸ることもないし、何かを楽しみに待つこともなかった。……ただ変わりばえのしない歳月が流れ、そのうちにベッドの上で死んでゆくのだろう。ベッドで！　なんて味気ない死に方だろう。アンソニーはうめき声を上げた。せめて、死の床ではシャツ寝巻きを着ていますように。パジャマを着せられて死ぬなんて想像しただけでおぞましい！　今度クララがパジャマを買いに行くなどと言ったら、シャツ寝巻きを着て死なせてほしいと念をおしておかなければ。流行を追うのが好きなクララにしてみれば、いささかショックな申し出かもしれないが。

アンソニーは酔っ払ったこともなかった。もちろん酒を飲んで酔っ払うなど、今や教会の長老の座にある者としてはふさわしくない行いだろう。ところが、若い時分にも一度も酔ったことがなかったのだ！　アブナー・マクアリスターも今では長老だが、彼は若い頃、信仰をもつまでは、何度もぐでんぐでんに酔っ払っていたものだった。ちくしょう！　長老になったがために、人生半ばの、あるいは年をとってからの楽しみのすべてを失わなければならなかったというのか？

長老の座につくことなど、いったい何の価値があるというのだ！

そういえば、ジミー・フラッグがパジャマを着ているという話を思い出した……ジミーだって長老だ。あいつの奥さんがどんな女だか、知らない者はいない。もしかしたら牧師先生もパジャマを着ているのかもしれない。そう思うとアンソニーはショックを感じずにはいられなかった。今までそんなことを考えもしなかった。これからは以前のようには、メレディス牧師の説教を聴いても楽しめないような気がした。牧師が心ここにあらずでしでかした失敗の数々も……本当は賛成しかねた再婚も……大目に見てあげようと思っていたのだが……パジャマを着て寝る牧師なんてとんでもない！　本当のところどうなのか、調べてみなければならない。簡単にわかることだろう。スーザン・ベーカーならきっと知っているに違いない。炉辺荘からは牧師館の庭にずらり干してある洗濯物が見えるはずだから。でも、わざわざそんなことをスーザンに聞きに行くことなどできるだろうか？　いいや、できない。いつか、月曜日にグレンまで足を運んだついでにでも、この目で確かめてみよう。疑問が湧《わ》いたからには、ちゃんと解決しなければならない。

もし村の連中が、自分が本当はどんなに向こう見ずな男であるかを知ったならば、決して長老に選びはしなかっただろう。村の小径《こみち》を急ぎながら、彼は思いを巡らした。想像の世界ではどんなに荒々しい冒険に身を投じ、数々の輝かしい功績を立てているか、連中は夢にも思ってはいないのだ。

サラ・アレンビーの芝生の庭の落ち葉をかき集め、焚《た》き火をした時には、アンソニーは開拓時代に最前線でインディアンと戦っている自分を心に描いていた。ジョージ・ロビンソンの納屋《なや》の壁塗りをしている時には、ランド（訳注：witwatersrand 南アフリカ共和国、ヨハネスブルグ近郊の高原地帯―世界最大の金鉱地帯）で金鉱を発見していた。マーシャル・エリオットの牧草を運ぶのを手伝っている時には、自分の命の危険も顧みず、溺《おぼ》れかけている美しい乙女を助けているところだった。炉辺荘の窓に嵐《あらし》よけの雨戸を取り付けている時には、前人未到の原生林の森に最初の足跡をしるす偉業を成し遂げていた。オーガスタス・パーマーの石炭の積荷を下ろしている時には、どこかの無人島の食人種の王に捕らえられていた。トレンチ・ムーアが氷を切るのを手伝っている時には、熱帯のジャングルで虎《とら》を追っていた。薪《まき》を割り、庭でぶらぶらしている時には、北極海への大冒険の旅に出ていた。教会で蜂蜜色《はちみついろ》の巻き毛の何の罪もないクララの傍らにすわっている時には、ビルマの寺院に押し入り、鳩《はと》の卵ほどの大きさのエメラルド……あるいはルビーの方がいいだろうか？……を盗んでいた。

しかし、このような夢は、波乱に富んだ生活に憧《あこが》れるアンソニーの心をある程度満たしてはくれたものの、人生で最高に素晴らしいものを逃してしまったという悲しい確信がどうしても常につきまとった。いくら夢を抱いても、実際には、キャロライン・ウィルクスがうっとりとした眼差《まなざ》しで見つめてはくれないだろう。実は誰にも話したことがなかったけれど、キャロライン・ウィルクス――旧姓キャロライン・マラード――から、うっとりした眼差しで見てもらいたいというのが、アンソニー・フィンゴールドにとって、今も昔も変わらぬ人生最大の夢だった。クララが長年、自分に献身的に尽くしてくれたことも、未《いま》だ見たことがない、これから先も決して見ることのないであろう、キャロラインの賞賛を湛《たた》えた瞳《ひとみ》に比べたら、哀れにも何の価値もないように思われた。

アンソニーは、薬局で耳寄りな情報を仕入れると、下の道を通ってアッパー・グレンに帰ろうと決心した。この道は上の道と比べると、ずっと遠回りなうえ、面白味もなく、「ウェストリー」と呼ばれるウィルクス家の夏の別荘のほかには、道沿いに家も見あたらなかった。

カーター・フラッグの話によると、ウィルクス家の人たちは、キャロライン・ウィルクス老夫人の健康を気遣い、「ウェストリー」に早々にやって来ているらしい。アンソニーが、老夫人がどうかしたのかとしきりに尋ねると、カーター・フラッグは、あまり関心なさそうに、何かの発作に襲われたらしい、と言った。心臓の具合が悪いのだ、とスーザン・ベーカーが言っていたそうだ。今年は看護婦を連れて来ているところから察するに、いつもより容態がよくないのではないか。それに、ブライス先生が一度ならず往診しているようだ、という。さらに、世界中の専門医にかかったことがあるけれど、ブライス先生ほどの名医はいない、とウィルクス老夫人は口癖のように言っているとも付け加えた。

アンソニーは、下の道を通って帰れば、もしかしたら、たまたま外に出ているキャロラインの姿を一目でも見られるかもしれないと思ったのだ。

彼女を最後に見たのはずいぶん前のことだ、とアンソニーはもの悲しげに思い起こした。キャロラインはもう何年もこのあたりの教会に姿を現していなかった。このふた夏、彼女が「ウェストリー」から出たのを誰も見ていなかった。つまり、この別荘が新築されてから、誰も彼女を見てはいないのだ。

アンソニー・フィンゴールドにとって、キャロライン・ウィルクスは、昔も今も変わることなく、心の底から大切な憧れの存在で、日々生きていくための情熱の源だった。彼女がローブリッジの学校へ通う、まだ幼きキャロライン・マラードだった頃、アンソニーはいつも遠くから彼女を見つめていた。その頃、フィンゴールド家はローブリッジに住んでいた。キャロライン・マラードは学校中の男の子の憧れの的だった。キャロライン――彼女は有力な商人の娘であった――が大人になり、当然のことながら上流社会に仲間入りをしてからも、アンソニーはいつも遠くから崇拝し続けていた。求婚してみようなどという考えが彼の頭に浮かぶことは毛頭なかった。ロマンティックな夢の中ではあり得たかもしれない。王女様を崇《あが》めているようなものだ、とちゃんと自覚していた。

キャロラインがモントリオールの富豪、ウィルクス一族の御曹司のひとりと結婚した時、アンソニーは人知れず悩み苦しんだ。ウィルクス家の人々は、身内が家柄の低い娘との結婚に甘んじたことに腹を立てていたが……アンソニーにしてみれば、ネッド・ウィルクスなど、キャロラインの靴ひもを結ぶ資格さえないように思えた。

だからといって、いったい誰が彼女と結婚するにふさわしいと言うのだろうか？ アンソニーはそれでも変わらずキャロラインを崇拝し続けていた。姿を目にする機会はめったになくなってしまった……彼女がローブリッジの家族のもとに里帰りする時ぐらいだった。彼女の帰省を知ると、アンソニーは必ず、日曜日毎《ごと》にローブリッジの教会に出かけて行った。

彼女のことが新聞に出ていれば、どんな小さな記事でも見逃すことなく読んだ……アンソニーが、社交界の話題を掲載しているモントリオールの週刊紙をどうしても取りたがるので、家族たちからはそんな無駄使いをするのは馬鹿《ばか》げていると思われた。

週刊紙には度々、キャロラインに関する記事が何かしら出ていた……外国の貴族を接待したとか、ヨーロッパへ出かけたとか、赤ちゃんが生まれたとか。キャロラインは少しも年をとらないように思われた。写真の中の彼女は、昔の記憶そのままに、いつも凜《りん》としていて美しく、時の経過や苦労とは少しも縁がないように見えた。

しかし、噂《うわさ》が真実だとしたら、彼女も様々な苦労を抱えていたらしい。ネッド・ウィルクスは、あらゆる角度から見ても、人生の成功を手に入れはしたが、もうとっくの昔に亡《な》くなっていた。また、子どもたちもみんな結婚していた……その内ふたりは、イギリスの貴族に嫁いでいた。それに、彼女は、世間的に見たら、もう六十に近づく老女だったが、まだ自分は若いと思っているアンソニー・フィンゴールドにとっては、そうではなかった。

この長い年月の間に、アンソニーもクララ・ブライアントに求婚し、結婚していた……彼女の家の者たちは、あんな男と結婚するなんて身を捨てるようなものだ、と嘆いた。アンソニーは、クララをとても気に入っていた。一緒にいても心浮き立つようなことはないけれども、彼女はいつも善良な妻であり、それに、若い頃はふくよかでなかなか可愛《かわい》かった。

それでも、アンソニーはいつでも心密《こころひそ》かにキャロライン・マラードを崇拝し続けていた。気位が高く、人を寄せ付けない女王のような面持ちで、海のように青い瞳のキャロライン・マラード……それが彼の心に浮かぶ彼女の姿であった。ほとんどの人たちは、キャロラインのことを、幸運にも玉の輿《こし》に乗った可愛い娘と記憶していた。

しかし、アンソニーにとっては、間違いなく彼女は高貴な淑女であり、骨の髄まで貴族的な貴婦人だった。望みのない愛だとしても、キャロラインを愛し続けること……キャロラインに仕える夢を見ることは、彼だけに与えられた特権だった。かつて彼女を愛したことがありながら、今ではすっかり忘れてしまった男たちを、アンソニーは憐《あわ》れに思った。自分は忠実に愛を貫き通している。もしあの美しい手にたった一度でも触れることができれば、どんな悲惨な死に方をしても構わない、と何度ひとり呟《つぶや》いたことだろうか。

それはそうと、彼は自分にこう問いかけてみたことはなかった……キャロラインのためであれば、パジャマを喜んで着ただろうか？　もちろんネッド・ウィルクスはパジャマを着ていただろう。ネッドは指図されれば、こだわりなく何でもやる男だった。

クララが、夫のキャロライン・ウィルクスへの入れ込みようをわかっていながら、全く意に介していないということを知ったならば、さすがのアンソニーも、少なからず驚いたことだろう。実は、彼女はすべてを知り尽くしていたのだ。アンソニーの馬鹿げた空想についてはすべてお見通しだった上、今、キャロライン・ウィルクスがどのような状態で、どこを患《わずら》っているかも知っていた。それに、ウィルクス家の人たちが、今年に限って、どうしてこんなに早くプリンス・エドワード島にやって来たかも知っていた。それは周知の事実だった。アンソニーが、クララがこんなにも何でも知っていることに気づいたら、きっと驚いたに違いない。彼だけでなく、村じゅうの亭主たちのほとんどが驚いたことだろう。

長い年月が過ぎ去っても、キャロラインへの情熱は少しも冷めてなどいない、とアンソニーは胸を張った。もしかしたら遠目からちらりと彼女を拝めるかもしれない。かすかな期待を抱きながら、彼は遠回りの下の道を歩き始めた。心は決して老いることはないのだ。キャロラインの方では、一方的に愛されていること、人生の大半をかけこれほどまでに慕われ続けていることなど知る由《よし》もなかった。とは言うものの、彼がクララを愛していないわけではなかった。自分はクララにとって常にいい夫であると自負していた。クララももちろんそれは真っ先に認めるところだった。ただ一点の非をのぞいては……クララはそのことを思うと、炉辺荘の前を通りかかり、スーザン・ベーカーが洗濯物を干しているのを見るたびに溜息《ためいき》が出てしまうのだった。でも、冷静に考えてみれば、何もかも望みどおりにはいかないものなのだ。スーザンは、気の毒に、結局、夫を持てずにオールドミスのままでいるではないか。いくらブライス医師がパジャマを着てくれても、何の埋め合わせにもならない。

アンソニーが「ウェストリー」の門の前で立ち止まり、女神の住む屋敷を感慨深くながめようとした時、エイブ・ソーンダーズが敷地内の私道を小走りでこちらの方へやって来た。エイブは「ウェストリー」の管理人で、彼の妻は家事の切り盛りを引き受けていた。ウィルクス家の人々がこの別荘を利用するのは、ごく短い期間だった。エイブとアンソニーは、昔からあまり仲がよくなかった。というのは、ひとつには、はるか昔の学校時代……今となってはふたりとも何が原因だったかも忘れてしまっていたが……大喧嘩《おおげんか》をしたことがあり、またひとつには、エイブがクララを口説こうとしたことがあったからだった。エイブは自分の妻にすっかり満足していたので、そんなことはとっくに忘れていたが、気まずさだけは、未《いま》だにふたりの間にくすぶっていた。

だから、取り乱した様子のエイブに大声で呼び止められた時、アンソニーはひどく驚いた。

「やあトニー、お願いがあるんだ。実は、たった今、娘がナローズで交通事故にあったという連絡が入ったんだ。足の骨を折ったらしい。おれと女房ですぐに行かなきゃならない。ブライス先生が手当てをしてくださっているんだが、シャーロットタウンの病院に運ばなきゃならないそうだ。血を分けた娘のことが心配でならない！　頼むから、ノーマン・ウィルクスさんが戻ってくるまで、留守番していてくれないか？もうすぐ帰ってくるはずだ。もうシャーロットタウンを車で出ているそうだから。大奥様はベッドで寝ている……いや、寝ているふりをしているのかもしれないが……。でくの坊のジョージの奴《やつ》がこんなときに限ってどこかへ消えちまいやがって。誰かが留守番をしてくれなきゃ家を空けられないんだよ」

「看護婦はいないのかい？」アンソニーは驚いてあえぎながら言った。

「今晩に限っていないんだ。大奥様には鎮静剤を飲んでもらっている。大丈夫さ……ブライス先生の指示だからな。誰かが戻ってくるまで、サンルームにいてくれればいいんだ。たぶんジョージがすぐに戻ってくるだろう……村の若い娘に会いに行ったんじゃなければね。どうか頼むよ、そんなに長い時間迷惑かけるわけじゃないから、承知してくれないかい?」

「だがな、どうすりゃいいんだ……あのウィルクス夫人のことさ……発作を起こしちまったら?」アンソニーは大きく息を飲み込んだ。

「発作なんか起こしやしないさ」エイブはいらいらしながら言った。「大奥様のは……そういう発作とは違うんだよ。口に出しては言えないが。とにかく、鎮静剤を飲んでいるから発作が起きる心配はないさ。あれを飲んでりゃ、よく眠ってるんだ」

……あの間抜けな看護婦が、奥様に薬を飲ませるのを忘れていなければいいのだが……と彼は思ったが、アンソニーには何も言わなかった。「大奥様は朝まで死んだように眠っているよ。いつもそうなんだ。どうだい、引き受けてくれるのか? くれないのか? あんたは友人が困っているのを知りながら、二の足踏んで、救いの手も差し伸べず通り過ぎるような男じゃないよな。おれたちが病院にたどりつかないうちに、ルーラが先に運ばれているかもしれないんだ」

二の足踏んで通り過ぎるだって! アンソニーは、すっかり取り乱しているエイブの妻を目の前にして、クララがこんなふうにヒステリーを起こしたらどうしようかと思った。エイブ夫妻のおんぼろ車があえぐようなエンジン音をふかしながら走り去ってしまうと、アンソニー・フィンゴールドは「ウェストリー」のサンルームにすわり、夢心地の喜びに浸った。これが夢ではないなんて信じられなかった。

今自分は、長年の憧《あこが》れのキャロラインと同じ屋根の下にいて……なんと眠っている彼女を見守っているのだ。これほどロマンティックなことがあるだろうか？　クララの耳に入らないことを願うばかりだが、あいつのことだから聞きつけるに違いない。しかし、たとえ結果がどうなろうとも、この喜びを味わったことは確かなのだ。

マラード家の親戚《しんせき》の孤児のジョージが、どこかへ姿を消していたとは、なんとありがたいことだろうか！　アンソニーはいつまでも誰も帰って来なければいいと願った。パイプでもくゆらすか！　とんでもなく失礼な考えだ！　そんなことを思いつくのはソーンダーズ一族ぐらいなものだ。アンソニーはただすわって、知っている限りの詩を思い出そうとした。クララは彼が薬局に行っていると思っているので、心配はしていないだろう。自分が幸せを感じているにもかかわらず、クララに心配をかけるのは忍びなかった。

「そこで何をしているの？　おちびさん？」

アンソニー・フィンゴールドは銃で撃たれたかのようにびっくりして飛び上がり、サンルームの戸口に立つ人影を全神経を集中させて凝視した。

まさかそんなはずはないだろう……あれが憧れのキャロラインだなんて……絶対に嘘《うそ》だ。美しく、ロマンティックで、魅力的な、おれの崇拝するキャロラインだなんて。最近のモントリオールの新聞に載っていた写真の彼女は、昔と変わらず若々しく美しかったのに。

しかし、もしあれがキャロラインでないとすれば、いったい誰なのだ？　フランネルの化粧着を着た、やつれ果てたあの老女は？　その化粧着も、クララが普段着ているものよりずっと薄汚れていて、つんつるてんで骨ばった足首がむき出しだった。結わえた灰色の薄い髪がしわだらけの顔の両脇《りょうわき》にさがり、唇は歯の抜けた歯茎にかぶさるように内側へ落ちくぼんでいた。クララが入れ歯もはめないで人前に現れたとしたらどうだろう！　彼女なら恥ずかしさのあまり死んだ方がましだと思ったことだろう。

老女の落ちくぼんだ青い目は不気味に光り、アンソニーの皮膚が縮み上がるほどの眼差《まなざ》しでこちらを見ていた。片方の手に何かを持っていたが、どうやらそれは紛れもなく短剣であった。アンソニーは絵に描かれた短剣は見たことがあったが、本物は今までに一度も見たことがなかった。また、短剣を手にして、人を突き刺している自分の姿を何度も思い描いたことがあった。しかし、想像とはまったく違う印象だった。

いったい誰だろう。「ウェストリー」に家政婦がいるとは聞いたことがなかった。

ウィルクス家の夏の短い滞在中は、ソーンダーズ夫妻が家の雑事を引き受けていた。いつの間にか眠ってしまい、夢でも見ているのだろうか？　いや、眠ってなどいない……はっきりと目覚めている。それなら、自分は突然正気を失ってしまったのだろうか？　母方の曾祖父《そうそふ》は頭がおかしかった。いいや、自分はおかしくなってなどいない。しかし、おかしくなっている人は、自分がおかしくなっているなどとは思わないらしい。ジョージさえ早く帰ってきてくれたらいいのに！　あるいはソーンダーズ夫妻が戻ってきてくれたらいいのに！

「まあ、なつかしいアンソニー・フィンゴールドじゃないの。昔、わたしに憧れていたのよね！」幽霊のような女が、短剣を振り回しながら言った。「昔の楽しかった日々のことを憶《おぼ》えている、アンソニー？　もしわたしに猫のような鋭い感覚があったら、ネッド・ウィルクスじゃなく、あなたと結婚していたでしょうに。でも、まだ幼くてそんな感覚がなかったものだわ。もちろんあなたはわたしに求婚した覚えはない、と言うのでしょう。でもね、あなたに求婚させようと思えば簡単にできたわ。女は勘が鋭いものよ。クララはいかがお過ごし？　あの人はいつもわたしをやっかんでいたわ！」

キャロラインだ……紛れもなくそうだ。哀れ、アンソニーは頭を抱えた。夢が一挙に崩れ去り、目の前に現実を突きつけられると、耐えられなくなるものである。自分は悪夢にうなされているのだ。クララが気づいて起こしてくれればいいのにと、願うばかりだった。

「ここで何をしているの?」キャロラインはまた尋ねた。「すぐに答えなさい、さもないと……」キャロラインは短剣を振り回した。

「おれはここで……おれは……エイブ・ソーンダーズと女房にここにいてくれるように頼まれたんですよ」アンソニーはしどろもどろに答えた。「ソーンダーズ夫妻は急に出かけなくてはならなくなりまして。お嬢さんが交通事故にあって、病院に運ばれたんです……あなたをひとりにさせておくわけにはいかないって言うんで……」

「誰が入院させるように言ったの？」

「ブライス先生……だと思いますが……おれは……」

「それなら、仕方がないわ。ブライス先生はプリンス・エドワード島でただひとり、ものわかったお医者様ですからね。エイブ爺《じい》さんったら気の毒に、わたしのことなんか心配しなくてもよかったのに。誰もこの家を持って逃げようなんて思いはしないだろうし……これがあれば、どんな泥棒も襲って来やしないわ、そう思いませんこと？」

アンソニーはきらきら光る短剣を見て、その通りに違いないと思った。

「あのお尻《しり》の軽い看護婦はいないし……どこかの男を追っかけているのでしょうよ」キャロラインは言った。「ええ、わたしは男連中が何を企《たく》んでいるかくらい承知していますよ！　あなたたち男はころっとだまされてしまいますけれどね」

「それにジョージは……」

「ああ、ジョージなら絞め殺して、物置の中ですよ」キャロラインはそう言うと、突然身を揺すって笑い出した。「わたしはいつも男を殺してやりたいと考えていたの。とうとうやってしまったわ。大騒動になるわよ、アンソニー・フィンゴールド。あなたも誰かを殺したことがあって？」

「な……ないです……」

「まあ、こんな楽しいことをやり逃しているなんて、それは残念なことね。面白いわよ、アンソニー……とっても面白いわよ。ジョージが足をばたばたさせているのを見せたかったわ。あなただってクララを殺したいと思ったことがないなんてはずないでしょ？　ほら、特にパジャマを着なさいと言われた時なんか？」

やっぱり、パジャマのことはみんなが知っているんだ！　きっとスーザン・ベーカーが言いふらしたに違いない。しかし、そんなことはもうどうでもよかった。この期《ご》に及んでそんなことに構っていられなかった。ジョージを殺した時の恍惚感《こうこつかん》をまた味わいたいと思って、短剣を振りかざしてこちらに迫ってくるやもしれない！

しかし、キャロラインはただ笑うばかりだった。

「どうしてわたしにキスをしないの、おちびさん？」彼女は言った。「みんなわたしにキスをするわよ。それに、あなたは百年前からわたしとキスしたら死んでもいい、と願っていたくせに」

そうだ、その通りなのだ、とアンソニーは思った。でも、百年も前からではない。どんなにキャロラインにキスをしたいと夢みたことか。自分のたくましい腕で彼女を抱きしめ、可愛《かわい》らしい顔じゅうにキスの雨を降らせたい、とどんなに夢見たかわからなかった。しかし、この恐怖のさなかアンソニーは、自分がクララにキスをする度に目を閉じて、キャロラインが相手であればいいのにと願っていたのを思い出し、恥ずかしい気持ちになった。

「さあ、ここへ来て、キスしてちょうだい」キャロラインは、彼に短剣を向けて言った。「キスしてほしいのよ。いつもそう思っていたのよ」

「おれは……おれは……そんな礼儀知らずなことは……できないです……」アンソニーはつかえながら言った。

ますますひどい悪夢になってきた。どうして誰も目覚めさせてくれないのだろうか。キスだなんて……短剣を突きつけられたり、ジョージが殺された話を聞かされたりしていなくてもそんな気にはなれない！　こんな風に夢が実現してしまうことがあるのだろうか？

「この歳《とし》になって、礼儀なんて誰も構いやしないわ」キャロラインは、化粧着の裾《すそ》で短剣を磨きながら言った。「これがわたしの化粧着だなんて思わないでね、アンソニー。うちの人たちがわたしの服をみんなしまい込んでしまったの。青い絹のネグリジェに紅茶をこぼしてしまったから……エイブの奥さんのを借りているのよ。そうね、あなたがキスしてくれないのなら……あなたはいつだってどうしようもない頑固者だったわね……フィンゴールド家の人たちはみんなそうよ……わたしがキスしてあげましょう」

キャロラインはサンルームを横切ってやって来ると、アンソニーにキスをした。彼はよろよろと後ずさりした。こんなふうに夢が実現することがあるのだろうか。それにしても、化粧着がキャロラインのものでないと聞いて、変な安堵《あんど》感《かん》を覚えた。

「そんなにじろじろ見ないでよ、アンソニー」キャロラインは言った。「クララがこんな風にキスしたことがある？」

有難いことに、クララがこんなキスをしたことは今までになかった。これからもするわけがない。クララが短剣を持ってうろうろしながら、男にキスするなんてあり得ないことだ。

「そろそろ家に帰らなきゃなりませんで」アンソニーは、エイブと交わした約束をすっかり忘れて、息も絶え絶えに言った。

彼は恐ろしくてたまらなかった。キャロライン・ウィルクスは正気を失っているのだ。彼女の具合が悪いというのは、こういうことだったのか。ただの発作ではないというのは……。これでは、いつ暴れだすかわかったものではない……彼女の発作は紛れもなくそういうことだ。こんちくしょう、エイブ・ソーンダーズの奴め！　今に見てろ、この恨みはいつか晴らすぞ。エイブはキャロラインがどこを患《わずら》っているか承知していたくせに……。ブライス先生も、それにクララも知っていたのだ。結託して、おれを殺そうと陰謀をたくらんだに違いない。

「それじゃあ、こんな広い家にわたしをひとりぼっちにして行ってしまうと言うのね？　わたしの部屋の物置にはあの子の死体がころがったままなのよ」キャロラインはアンソニーをにらみつけ、彼の顔すれすれに短剣を振り回した。

「死んでいるんだから、何も危害を加えられる心配はないですよ……ご自分の手であの少年を殺したんだって、おっしゃいましたよね？」アンソニーは、恐怖のどん底からやっとのことで勇気をふり絞って口を開いた。

「死んだ人が危害を加えるとか加えないとか、どうしてわかるのよ？」キャロラインは聞き返した。「あなたは死んだことがあるの、アンソニー・フィンゴールド？」

「あるわけないですよ」アンソニーは、自分もじきに殺されるかもしれないと思った。

「それなら、わかりもしないことを言うんじゃありません」キャロラインは言った。「エイブ・ソーンダーズが戻ってくるまでは、帰ったらだめよ。そうね、休みたければ、ベッドに横になっているといいわ。そうだわ、どう考えてもそれが一番いいわね。クララは心配なんかしないわ。おちびのアンソニーを信頼していますものね。さあ、北の切妻の部屋のベッドへどうぞ」

「おれはちっとも……寝たかないんで……」アンソニーはか細い声で言った。

「わたしの命令には誰も逆らえないのよ」キャロラインは、まるで相手を外套《がいとう》ですっぽり覆《おお》うかのような、お得意の威圧的で傲慢《ごうまん》な態度を顕《あら》わにして凄《すご》んだ。アンソニーはこの態度をどれほどよく憶えていたことか。かつては絹のドレスに身をつつみ、髪にはマルセルウェーブをきかせ、豪華な宝石を輝かせ、誰もが惚《ほ》れ惚《ぼ》れと見とれるほどの颯爽《さっそう》とした出《い》で立ちで、そのような態度を示したものだったが、今では、薄汚いよれよれのフランネルの化粧着を着て、しかも手には短剣を握りしめて……とは！

「この短剣が見えるでしょ？」キャロラインは、くるぶしよりも骨ばった手に握った短剣を思い切り振りかざした。アンソニーはクララの手を思い出した……長年家事をこなしてきたため、いくらか荒れていたとはいえ、ふくよかで血色のいいピンク色の手だった。

「この短剣はネッドが収集していたうちの一本よ。毒が塗ってあるの」キャロラインは言った。「ひと突きで、あの世行きよ。さあ、とっとと北の切妻部屋へお行きなさい。さもないと刺すわよ」

アンソニーは階段を駆け上がり、北の切妻部屋へ飛び込むと、勢いあまってつんのめってしまった。キャロラインが入ってこられないように一刻も早くドアを閉めてしまいたかった。鍵《かぎ》がかかればいいのに！　ところがその願いもむなしく、恐ろしいことに、キャロラインはあとをつけてきて部屋に押し入ると、たんすの引出しをぐいっと引き開けた。

「ここに息子のパジャマがあるわ」彼女はそう言って、彼の腕めがけて投げてよこした。「さあ、それを着て、ベッドでおとなしく寝ているのよ。言われた通りしたかどうか、すぐに確かめに来ますからね。クララはあなたに好きなようにさせているみたいね。でも、わたしと結婚していたら、初めからパジャマを着ないと承知しなかったわよ」

「どうして……どうしてクラがおれにパジャマを着せたがっているのをご存じなんですか？」恐れよりも好奇心に突き動かされて、アンソニーは口ごもりながら尋ねた。

「わたしは何もかも聞いているのよ」キャロラインは答えた。「さあ、ベッドに入りなさい。わたしを見張ろうとはね、まったく。今に思い知らせてやるわ。どうしても見張りが必要というのなら、わたしがやってあげようじゃないの。わたしは子どもではないのよ」

キャロラインがドアの鍵を抜き取ったのを見て、哀れにもアンソニーは意気消沈した。

「地球が平らだというのは知っているわね」彼女は短剣を振り上げて言った。

「もちろん平らです」アンソニーはおうむ返しに答えた。

「完全に平らなの？」

「か……完全にです」

「男って本当に嘘《うそ》つきね！　地球には山があるでしょ」キャロラインはそう言うと、ぞっとするような含み笑いをしながら部屋をあとにした。

ドアが閉まると、アンソニーはほっと安堵の溜息《ためいき》をもらした。彼は大急ぎでパジャマに着がえた。クララに何年も前から頼まれていたにもかかわらず、一度も聞き入れたことなどなかったのに。それでも、クララは毒を塗った短剣を振り回して迫っては来なかった。アンソニーは、グレン・セント・メアリーの薬局へ行ってから、百年もの歳月が流れたように思えた。

アンソニーは布団《ふとん》にもぐりこむと、ぶるぶる震えながら横たわった。言いつけどおりにしているかどうか、キャロラインが見に来たらどうしよう。この家には電話があっただろうか？　いや、なかったような気がする。

ああ、我が家に帰って、シャツ寝巻きに着がえて自分のベッドに横になりたい！　両脚の間に猫をはべらせて、足元に湯たんぽを置いて！　ああ、いまいましい！　看護婦はどこかをほっつき歩いているし、エイブの娘は足の骨を折るし、ジョージの奴《やつ》はどこかへ消えちまったし！　キャロラインは本当にジョージを物置で絞め殺したのだろうか？　とても信じられないが……でも正気を失っているんだから何をするかはわかりはしない……どんなことでもやりかねない。

それにしても、その物置とやらはどこにあるのだろうか？　もしかしたら、自分が今いる、まさにこの部屋かもしれない！　そう思ったとたん、からだじゅうからどっと冷や汗がふき出した。

キャロラインは次に、哀れなアンソニーが夢想だにしない行動に出た。部屋を訪ねる際、ドアをノックするというあたりまえの作法もなく部屋に戻ってきた。階段を上がってくる彼女の足音が聞こえると、彼は絶望感に苛《さいな》まれぶるぶる震えながら掛布団を顎《あご》のところまでたぐり寄せ、不安におののきキャロラインの様子を窺《うかが》った。

キャロラインは今度はなかなか素敵なグレーの絹のドレスに着替えて現れた。貝殻の縁飾りのついた眼鏡をかけ、入れ歯ははめていたが、頭には何もかぶらず、もつれた髪の毛が両肩すれすれにさがっていた。年季の入ったフェルトの室内履きは先ほどと同じだったが、おそらくそれも化粧着と共にエイブの奥さんに借りていたものに違いない。短剣は相変わらず握っていた。アンソニーは今度こそもう命はないものと観念した。

もう二度とクララに会うことはないだろう……カーター・フラッグの店で夕方の世間話の輪に加わることもないだろう……もうシャツ寝巻きを着ることもないだろう。そんなことを考えたところで期待したほど心は軽くならなかった。死装束はパジャマよりましだと言えるだろうか？　クララを喜ばせてやればよかったと思った。そうすれば、自分が死んでも、彼女の心にいい思い出を残せたかもしれない。

「起きなさい」キャロラインは言った。「ドライヴに行くのよ」

アンソニーはまた冷や汗をかいた。

「おれは……おれは遠慮します……もう遅いし……それにここは居心地がいいし……」

「起きなさいと言っているのよ」

キャロラインに短剣を突きつけられ、アンソニーは起き上がった。こういう場合、下手に歯向かわない方が身のためだ！　エイブはいったいどうしたのだ？　あのおんぼろ車が途中で故障したのだろうか？　アンソニーはたまたま鏡に映った自分の姿を垣間見《かいまみ》て、パジャマも……なかなか似合うじゃないかと思った。シャツ寝巻きよりもずっと男前に見える。ただノーマン・ウィルクス好みのこの色合いは、どうも趣味がいいとは言えないが。

「着るものなんて何だっていいじゃないの」キャロラインは言った。「急いでいるのよ。いつ誰が帰ってくるかわかりゃしないわ。こんな機会はもう何年もなかったのよ」

「お……お……おれはこんな格好で外へ行くわけにはいきません」アンソニーは口ごもりながら言うと、うんざりした表情でオレンジと紫色の派手なパジャマに目を落とした。

「どうして気に入らないの？　あなたのからだにぴったりだし、シャツ寝巻きよりずっといいわよ。それとも、あなたはこのキャロライン・ウィルクスが、シャツ寝巻きを着た男と一緒にドライヴをしているところなんて想像できて？　与太郎は願い下げよ」

アンソニーには、「与太郎」が何なのかわからなかったが、毒を塗られた短剣がどんな恐ろしい効き目があるかはわかっていた。

彼は観念してキャロラインより先に階段を下り、家を出ると、芝生を横切り、ガレージの方へ歩いて行った。ウィルクス家の大きな車が外に停めてあった。アンソニーは剣先を突きつけられたまま車に乗りこんだ。

「さあ、全速力でいくわよ」キャロラインは悪魔のような笑いを浮かべて、短剣を座席の横に置き、ハンドルを握った。

アンソニーの心に、短剣を奪い取れるかもしれない、というかすかな希望がよぎった。しかし、キャロラインは目がそこらじゅうについているように思えた。

「これ、触ったらだめよ」彼女は言った。「触ったらグサッと串刺《くしざ》しにするわよ。あなたみたいな命知らずのならず者とドライヴをするんだから、自分を守る武器ぐらい持って行かないわけにはいかないでしょ。さあ、エンジン全開ぶっ飛ばして、出発よ！　ええ、楽しいドライヴになるわ。ドライヴはずいぶん久しぶりよ。昔はモントリオールでいちばん運転が上手だったのよ。ところで、あなたはどこへ行きたいの、おちびちゃん？」

「お……おれは……家に帰った方がいいんで」アンソニーは早口で言った。

「家ですって！　くだらない！　家なんていうのはね、他に行くところがなくなったら、帰ればいいの。クララは心配していませんよ。あの人はあなたのことをよくわかっていますからね、おちびちゃん」

そうだ、間違いない。これは悪夢だ。そうとしか考えられない。夜の九時にキャロライン・ウィルクスの運転する車で街道をぶっ飛ばすなんて、あり得ない話だ。こういうことを想像するだけでも、かつてはこの上なく幸せな気分になっていたに違いないのだが……。クララはきっと心配していることだろう。クララは、普通の女だから、些細《ささい》なことでも心配する性質なのだ。アンソニーは急にクララの気持ちを慮《おもんぱか》って、いてもたってもいられなくなった。

「ちょっと……ちょっとスピードを出し過ぎているんじゃ？」アンソニーは難破船の海賊のような心境で進言しながら、人は恐怖のあまり死ぬことはあるだろうか、と心の中で思った。

「こんなの大したことないわ。もっとすごいことができるのよ」鬼婆《おにばば》と化したキャロラインがいかにも楽しそうに笑った。

こうしてキャロラインは得意気に運転の腕前を披露し始めた。螺旋《らせん》状の脇道《わきみち》へ猛スピードでそれると、片側の二車輪で急カーブを回り、ナサン・マクアリスターが丹精こめて整えたトウヒの生垣をなぎ倒して通り抜け、川幅の広い渓流を渡り、じゃがいも畑を横切った。さらに、ぬかるんだ細道を上り、ジョン・ピーターソンの裏庭を抜け、別の生垣を突き破り、やっと広い街道へ戻りついた。この特別な夜、道路はかなり混雑しているように思えた。実際には車がそれほど多く走っていたのではなく、馬や馬車が多かったのだが、憔悴《しょうすい》しきったアンソニーの目には、キャロラインの車が入り込む余地などないほど混んでいるように見えた。

とうとう、ふたりの車は、脇道からのそのそと出てきた一頭の牛にぶつかってしまった。牛は慌《あわ》ててよたよたしながら姿を消した。本当はかすかに当たっただけで、牛が驚いてもとの脇道にあとずさりしたまでだったのだが、アンソニーは、ブライス医師やパーカー医師が冗談で言っていた「四次元の世界」へ消えてしまったに違いないと思った。「四次元の世界」とは何なのか、彼にはさっぱり理解できなかったが、その世界へ入り込んだら二度とこの世へは戻れないということくらいはわかった。そうだ、おれはもう生きてこの世へは戻れないのかもしれない。でもおれの屍《しかばね》は……ああ、ノーマン・ウィルクスのパジャマを着たまま人目にさらされるんだ。それに、いつもクララに色目を使っていたトム・サクスターが、さっそくクララに言い寄るに違いない。アンソニーは、これほどまでに恐怖に打ちのめされているというのに、皮肉にも初めて嫉妬心《しっとしん》を感じた。

「近道をしたから、十分も早くここまで来られたわ」キャロラインはかん高い声で笑った。「近道って最高に愉快ね。わたしは今までいつだってああいう道を選んで生きてきたのよ。たいていの女たちより十倍も面白い人生だったわ。さあ、今度はちゃんと舗装された道路を通って、シャーロットタウンに行きましょう。このあたりの田舎者たちに、楽しいドライヴとは本当はどんなものか教えてあげるのよ。みんな全然わかっていないのよね。クララは楽しいドライヴをしたことがあって?」

アンソニーは以前どこかで、「狂人」は事故を起こさない、という話を聞いたことがあったので、「近道」を暴走する間、ずっとその言葉を信じて、何とか気を確かに保ってきた。

しかし、今度こそもう命はないと覚悟を決めた。いくら「狂人」とはいえ、凶暴な虎猫《とらねこ》さながらのキャロラインが、混雑した夜の街道を突っ走ったら、いくらなんでも無事にシャーロットタウンにたどりつけるわけがないだろう。土曜日の夜には、村の青年たちは皆、お気に入りの娘を誘い、ショーを観《み》に行くために町へ向かっていたし、フォードの持ち主たちも皆、これ見よがしに愛車を見せびらかして走っていた。

その上、町にたどりつくまでには踏切を三度渡らなければならなかった。

アンソニーが唯一《ゆいいつ》望むとすれば、死がそれほど恐《こわ》くはないものであってほしいということだった。ベッドの上で死ぬなんてうんざりだと思っていたが、今となってはそれも悪くはないように思えた。ベッドの上で死ねるのなら、たとえパジャマを着ていてもかまわないじゃないか。

その時、アンソニーの頭にあることがよぎり、ぞっとした。否《いや》が応《おう》でもローブリッジを通らなければならない。確か今夜、ローブリッジでは村のダンスパーティーとパレードが開催される、とクララから聞いていたのだ！

クララは、そのことをあまりうれしくなさそうに話していたので、なんて心の狭い女だろうとアンソニーは思った。このあたりでそのような催しが開かれるのは初めてなので、彼の方はロマンティックな気分になったのだ。

ローブリッジの住民は皆、もちろんアンソニーのことをよく知っていた。それに、クララの親戚《しんせき》もかたまって住んでいる……アンソニーとの結婚に眉《まゆ》をひそめた人たちだ。

親戚に見られたらどうしよう……パジャマ姿でキャロライン・ウィルクスと車をぶっ飛ばしているなんて！　きっと見つかってしまうだろう。みんな家の外に出ているだろうから。

「教会の長老たるこのおれが！」アンソニーはうめくように言った。

自分が長老の立場をどんなに大事に思っているかは自覚していた……その一方では、夫が長老であるのを誇りに思っているクララや、顔には出さないまでも、彼を尊敬し始めているスーザン・ベーカーのことを、アンソニーは内心では軽蔑《けいべつ》していた。彼が夢に描く英雄たちに比べたら、長老の座が一体どんな意味を持っているというのだ？

しかし、アンソニーにはわかっていた。間違いなくその座を追われるだろう。どのようにしてかはわからないが、問題を起こせば処罰されるのは当然だ。ご婦人とドライヴするには、シャツ寝巻きよりもパジャマのほうが見映えがいい、などと主張してみても、何の役にも立たない。どちらを身につけようとも、誰が気にかけるというのか。

誰もがアンソニーは酔っぱらっているのだ、と思うだろう。そうだ、きっとそうだ。

ジェリー・コックスは酔っぱらい運転で、十ドルの罰金を科せられたうえに、訴訟費用も払わなければならなかったし、ジム・フラッグは十日間も刑務所にぶちこまれた。このアンソニー・フィンゴールドが刑務所へ送られるなんて考えてもみろ！

オールドミスのブラッドリー女史が、この破れかぶれの暴走事件を知ったらどうするだろう。耳聡《みみざと》い女史ならすぐに聞きつけて……一年の間に信用できる記事などほとんど載っていない新聞として名高い、あの下劣な「エンタープライズ紙」のコラムに書き立てるに違いない。

ああ何と気の毒な、かわいそうなクララ！　二度と顔をあげて歩けないだろう。それに、パーカー先生は大笑いするだろうし、スーザン・ベーカーはほくそ笑んで、それ見たことか！　と言うに違いない。ああ、みんなからの敬愛をいっぺんに失《な》くしてしまう！　死んだほうがいい。そんな運命を受け入れるくらいなら、死んだほうがよっぽどましだ！

〈この世にいるうちに、こんな災難がわが身に降りかかろうとは思いもしなかった〉アンソニーはうなった。〈極悪非道なことなど、これまで何もしてこなかったのに……想像の世界ではあったかもしれないが、思い描くだけでも人は罰を受けるものなのかもしれない〉去年、メレディス牧師の説教で、信者たちの評判になったのは、確か「心の中で思えば、行動を起こしたのと同じだ」というような話だった。その法則からすれば、アンソニー・フィンゴールドは、筆舌に尽くしがたい悪人というわけだった。

おそらく罪人と言われても仕方がないのだろう。それにしても、辛《つら》すぎる裁きだ。

「あの人たち、斧《おの》はもう見つけたかしら？」キャロラインが言った。

「何の斧です？」アンソニーは歯をガチガチ鳴らしながら尋ねた。

「何てとんまなの、あなたって。ジョージの首を切り落とした斧に決まってるじゃない。裏のポーチの床下に投げこんでおいたんだけど。あなたはこの話を村じゅうの人たちに言いふらすんでしょうね。男って口が軽いんだから」

「さっきは物置で絞め殺したと言ってたじゃないですか」アンソニーは叫んだ。何でジョージの命が勝手に弄《もてあそ》ばれなきゃならないんだ。自分でもわけがわからなかったが、キャロラインのこのひと言で、アンソニーの堪忍袋《かんにんぶくろ》の緒がついに切れてしまった。「絞め殺すだの、首を切り落とすだの、そんなことをいっぺんにできるはずがないじゃないか」

「どうしてできないなんて決めつけるの、おちびちゃん？　まずは首を絞めて……それから切り落として、切り刻んだのよ。そう簡単に見つかるようなところには、死体を置いてきたとは思わないでしょ。今までに殺した男たちは、まだひとりも見つかっていないわ。人を殺す喜びを味わったことがあるかしら、アンソニー・フィンゴールド？」

「人を殺したいなんて思ったこともありませんよ」アンソニーはすぐに答えたが、それは嘘《うそ》だった。「それにおれは信じませんよ……やってみなさいよ、やりたいんなら、その短剣でおれを突き刺してみるがいい……おれは虫けらじゃないぜ……それにあながジョージを切り刻んだなんて信じませんよ」

「マラード家の人間は、何でもできるのよ」キャロラインは鼻高々に言った。

たしかにマラード家の人間ならやりかねないように思えた。キャロラインは、追い抜き、割り込み、猛スピードで突っ走り、カーブでも少しも速度を落とそうとはしなかった。あまりにもスピードが速いので、対向車の人たちも、ふたりが追い越す人たちも、アンソニーが何を着ているかまではまったく認識できなかった。それがわかっていたら、彼も少しは気が楽だったかもしれない。暴走車がウィルクス家の車であるのは皆、気づいていて、とんでもない運転手だと口々にののしった。ブライス医師も家に戻ると、ウィルクス家の使用人は即刻どうにかしなければならない、とアンに話した。「今に誰かを殺してしまうぞ」

その殺される「誰か」が誰なのか、言い当てることができる、とアンソニーなら思ったに違いない。彼はあきらめ切っていた。死ねるのなら早ければ早いほどいい。パジャマの件では鼻であしらってばかりいて悪かった、とクララに伝えることができなかったのが唯一の心残りだった。

キャロラインの灰色の髪は後ろへ流れ、目は爛々《らんらん》と輝いていた。衝突しそうになる度に、アンソニーは目をつぶったが、今のところは事故は起こらなかった。狂人は事故とは無縁だという言い伝えは、あながち嘘ではないのかもしれない。シャーロットタウンにたどりつけば、キャロラインは車を止めるはずだ。警官がいる……でも、キャロラインが警官など気にするだろうか？

ところが、町の一マイルほど手前で、キャロラインは突然ハンドルをきって、脇道へ突っ込んだ。

「あの前の車、ろくでもないわ」彼女は言い訳がましく言った。「ずっと目をつけていたのよ」

アンソニーには、その車がほかと特に変わったところがあるようには思えなかった。確かに曲がりくねった細い道を、猛スピードで突っ走っていて、前方に見えているにもかかわらず、キャロラインがなかなか追いつくことができなかったのは確かだったが。ふたりの車はぐるぐるとカーブを曲がって進んだ。とうとうアンソニーは、方向感覚も、時間の観念も、すっかり失ってしまった。彼には何時間も走り続けたように感じられた。いつの間にか、人家はなくなり、見渡す限りトウヒの低木で埋め尽くされているように見えた。このあたりはブルーベリーの群生地に違いない。アンソニーは絶望的な気持ちで後ろを振り返った。

「誰かにつけられていますよ」アンソニーの息づかいが荒くなった。「止まったほうがいいんじゃないですか」

「どうして?」キャロラインは言った。「わたしたちにも、自由に道を走る権利はあるのよ。ついて来たけりゃ、勝手についてくればいいわ。見てごらんなさい、アンソニー・フィンゴールド、前の車に追いつくわよ。あの連中は何かよからぬことを企《たくら》んでいるに違いないわ。警察に追われてるんじゃなければ、こんな道を猛スピードでぶっ飛ばすわけがないわ。さあ、脳みそが入ってるんだったら、何とか言いなさいよ。学校では成績がなかなかよかったじゃない。算数では、いつもわたしを負かしていたわね。そう言えば、あの頃からわたしに気があったのよね……実はわたしもそうだったのよ。でも、それを認めるくらいなら、死んだほうがましだと思っていたわ。みんな何てお馬鹿《ばか》さんなんでしょうね、若い時って、アンソニー?」

キャロライン・マラードは、学校時代、アンソニーに「気があった」と涼しげな顔をして白状した。一方、アンソニーはあの頃、自分などキャロラインの眼中にはまるでないとばかり思い込んでいた。しかし、今の彼には、憧《あこが》れの人からの愛の告白よりも、「警官よ！」という彼女の叫び声のほうに強く心を揺さぶられた。

アンソニーは振り返って後ろの車を見た。確かに運転手は制服を着ているように見える。警官か狂人でなければこんなスピードで走らないだろう。警官の車はふたりのすぐ後ろに迫ってきた。アンソニーは、ほっとしていいのか、困ったことになったと頭を抱えるべきなのか、よくわからなかった。

これからどうなるのだろう？　キャロラインは、警官に追跡されようとも、どんなことになろうとも、車を止めやしないだろう。ああ、「エンタープライズ紙」が食いついてきそうな話だ！　グレンじゅう、この噂《うわさ》でもち切りになることだろう。カーター・フラッグの店には二度と顔を出せない。クララだって……家を出ていくに違いない。プリンス・エドワード島では、今までに離婚した夫婦はなかったが、「別居」はあった。クララの伯母のエレンは、確か、夫を「見捨てて」家を出てきたのだった。

「あはは、追い越すわよ」キャロラインは意気揚々と叫んだ。

ふたりの車がヘアピン・カーブを曲がると、前方の車がゆっくりと小川の橋を渡っていた。蛾にかじられたような月が地平線から顔を出し、その光に照らされて、速度を落とした車の中から誰かが橋の欄干越しに鞄《かばん》を投げ捨てたのが、アンソニーの目にはっきりと映った。あの鞄にはジョージのバラバラ死体が入っているに違いない。アンソニーはほとんど理性を失っていたので、どんなでたらめな妄想でももっともらしく思えた。

キャロラインも、鞄が投げ捨てられるのを見ていた。彼女が興奮のあまり、アクセルを踏み込んだので、アンソニーが長く待ちわびていた大団円をついに迎えることとなった。ウィルクスの車は、朽ちかけた欄干にぶつかり……欄干は崩れ落ち……ふたりは車もろとも墜落した。

この事故をきっかけに、アンソニーは、狂人はどんな危険にさらされようとも無傷だ、という格言は真実を言い当てていると、死ぬまで固く信じるようになった。

ウィルクスの大きな車は大破してしまったが、アンソニーは怪我もなく車からはい出し、濁った浅い小川の真ん中に立ちつくした。先に這《は》い出したキャロラインも彼の隣に立っていた。両脇《りょうわき》は高い土手だった。後ろを振り向くと、川岸まで続く牛の通る細道の入口にふたりを追跡していた車が止まり、男性ふたりと女性がひとり降りてきた。男性のひとりが運転手の制服を着ていたので、最初に見た時からアンソニーは警官だとすっかり勘違いしてしまったようだ。三人連れは、運転手も含めて、酒臭い匂《にお》いをぷんぷんさせていた。クララが「ラム酒」といつも言っている酒らしい。

「ほら、あなたは、わたしを誘拐した廉《かど》で逮捕されるのよ」キャロラインは言った。「もう少しで溺死《できし》させられるところだったわ。しかも、どこでわたしの息子のパジャマを盗んだの？　あなたは泥棒ね、間違いなく泥棒よ、アンソニー・フィンゴールド。わたしの車をこんなにめちゃめちゃにして、いったいどうしてくれるのよ！」

キャロラインは物騒な短剣を握り、アンソニーを威嚇《いかく》するように近づいてきた。アンソニーは恐怖に震えた。彼は身を守ろうとして、いちばん手近にあったものをとりあえず摑《つか》んだ……それは土手に転がっている丸太のはじに水もかぶらずに投げ出された鞄だった。アンソニーは、キャロラインが振りかざす短剣めがけて、やみくもにその鞄をたたきつけると、がさっと奇妙な音がした。

毒を塗られた短剣は……実はただの古いペーパー・ナイフだったのだが……彼女の手から離れ、くるくると宙を舞い、暗闇《くらやみ》へと消えていった。

「なかなかやるじゃないの。おちびちゃんは本当は勇敢な男だわ」キャロラインは感心したように言った。

キャロラインから褒められたい、とかつてはどんなに願っていたかしれないアンソニーだったが、彼女がなにを言ったのか耳に入らなかった。たとえ聞こえたとしても、うれしくもなんともなかっただろう。キャロラインが自分のことをどう思っているかなんて、もはや彼にはどうでもよかったし、これから先も何の関わりもないことだろう。

アンソニーは無意識に例の鞄をつかみ、反対側の土手をよじ登っていった。あんな奴《やつ》らに捕まってたまるか。このおれが、病院に入らなければならないような頭のおかしい老婆《ろうば》を誘拐するわけがないだろう。逮捕される理由などない。

アンソニーが木立ちの影に姿を消すと、車から降りてきた男女は、この女性がキャロライン・ウィルクスであると気がついて、家につれて帰ることにした。彼女に何となく見覚えがあったのだ。「発作」がおさまり、キャロラインは、従順すぎるくらい従順に彼らの言うことを聞いてついて行った。

アンソニーは一マイルほどひたすら走り続けた。もう誰も追いかけてこないのを確かめると、息を切らして立ち止まり、あたりを見まわした。何という幸運だろう、信じられないくらいだ。何時間もの恐怖の体験をくぐり抜け、今こうして生きてここにいるのが奇跡のように思えた。

彼が今立っているところは、アッパー・グレン郊外に広がるブルーベリーの群生地だった。抜きつ抜かれつの無謀なカーレースで相当走ったように思えたが、村の脇道をぐるぐる回り、結局行きつ戻りつしていたので、我が家から五マイルも離れていないところに来ていたのだ。我が家！　アンソニー・フィンゴールドは、この言葉にこれほど安らぎを感じたことはなかった……もっとも、我が家がまだあればよいのだが。彼は前にこんな話を読んだことがあったのを思い出した……ある男がどこかで数時間過ごしただけのつもりで帰ってみたら、実際には百年の歳月が経《た》っていた……。今のアンソニーならば、クララの塗布薬を買いにカーター・フラッグの店へ行ってから、たとえまるまる一世紀が過ぎ去っていたとしても、決して驚きはしなかっただろう。

愛するクララよ！　キャロライン・マラードの百倍も大切な女性よ！　クララに叱《しか》られるに違いない。責められて当然のことをしてきたんだ、仕方がない。それにしても、クララに出くわす前に、せめて、このノーマン・ウィルクスのパジャマからほかの服に着替えたいものだ。しかし、このあたりには人家はどこにもないし、たとえあったとしても、訪ねて行く勇気はとてもなかった。それに、こんな恥ずかしい話は人にしなくて済むものならば、それに越したことはなかった。

一時間後、アンソニーは、びしょびしょのオレンジと紫色のパジャマを着たまま、くたびれ果てて沈痛な面持ちで、自分の家の台所へこっそりと忍び込んだ。彼は疲れきっていた。心は昔と変わらず若々しくても、足はずいぶん衰えてしまっているのを痛感した。

クララが眠っていてくれたら、と願ったが、期待はずれだった。アンソニーの帰りが遅い時、クララが決まって用意してくれる美味《おい》しい夜食が、その日も台所のテーブルに並んでいた。当然誰も手をつけていなかった。クララが……おとなしくて穏やかなクララが……ヒステリーの発作を起こさんばかりの様子で待ち構えていた。そんなことは結婚してから初めてのことだった。

アンソニーが、頭のおかしいキャロライン・ウィルクスと猛スピードでドライヴしていたという話は、すでに電話でクララの耳にも伝わっていた。エイブ・ソーンダーズが、取り乱してクララに電話をかけてきたし、ジョージ・マラードも慌《あわ》てふためいて電話をよこしたのだ。クララはその晩、かけたり、かかってきたり、電話に張り付いて過ごしたといってもよかった。彼女は炉辺荘にも電話してみたが、みんな出かけていたようで誰も出なかった。もし炉辺荘の誰かと話せていたら、クララの心も少しは落ち着いていたかもしれない。アンソニーがよろよろしながら戻ってきたのは、クララがいよいよ、近所の人たちに夫の捜索を頼もうと決心した矢先だった。

クララが何と切り出すか、アンソニーには想像もつかなかった。ひどく叱られるのは覚悟していた。思い起こせば、彼女にはいつも助けてもらってばかりいた、何を言われても仕方がない。当然のことなのだ。妻の心を少しもわかろうとしていなかったのだから。

　クララは受話器を置くと、アンソニーが予想もしていなかったことを言った……予想もしていなかったことをしたと言ったほうがいいかもしれない。感情を表に出したことのなかったクララが、突然、激しく泣きだしたのだ。

「あの人は……」彼女はすすり泣きながら言った。「あの人は、あなたにパジャマを着せることができたのね。わたしには一度だってできなかったのに。わたしは、今まですっとあなたのいい奥さんになろうとしてきたのよ！　おお、それなのにこんな夜を過ごすことになるなんて！　あの人はおかしくなってからもう何年にもなるのよ！　本当に知らなかったの？」

「教えてくれなかったじゃないか」アンソニーは叫んだ。

「教えるですって！　あなたにあの人の名前を言うくらいなら、死んだほうがましよ。あなたがあの人と結婚したかったことくらい、ずっと前から知っていたわ。それにしても、あの人のことは誰かに聞いていると思っていたのよ。みんなが知っていることですもの。ああ、あの人とこんなに遅くまで一緒にいて、しかも、パジャマで帰ってくるなんて！　我慢できないわ……離婚しましょう……わたしは……」

「クララ、頼むから聞いてくれ」アンソニーは哀願した。「何もかも話すから。誓って包み隠さず、真実を話すよ。でも、まず何か乾いたものを着させておくれ。おれに肺炎になって死んでほしくはないだろう？　死んで当然かもしれないけれど」

愛《いと》しいクララ！　こんなすばらしい妻を持った男はほかにはいない。キャロライン・マラードなどお前の足元にも及ばない。クララは一言も言わずに涙をふくと、温かいガウンを持って来てくれた。そして、凝った背中をさすり、傷口に薬を塗り、熱い紅茶をいれてくれた。つまり、クララは夫が自尊心を取り戻すように気を遣ってくれたのだ。

それから、アンソニーは妻にことの顛末《てんまつ》の一部始終を話して聞かせた。クララは夫の話をすっかり信じた。この世にいるどれほどの妻たちがクララのように振る舞えるだろうか？

すべて話し終えると、ふたりは床の上に置きっぱなしの鞄のことを思い出した。

「何が入っているのか、見ておいた方がいいんじゃないの？」クララは言った。彼女はいつもの落ち着きを取り戻していた。男はどうしたって男ですもの、他の生き物に変えようって言ったって無理だわ。それに今日のことは、アンソニーには何も落ち度がなかったのですもの。キャロライン・ウィルクスは、いつだって男たちをいいように操るのよ。あんな老いぼれの鬼婆《おにばば》になってもなお！

ふたりはバッグの中身を確かめると、驚きのあまり、半ば放心状態で顔を見合わせた。

「これは……これはすごい！　六万ドルくらいはありそうだぞ！」アンソニーは息をのんだ。「クララ、いったいどうしたらいいんだろう？」

「あなたが出かけたすぐあとに、炉辺荘のスーザン・ベーカーから電話があったの。シャーロットタウンのノヴァスコシア銀行に強盗が押し入ったんですって」クララは言った。「きっと強盗の一味は、あなたとキャロラインが追いかけてきたと思ったのね。だから奪ったお金を捨てた方がいいと思ったんだわ。拳銃《けんじゅう》の弾薬を使いつくしていたんでしょうね。その強盗を捕えたり、お金を奪い戻した人には賞金が出るのよ。アンソニー、たぶん賞金はわたしたちのものよ。だって、ウィルクス家の人たちがもらう理由はないもの。お金を見つけて持って帰ってきたのは、あなたですもの。ブライス先生が何ておっしゃるか、相談してみましょうよ」

アンソニーは疲れ果てていたので、賞金の話を聞いても少しも興奮しなかった。

「今夜はもう遅すぎるから、電話しないほうがいいよ」彼は言った。「貯蔵室のじゃがいもの山に隠してくる」

「納戸《なんど》の戸棚にしまって、鍵《かぎ》をかけておいたほうが安全だわ」クララは言った。「そしてとりあえず寝るのが賢明ね。あなたには休息が必要ですもの」

アンソニーがベッドに長々と横たわると、冷えきった足先が、湯たんぽに届き、だんだん心地よく温まっていった。彼の傍らには、薔薇《ばら》のように愛らしいクララが、髪にカーラーを巻いて横たわっていた。アンソニーは妻の巻き髪をよく馬鹿《ばか》にしていたものだが、キャロライン・ウィルクスのもつれ髪よりも、千倍も美しいと思った。

明日になったら、クララがずっと前から望んでいた花壇の縁取りをこしらえてやろう。彼女こそ、望みを叶《かな》えてやるにふさわしい女性だ。確か、カーター・フラッグの店に青と白の縞《しま》のフランネルがあった。パジャマに持ってこいの生地だ。きっと趣味のいいのができる。ああ、世の中には女性はごまんといるが、クララこそ宝石のような輝きを持つ女だ。あんなとんでもない話でも、疑いもせず熱心に耳を傾けてくれた。

他の女ならとても信じてはくれなかっただろう。

「ウェストリー」に置いてきた服はウィルクス家の誰かが送ってくれるだろう。パジャマを着てキャロラインとドライヴを楽しんでいたという噂《うわさ》は、もちろん方々に広まるに違いない。それは仕方がないが、アンソニーには、ひとつだけ、誰にも知られていないが思い出すだに恥ずかしいことがあった。クララは決して口外しない、と彼は確信している。それはキャロラインにキスされたことだった。たとえ、キャロラインが誰かに話したとしても、誰も本気にはしないだろう。そのほかは何を取り沙汰《ざた》されてもたいしたことはない。オールドミスのブラッドリー女史がどんなことを言い出すか、と思うとうめきたくもなるが。彼女は「通信網」と呼ばれる欄に、間違いなく書き立てるつもりだろう。とにかく、何週間かは屈辱的な思いを味わわなければなるまい。でも、そのうち人は忘れ去るものだ。銀行からもらう賞金の話題が、噂をかき消してくれるだろう。もしかしたら……犬も食わない愚か者と言われる代わりに、英雄扱いされるかもしれないぞ。

「それにしても、冒険なんてこりごりだ」アンソニーは、夢うつつに思った。「もうこりごりだ。本当はキャロライン・マラードなんかに惚《ほ》れてはいなかった。あれは『少年の恋』にほかならなかった。おれが人生で本当に愛した女はクララだけなのだ」

彼は心の底からそう思った。それはおそらく真実であろう。

第六夜

さようなら、なつかしき部屋よ

黄金色の夕陽が空を染め上げる時
この住み慣れたなつかしき部屋を去らねばならない
別れを告げ　扉を閉め
もう二度とここへは戻らない
ここをあとにする時
私のくちびるは　やさしく語りかける
なぜならこの部屋そのものが

私の友だったから

この部屋で　安らかな眠りを知る……
横になり　深く眠りにつけば
若い心に　魔法の炎がともり
喜びの目覚めが訪れる
楽しい笑い声が　響く部屋
月影さやかな夜の　夢見る時間《とき》
谷から踊りながらやってくる　朝を迎える時
心は歓喜に満たされる

この部屋で　美しくなりたいと切に願い
髪を束ね　結い　なでつけて
ミルクのように白い肩に
薄絹のストールを　すべらせる
私は私を愛した

彼が愛する私だから
この窓辺で待っていた……そう待っていた……
急ぎ来る足音が　階下で聞こえるのを

ここでかつて向き合った
突き刺すような心の痛み
凍えるほどに寒い日に　死神が訪れ
私をにらみ　去っていく
酸《す》いも甘いも　安らぎも争いも
日々のときめきや驚きも
人生のありとあらゆるできごとが
ここで起こり　心に染《し》み込む

ここで過ごした幸福な歳月に
涙を流して　別れを告げる
私がこの部屋を去ったあと

ここに住むのが　少女なら
美しい夢のすべてと
心に描いた空想と　なつかしい小さなお化けたちを
残して行こう

この部屋で知った喜びを
彼女も味わうことができるように
誘いかける陽の光　歌うようにそぼ降る雨
長く静かな満ち足りた時間
樅《もみ》の枝を渡り　そよぐ風
少女をやさしく抱く夜
かつて私が愛した部屋は
彼女のよき友となろう

アン・ブライス

ブライス医師　その詩の発想の源を言い当てるのは難しくないね、アン。グリン・ゲイブルスのなつかしい君の部屋じゃないかい？

アン　そうね、だいたいはね。私たちの結婚式の前の晩に思いついて書いたのよ。一字一句が実感だったの。あの東の部屋は、初めてもった自分の部屋だったわ。

ブライス医師　でもよく里帰りしたじゃないか。

アン　（夢みがちに）いいえ、一度も帰らなかったわ。帰った時には少女じゃなかったもの、もうあなたの妻だったから。あの部屋は私の友達だった……どんな友達だったか、あなたには想像ができないわ。

ブライス医師　（からかうように）君が「喜びの目覚め」を迎えた時、ぼくのことを思ったことはあるかい？

アン　たぶんね。それから、早起きしてお化けの森を通り抜けて日の出を見に行った時もね。

ウォルター　虹《にじ》の谷の向こうから陽が昇るのを眺めるのが大好きだったな。

ジェム　ウォルターは、日の出に間に合うくらい早起きしたことなんかなかったじゃないか！

ブライス医師　本当にぼくのために君はおめかしをしていたのかい？
アン　婚約してからはもちろんよ。可能な限り、あなたには綺麗だって、思ってもらいたかったもの。それにライバル同士だった学校時代でも、あなたの前では精いっぱい素敵でいたいと思ったわよ。
ジェム　母さん、父さんとは学校時代、仲が悪かったってことなの？
ブライス医師　お母さんは、父さんのことを恨んでいたんだよ。父さんはいつも友達でいたいと思っていたんだけれどね。でも、これは大昔の話さ。死神が君のところへ来て、にらみつけたのはいつのこと？
アン　自分の死ではないのよ。あなたの死の影だったの……あなたが腸チフスで死んでしまうんじゃないかって、皆が心配した時。私もあなたが死んでしまうと思ったわ。でも一夜が明けて、あなたが峠を越えたって聞いたとき……ああ……あの時こそ「喜びの目覚め」の瞬間だったわ！
ブライス医師　ぼくにとっては、君がぼくのことを愛してくれていると知ったあの夜だな！
ジェム　（ナンの方へ向き直り）父さんと母さんが昔話を始めると、ぼくらの知らないことが次から次へと出てくるもんだね。

スーザン (台所でパイを作りながら) 愛し合っているふたりを見るのは美しいものじゃないですか。オールドミスの私だって、その詩はよくわかりますよ。

　　なつかしい幽霊たちの部屋
古い時計が扉の後ろでチクタクと時を刻み
影がちらちら　追いかけっこやかくれんぼ
暖炉で流木は　赤々と燃え
　部屋は平和と安らぎに包まれる
吹き荒《すさ》ぶ風を避《よ》ける隠れ家
　海から身を守る波止場
けれども静かな夕暮れを迎える時

幽霊の気配が忍び寄る

ほら、ドロシーが今も踊る
　浅黒い肌の生き生きとした少女よ
長い年月墓地に眠り
　頬と巻き毛には土の汚れ
ほら、アランが昔の恋を語りだす
　かつてのときめきが蘇《よみがえ》る
唇は冷たく　声を失い
　心臓の鼓動もないけれど

ほら、ウィルが調子はずれの旋律を鳴らす
　空から魔法の音色が降るように
彼の古いヴァイオリンは誰の手にも触れられず
　音もなく壁にかかったままなのに
エディスとハワード、ジェンとジョー

そろって 私を親しげに迎え
笑いと冗談が響き渡る……
いつまでもこだまする 幻の笑い声
後悔の影は微塵《みじん》もない
湧《わ》きいずる喜びと 星の如《ごと》くきらめく希望が
風に揺れるすみれの
香りのように私を包む
胸に去来する想《おも》い出の中で
忘れられないひとつの出来事……
たった一度の 忘れがたき口づけの
かすかなる感触

アン・ブライス

ブライス医師　「たった一度の忘れがたき口づけ」だって！　ロイ・ガードナーの口づけかな？

アン　ロイは一度もキスしなかったわ。それに私の詩のほとんどは純粋に想像の産物よ。

スーザン　子どもたちの前でキスの話なんかするのはよしてください、先生の奥様……口出しして申し訳ございませんが。

ジェム　（ダイアナの方に向いて）今のスーザンの聞いた？　ぼくらがキスを見たことも聞いたこともないみたいな言い方じゃない？

ダイアナ　（ふざけて）兄さんは、あるわね。先週、学校でフェイス・メレディスにキスしてたのを見たわよ……メアリ・ヴァンスにもね。

ジェム　お願いだから、スーザンに言いつけないでよ。フェイスとならいいって言うだろうけど、メアリ・ヴァンスにしたなんて、ぜったい許してはくれないよ。

ブライス医師　アッパー・グレンの家の居間に古いヴァイオリンがかかっているのを、アン、知っているかい？　一度も壁から取りはずされたことがないらしい。よく思うんだ、あるとしたら、どんな謂《いわ》れがあるんだろうって。

アン　確かにあるに違いないわ。どこか心に響くものを感じるからこそ、ギルバート、人は詩でも何でも書けるものなのよ。

スーザン あのヴァイオリンにまつわる話をして差しあげられるんだけど、その気になりさえすればね。でもやめておこう。悲しすぎるから。

冬の歌

今宵《こよい》 見慣れた世界を霜がすっかりおおいつくす
我々の愛する大地は 冷たくやせ衰え
雪の織物の下に眠る
我々の森は蒼《あお》ざめて 友というより敵のよう
しかし 黄昏《たそがれ》を迎える時 我々は赤く燃えさかる炉の前に集い

過ぎ去りし春の日を懐《なつ》かしみ　金色に輝く夏に思いを馳《は》せる
森の中の集いのように　炉辺で永遠の友情を温め合う

谷間のすみれはもはや枯れ　薔薇《ばら》や水仙ももはやなく
そぞろ歩いた丘は冷たく寂しく　もはや歌も聞こえない
秘密の谷は我々に呼びかけてはくれず　川のせせらぎも聞こえない

しかし　傍らに手ずれた本があり　我々の夢は果てしなく
冬空のやわらかな光に包まれて　重い扉を閉ざし
暖炉には愛の灯火がともり　永遠に我々を誘う

アン・ブライス

ブライス医師　たまらなくなつかしい愛の灯火は、何年も前にアヴォンリーで輝いていたね……今でも燃え続けているよね、アン……少なくともぼくのためには。

アン　私のためにもね。永遠に消えることなく灯《とも》り続けるわ、ギルバート。

ブライス医師　君のその詩は、なんだか心にぐっとくるな。特に気に入ったよ、アン。

スーザン　(自分自身に)　私もですよ。こんな夜には頭の上に屋根があって、からだを温めてくれる暖炉があるっていうのは、ありがたいことですよ。

ペネロペの育児理論

　ペネロペ・クレイグは、その晩、エルストン夫人の家で開かれたブリッジの会から早々と引き上げてきた。これから、彼女は児童心理学の講義の準備をしなければならなかったし、そのほかにも気になっているいくつかの差し迫った課題を抱えていたのだ。特に、子どもの消化を促す、ほどよいビタミン配合の仕方の論文には、真っ先に取りかからなければならなかった。ブリッジの会に居合わせた婦人たちは、人気者のペネロペが中座してしまうのを知り、残念がっていたが、彼女がいなくなるとすぐに笑いながら話し始めた。

「ねえ、どうお思いになる?」コリンズ夫人が言った。「ペネロペ・クレイグが養子を迎えるってこと」

「どうして?　いけないとでも?」たまたま町に住む友達を訪ねに来たついでに参加していたブライス夫人が言った。「あの方は、子どもの教育については、誰もが認める権威じゃありませんこと？」

「ええ、もちろんそうですわ。あの方は動物愛護協会の会長や、児童福祉委員会の委員長、それに全国婦人会連合会の講師もしていますのよ。それなのに、いつでも人当たりがよくて感じがいいわ。でもね……養子を迎えるという考えにはどうもねえ……」

「どうしてなの？」ブライス夫人はしつこく聞いた。彼女自身かつて養子だったのだ。グリン・ゲイブルスのマリラ・クスバートが彼女を引き取ると決めた時、村じゅうの人たちがこぞって気でもふれたか、と噂《うわさ》していたのを憶《おぼ》えていた。

「まあ！」コリンズ夫人はいかにも意味ありげに手を差しのばして言った。「ブライスさん、あなただって、わたしたちみたいにペネロペ・クレイグと長く付き合っていればおわかりになるでしょうけどね。あの人はありとあらゆる理論については、それは詳しいですよ。でもそれを実践するとなるとねえ……しかも男の子を育てるって言うんですよ！」

アンは、クスバート兄妹がもともと男の子がほしかったのを思い出した。マリラは、わたしが男の子であってもうまく育てられたかしら、とアンは思いをめぐらした。

「女の子なら何とかなるでしょうけど。あれだけ理論武装していれば何かしら役に立つこともあるでしょうからね。まずは女の子で試してみるほうがいいと思うわ」コリンズ夫人はまくし立てた。「でも男の子ですよ！　ペネロペ・クレイグが男の子を育てるなんて、考えてみてごらんなさいよ！」

「その子はいくつなんですか？」アンが尋ねた。

「八歳ぐらいだと聞きました。ペネロペとはまったく血はつながっていないそうですよ。最近亡《な》くなった学校時代の友達の息子さんですって。父親はその子が生まれてすぐに亡くなったので、男の人と接したことが全然ないって、ペネロペが言ってたわ」

「もちろんその方が彼女にとっては都合がいいのよ」クロスビー夫人が笑って言った。

「クレイグさんは男の人を嫌っているのかしら？」アンがまた尋ねた。

「おお、男の人を嫌っている、とまでは言えませんわ……いいえ、本当は嫌ってはいないでしょう。ただ男の人のことで頭を煩《わずら》わせる暇などない、ということじゃないかしら。お医者さんのガルブレイス先生なら事情をよくご存じですわ。ああ、お気の毒なガルブレイス先生！　あなたのご主人はきっとご存じのはずですわ」

「そうね、その方のことは主人に聞いたことがあるような気がしますわ。とても聡明《そうめい》な方だとか？　その先生がクレイグさんに恋をしていますの？」

　このブライス夫人という人は、なんとはっきりと物を言うのだろう！　でも彼女としては、どんなに簡単なことでも正確に聞き出すのは何と難儀なことかと思っていた。人は誰でも、相手が知っていることは、当然何でも知らなければ気がすまないものなのだ。

「そうだと言えますわ。先生はペネロペに求婚し続けているのですよ。もう十年にもなるかしら。そうね……奥さんが亡くなってから十三年になりますものね」

「じゃ、とても根気強いお方なのね」

「まあそうですわね。ガルブレイス家の人たちは、決してあきらめないのですよ。それに、ペネロペはとても優しく断っていますから、次にはきっと応じてくれるに違いない、と確信を持つのでしょうね」

「彼女が応じるとは考えられないの？……いつの日かは？」アンは自分自身のロマンスの様々な局面を思い浮かべながら、微笑《ほほえ》んだ。

「見込みはないと思いますわ。ペネロペは絶対結婚なんかしないわ。たとえ相手がロジャー・ガルブレイスであろうと、誰であろうともね」

〈ロジャー・ガルブレイス〉アンは思いをめぐらせた。〈そうよ、あの人のことだわ。いったん心に決めたらてこでも動かない男だって、ギルバートが確か言っていたわ〉

「ふたりは親友なのよ」ロリー夫人が言った。「きっとこれからも友達のままでしょうね……それ以上にはならないわ」

「友情だと思っていたものが、実は本当の愛だった、と気づくこともありますよ。ミス・クレイグはとてもきれいな人だもの……」アンは、ペネロペの色白の広い額にかかる、黒くつややかで美しい巻き毛の前髪を思い浮かべた。アンは大人になった今でも、まだ赤毛にコンプレックスを感じていたのだ。

「美人で、頭がよくて、仕事もできる」コリンズ夫人が同意した。「頭がよすぎて、有能すぎるから、男の人に我慢ができなくなるのよ」

「男の人なんて必要ないと思ってらっしゃるのでしょうね」アンが言った。

「そうかもしれませんわね。でも本当のことを言うと、ロジャー・ガルブレイス先生ほどの男性が、十年もあの人ひと筋に思い続けているのを見ると、いらいらした気分になりますのよ。結婚しようと思えばいくらでも可愛《かわい》い娘さんが周りにいるんですもの。シャーロットタウンの独身女性の半数はあの方に飛びつきますよ」

「ミス・クレイグはおいくつなの？」

「三十五歳ですよ……とてもそんな歳《とし》には見えませんよね？　あの人には今まで生きてきた中で気苦労を感じたことはないでしょうし、それに悲しみもないわ。母親は彼女が生まれた時に亡くなったのですからね。それ以来ずっと、また従姉《いとこ》のそのまた従姉だとかいう、年寄りのマルタとあのアパートで暮らしていますよ。マルタはあの人を崇拝していて……だからペネロペはありとあらゆる会合に出て、仕事に打ち込むことが出来るのですわ。ええ、さっき言いましたように、確かに頭がよくて、有能な人ですけど、実際に子どもを育ててみれば、理論どおりにはいかないってことがわかるのではないかしら？」

「ええ、理論なんて！」トゥウィード夫人は、笑いとばした。六人の子どもを育てあげた母親として、どうしても物申したくてうずうずしていた。「ペネロペは理論ならそれはたくさん知っていますよ。去年、子育てにおける〈型〉について講演してくれたのを憶えているでしょう？」

〈マリラとリンド夫人ならこういう話題についてどんな意見を言っただろうか？〉アンは思いをめぐらした。

「あの人が強調した点はこうでしたよ」トゥウィード夫人は続けた。「子どもたちが何でも自ら進んでやるように促し、その結果も子ども自身がしっかり受け止めることができるように習慣づけさせなければならない。子どもが何をしようが禁じてはいけないというのです。『子どもたちが自分から何かを見つけ出すように手助けすることが大切だと信じています』とあの人は言いましたよ」

「あるところまでは正しいわね」アンは言った。「でも、その先は……」

「子どもたちがのびのびと個性を発揮できるようにさせてやらなければならない、とも言っていましたわね」パーカー夫人は、記憶を辿《たど》りながら言った。

「大抵の子どもはのびのびしているものだわ」アンは笑った。「ミス・クレイグは子どもがお好きなのかしら？　わたしにはそこがとても重要な点に思えますわ」

「わたしは尋ねてみたことがあるんですよ」コリンズ夫人が言った。「そうしたら、『まあ、ノラ、大人を好きかどうかと尋ねたりすることがあって？』と答えましたよ。ねえ、どうお思いになります？」

「そうね、まっとうなお答えね」フルトン夫人が言った。「好きになれる子もいれば、そうはなれない子もいますもの」

ジョシー・パイとの思い出がふとアンの心をよぎった。

「言わずと知れたことですものね」アンは言った。「たいした理由があるわけではなくても、感情的にね……」

「あのおデブで、よだれのパクストンの子を好きになる人がいると思って？」マッケンジー夫人が尋ねた。

「あの子のお母さんは、この世でいちばん可愛いと思っていますよ」アンは微笑みながら言った。

「パクストン夫人が息子を鞭《むち》で打つのをご覧なさいな。とてもそんなことは言えませんよ」ローレンス夫人がぶっきらぼうに言った。「ペネロペなら、『鞭を惜しめば子どもが駄目になる』という言い伝えを信じないでしょうけどね」

「わたくしね、五週間、脱脂乳で生活したのに、四ポンド太りましたのよ」ウィリアムズ夫人が辛《つら》そうな声で言った。彼女はそろそろ話題を変えた方がいいと考えた。この地域の住人ではなく、しかも大学出の学士であるブライス夫人に気を遣ったのだ。

しかし、他の夫人連中はウィリアムズ夫人の話を全く無視した。彼女が太っていようと痩《や》せていようと、誰がそんなことに関心を持つであろうか？　ペネロペが養子を迎えるという事実に、夫人の減量作戦などとても太刀打ちできる話題ではなかった。

「わたしはあの人が、どんな子どもも鞭打ってはいけない、と言ったのを聞きましたよ」レニ夫人が言った。

〈ミス・クレイグとスーザンとは、腹心の友になれるかもしれないわ〉アンは心の中で愉《たの》しげに想像した。

「その点ではあの人の意見に同意しますのよ」フルトン夫人が言った。

「へえ！」とトゥウィード夫人は唇をすぼめた。「わたしはね、五人の子どもには鞭をあてたことはありませんでしたよ。でもジョニーだけは……あの子と一緒に暮らしていくには、たまには愛の鞭も必要だと悟りましてね。その点どう思います、ブライスさん？」

アンソニー・パイを思い出していたアンは、トゥウィード夫人の問いかけに一瞬とまどったが、ケイナー夫人が突然割って入ったので、返事をせずにすんだ。ケイナー夫人は今まで一言も口をはさまなかったが、今こそ意見する時だと考えたのだ。

「ペネロペ・クレイグが子どもを叩《たた》く姿を想像してごらんなさいよ」彼女は言った。

誰もそれを想像することができなかったので、彼女たちは再びトランプ・ゲームに戻っていった。

「ロジャー・ガルブレイスはペネロペ・クレイグを口説き落とすことは絶対できないよ」その晩、炉辺荘《イングルサイド》に戻り、夫人たちの井戸端会議の報告を聞いて、ブライス医師がそう言った。「またその方が、彼にとっても幸いだと思うな。ペネロペ・クレイグはどんな男でもお手上げの、鉄の女だからね」

「わたしにはピンと来るのよ。からだの奥がぞくぞくする感じがある時はそうなの」アンは言った。「だから……ガルブレイス先生は彼女を射止めるような気がするわ」

「冷たい東風が吹いているせいじゃないのかな？」ギルバートは言った。「だからぞくぞくするだけさ。この件には、君が首を突っ込む余地はないからよかったよ。君は男女の縁を取り持つのが大好きだからな」

〈男が妻に対してそんな言い方をするのはよくありませんよ〉炉辺荘の家事なら何でもこなす家政婦のスーザン・ベーカーは、憤然として心の中で呟《つぶや》いた。〈わたしはもう結婚の望みはとっくのとうに捨て去りましたけれどね、でも、もしも結婚していたら、だんな様にはわたしの直感に対しては敬意をもった物言いをしていただきたいと思いますよ。わたしほどブライス先生を尊敬している者はいませんよ。それにしても、もしわたしがブライス夫人だったらって考えると、先生は時々、このわたしが剣突《けんつく》を食らわせてさしあげたくなるようなことをおっしゃるんですから。女のほうが何でもかんでも我慢するなんていけませんよ。わたしはそう信じています〉

ペネロペが帰宅すると、ロジャー・ガルブレイス医師が居間に座っていた。彼を崇拝するマルタが、手作りの大きなドーナツと紅茶を勧めていた。

「君が男の子を養子に迎えるという話を聞いたのだが、本当かい、ペニー？　町じゅう、その話でもちきりだよ」

「わたしは男の子を養子にするのだけはやめてほしいって頼んだんですよ」マルタは、跪《ひざまず》いてまで頼んだのに、と言わんばかりだった。

「男の子にするか女の子にするかなんて選ぶ余裕は、たまたまありませんでしたのよ」ペネロペは穏やかな美しい声で言った。その声を聞くと、どんなに理不尽なことも素晴らしいことに思えてしまうのだった。「かわいそうなエラの息子を見知らぬ人の手にまかせるわけにはいきませんもの。エラは死の床でわたしに手紙を書いてくれたのよ。純粋にわたしを信じて頼りたいと思ったの……わたしだって女の子でないのは残念ですけどね」

「ここが男の子を育てるのにふさわしい場所だと思っているのかい？」ガルブレイス医師は、きちんと整理されたこぎれいな部屋を見まわし、いかにも疑わしいと言わんばかりにぼさぼさの褐色の髪の毛に指を通しかき分けた。

「もちろんそうは思いませんよ、医学博士先生」ペネロペは冷静に言った。「子どもにとって生活環境がどんなに大切かは、先生に負けないくらいよくわかっていますよ。だからケポックに、物語に出てくるような一軒家を買ったんですよ……そこを柳《ウィロウ・ラン》が丘と呼ぼうと思うの。とてもいいところよ。マルタだって褒めてくれたわ」

「山スカンクがたくさん出るだろうね」ガルブレイス医師は言った。「それに蚊もね」

「あそこは夏になると、大勢の避暑客でにぎわうのよ」ペネロペは、スカンクのことはあえて無視して言った。「ライオネルは友達がたくさんできるわ。もちろんどんな場所にだって欠点はあります。でも、あそこは子どもたちにとって、かなり理想に近い場所だと思うわ。お陽さまは燦々《さんさん》と降り注ぐし、空気はきれいだし、遊ぶところもたくさんあるもの。つまり個性を育《はぐく》む場所があるということです。それにライオネルはトウヒの丘を眺めながらベランダで寝ることもできるんですよ」

「何ていう名前だって？」

「ライオネルよ。ええ、確かにおかしな名前ね。エラがロマンスに夢中だったから、そんな名前にしたのね」

「そんな名前じゃ、紛れもなく女々しい男になってしまうよ。まあ、どちらにしても未亡人の母親に甘やかされて育てられれば、そうなっただろうがね」ガルブレイス医師は立ち上がりながら言った。痩せ型で筋肉質、六フィートの背丈の医師は、この小さい部屋には大きすぎるように思われた。「君の柳《ウィロウ・ラン》が丘にいつかぼくを連れていってくれるかい？　衛生設備はどうなっているの？」

「完璧《かんぺき》ですよ。わたしが見過ごすとでも思って？」

「それから水のほうはどうなんだい？　井戸から汲《く》むんだよね？　ケポックでは、数年前の夏に、腸チフスが流行《はや》ったんだよ」

「今は大丈夫よ。ぜひいらして、見ていただけるとありがたいわ」

ペネロペは、心もちやわらかな態度を示した。陽気で単純な生き物、つまり子どもの育て方については、知りつくしていたが、腸チフスは専門外の問題だった。当時は腸チフスで命を落とすこともあったので、やはり専門知識を持った医者が近くにいるのは、心強かった。

翌日の午後、ガルブレイス医師は車でやって来て、ペネロペと一緒に柳が丘《ウィロウ・ラン》へ向かった。

「昨日エルストンさんの家で、ブライス夫人にお会いしましたよ」ペネロペは言った。「あの方のご主人は確かお医者さまですよね。ご存じ?」

「ギルバート・ブライス先生だろう。知っているよ。とてもすぐれた医者でね。それに奥さんもとても魅力的な人だ」

「ええ……まあそうですわね。じっくりお話ししたわけではないから、よくはわかりませんけれど」ペネロペは、ガルブレイス医師がブライス夫人を褒めたのが、どうして自分の癇《かん》に障《さわ》ったのか、不思議に思った。まるでそのことがいちばん気になる課題であるかのように鼻についた！　そういえば、今までを振り返ってみると、自分は赤毛の女性をどうしても好きになれなかった。

ガルブレイス医師は、柳が丘《ウィロウ・ラン》は井戸をはじめどこもかしこも素晴らしい、これなら大丈夫だと太鼓判を押した。そこが魅力的な場所であるのは、否定のしようがなかった。ペネロペは、地所を買う際にだまされるような愚か者ではなかった。家は間数の多い古風な造りで、楓《かえで》や柳に囲まれていた。庭の入口には薔薇《ばら》の棚があり、石を敷いた小径《こみち》は白い貝殻で縁どられ、春には水仙が花盛りだった。時折、樹木の間から、港の青い水面が垣間見《かいまみ》えた。白い門から家を取り囲むように赤い煉瓦《れんが》塀が続き、その上から満開のリンゴの木が枝を差しのばしていた。

「炉辺荘みたいに美しい家だ」ガルブレイス医師は言った。

「炉辺荘？」

「グレン・セント・メアリーのブライス家の人たちは自分たちのお屋敷をそう呼んでいるのさ。近頃、自分の家に名前をつけるのが流行っているね。いい習慣だと思うよ。その場所に個性を与えることになるからね」

「まあ！　どうかしら」ペネロペの口調が、いくらか冷ややかになったように思えた。話の端々にどうしてブライス家が出てきてしまうのかしら、とペネロペは反発したくなった。何ですって……その炉辺何とやら……にしたって、美しさにかけては、この家にはとても及びはしないわ。

柳が丘《ウィロウ・ラン》は内装も、外観同様とても素敵だった。

「こういうところなら、ライオネルがすくすくと伸びやかに育つと思うのよ」ペネロペは満足そうに言った。「子どもが自分の家庭にどういう気持ちを抱くかは、とても大切でしょう。ライオネルには自分の家庭を愛するようになってもらいたいわ。食堂がデルフィニウムの小径に面しているのはとても嬉《うれ》しいわ。咲き競うデルフィニウムを見ながら食事をするなんて、想像してごらんなさいよ」

「でも、男の子はそんなものより、ほかに見たいものがあると思うなあ。もっともウォルター・ブライスなら別かも……」

「ほら見て、リスがいるわ」ペネロペがとっさに声をあげた。自分でもわけがわからなかったが、ガルブレイス医師がまたブライス一家を引き合いに出すと、思わず大声で叫びだしたいような気持ちになった。「よく人に慣れているわ。男の子はきっとリスが好きでしょうよ」

「男の子が何を好きになるかなんて、決めつけるのはむずかしいよ。猫にリスを追いかけさせでもすれば好きになるかもしれないね」

「わたしは猫は飼わないわ。好きじゃありませんから。……ああ、引っ越して来るのが待ち遠しいわ。あんなアパートに今までよくも閉じこもって暮らしていたと思うわ。これからはここ、柳《ウィロウ・ラン》が丘で、息子と暮らすのよ……」

「実の子ではないということを忘れてはだめだよ、ペニー。たとえ実の子であっても、いろいろと大変な問題にぶつかるものだからね」

ガルブレイス医師は、上の段に立っているペネロペを見上げた。彼の善良そうな黒っぽい灰色の瞳《ひとみ》が、急にとても優しい表情に変わった。

「今日はとても素晴らしい日だね、ペニー。こんな日には、どうしても君にまた求婚したくなるよ」と彼は軽快な調子で言った。「断りたくもないのに、ぼくの申し込みを断る必要はないと思うんだが」

ペネロペは唇をゆがめて、やんわりとからかい半分に応《こた》えた。

「愛してほしいなんておっしゃらなければ、あなたをとても好きになれると思いますのよ、ロジャー。だって、わたしたちは素晴らしい友情で結ばれているではありませんか。どうしてそれを壊すようなことをおっしゃるのかしら? はっきりと言わせていただきますけれど、わたしの生活には、男の方が入る余地など全くないんです」そして、彼女は、なぜかつい余計なことをつけ加えてしまった。「ブライス夫人が未亡人でなくて残念ね」

「君がそんなことを言うとは思ってもみなかったよ、ペニー」ロジャーは静かに言った。「たとえブライス夫人が未亡人であったとしても、ぼくにはそういう意味での興味はまったくないだろうな。ぼくは赤い髪の女性には関心がないからね」

「ブライス夫人の髪は赤毛ではないわ……とても魅力的な金褐色よ」ペネロペは抗議した。彼女は突然、ブライス夫人がとても楽しい人であったのを思い出した。

「そうかい、君の好きな色にしておけばいいよ」ガルブレイス医師の声は、幾分明るくなった。ペニーはブライス夫人に嫉妬《しっと》を感じたに違いない——嫉妬があるところには希望がある、と彼は思った。しかし、帰りの車の中では、彼は普段よりも寡黙《かもく》だった。一方、ペネロペは、子どもの心はこうであるとか、子どもに好きなようにさせてあげる（彼女流に言うと〈子どもがエゴを外に見せる〉）にはどうすればいいかとか、ホウレン草をよく食べさせねばならないとか、機嫌よくとうとうと語った。

「ブライス夫人は、ジェムにホウレン草を食べさすのをすっかりあきらめてしまったよ」医師はわざと言ってみた。

　ところが、ペネロペは、ブライス夫人がどうこうしたとか、しないとかという話には、もはや関心を示さなかった。それよりも、暗示の効果について、特に子どもが眠っている時にはどうか、慎み深く意見を求めてきた。

「子どもが眠っているんだったら、そっと寝かしておくよ。たいていの母親は、子どもが寝てくれれば嬉しいんじゃないのかな」

「まあ！　たいていの母親ですって！　わたしが言いたいのは、子どもを起こすということではないわ。子どもの傍らに静かに座って、子どもの心に印象づけたいことを、低いおだやかな声で語りかけるという暗示の方法です」

「ぼくは、そんなことはやらないね」ガルブレイス医師は言った。

ペネロペは、うっかりまずいことを話題にしてしまったと後悔した。ロジャーの奥さんは出産の時に亡《な》くなったのだ、どうして忘れていたのだろう？

「何かしら効果はあるかもしれないね」ガルブレイス医師は言った。以前、彼はブライス医師にいくらか皮肉をこめて、あなたが成功しているのは、患者がやりたがっていることにすばやく感づいて、それをやってみるように暗示をかけるように勧めているからだ、と言ったことがあった。

「男の子の小さな心が発達していくのをかたわらで見守ることができるのは、素晴らしいことだわ」ペネロペは夢を見るように言った。

「確かその子は八歳だと言ったね」ガルブレイス医師はそっけなく言った。「その子の心は、おそらくもうかなり発達しているはずだよ。ローマカトリックの教会が、子どもについて何と言っているか知っているだろう？　最初の七年間が大切であるとか何とか。だからといって、望みを捨てろというわけではないさ」

「あなたみたいに皮肉な物の見方をしていたら、人生で失うものも多いのではないかしら、ロジャー?」ペネロペはやんわりと言い返した。

ペネロペは自分では認めたくなかったけれども、ライオネルがやってきた時、ガルブレイス医師が不在だったのでほっとした。彼は休暇で出かけており、数週間は戻って来ない予定だった。彼が帰って来る頃には、ライオネルの扱いにすっかり慣れて、たとえどんな問題が起ころうとも、すでに解決しているに違いない。必ず何かが起こるはずだ。ペネロペはどんなことであろうと、目をつぶり、素通りするつもりはなかった。忍耐して理解しようと努めれば、どんな問題も手こずることなく解決するに決まっている。それに、そのどちらについても自信があった。

その日の早朝、ペネロペは、ライオネルが男性に連れられてウィニペグから到着するというので、駅まで迎えに出かけた。ところが、ライオネルを初めて見た時、彼女はショックを隠すことができなかった。彼女が期待していたのは、エラと同じ金髪の巻き毛とあどけない青い瞳、柳のようにしなやかで優美な少年だった。ところが、ライオネルは、彼女が一度も会ったことのない父親の血を引いているに違いない。背は低くてずんぐりむっくり、黒くて濃い髪の毛、眉毛《まゆげ》は子どもとは思えないほどに太く黒く、一文字につながっているように見えた。

「わたしがペネロペおばさんよ、坊や」

「そんなはずはないよ」ライオネルは言った。「ぼくには親戚《しんせき》はいないもん」

「それはそうねえ……」ペネロペは、少々ひるんで言葉につまった。「本当のおばさんじゃないけれど、そう呼んでもらえたらうれしいわ。わたしはあなたのお母さんの親友ですもの。道中は楽しかった？」

「ちっとも」ライオネルは言った。

ライオネルは屋根なしの小型の軽自動車に乗り込むとペネロペの隣にすわったが、柳《ウィロウ・ラン》が丘に着くまで、右も左も見ようとはしなかった。

「疲れているの、坊や？」

「ちっとも」

「じゃ、お腹《なか》が空《す》いているのね？　マルタが……」

「お腹空いてなんかないよ」

ペネロペは、お手上げだった。児童心理学によると、子どもをほうっておいたほうがいい場合も多々あるのだ。この子は今、明らかに話したくないのだから、しばらく構わないでおこうと思った。ふたりは黙ったまま走り続けた。しかし、ペネロペが車をマルタの待っている玄関前に止めた時、ライオネルは突然、沈黙を破った。

「あのばっちいおばあさんは誰？」彼ははっきりとした声で尋ねた。

「まあ！　何ですって！　あの人はマルタおばさんですよ。一緒に住んでいるわたしのまた従姉《いとこ》よ。あの人のこともおばさんって呼んだらいいわ。馴《な》れてきたらきっと好きになりますよ」

「いやなこった」ライオネルは言った。

「そんなふうに言ってはいけ……」ペネロペは子どもたちに〈してはいけません〉と言ってはいけないのを思い出して言葉を切った。

「おばさんをばっちいなんて言わないでね」

「なんで？」ライオネルは尋ねた。

「だって……だって、そう、おばさんの心を傷つけたくはないでしょう？　誰だってばっちいなんて言われたくはありませんよ。わかるわね、坊や。あなただっていやでしょう？」

「ぼくはばっちくなんかないもん」ライオネルは言った。

　確かにその通りだった。彼はそれなりになかなか整った顔立ちをしていた。

　マルタは無愛想な顔をしてやってきて、手を差し出した。すると、ライオネルは手を後ろに引っ込めた。

「坊や、マルタおばさんと握手なさい」

「いやだ」ライオネルはそう言ってから、さらに付け加えた。「この人はぼくのおばさんじゃないもん」

ペネロペは、未《いま》だかつて味わったことのない感情に突き動かされるのを感じた……無性に誰かを揺さぶりたい衝動にかられた。この子がマルタに好印象を与えるかどうかは、きわめて重要なことだというのに！　ところが同時に、彼女は自分の教育理念を思い出した。

「さあ、朝ごはんを食べましょうね、坊や」ペネロペは明るく言った。「ごはんを食べたら、みんな元気になるわ」

「ぼくは病気じゃないもん」ライオネルはそう言うと、さらに「坊やなんて呼ばれたくないよ」と言い捨てた。

ライオネルの朝食にはオレンジ・ジュースとゆで卵を用意した。それを見るなり、彼は大嫌いだと言わんばかりの顔をした。

「ソーセージがいい」と彼は言った。

ソーセージはなかったので、ライオネルの希望通りにはならなかった。この調子では、他にどんなものを出してもこの子は食べないだろう。ペネロペはまた彼をほうっておくことにした。「時には無視したほうが、子どものためになる」彼女は育児書を思い出しながら呟《つぶや》いた。しかし、昼食の時間になり、ライオネルがまたソーセージが食べたいと要求すると、彼女の心はどうしようもない絶望感に苛《さいな》まれた。午前中ずっと、ライオネルは玄関のポーチに座り込んで、瞬《まばた》きひとつせずじっと前を見つめていた。ガルブレイス医師が旅行に出かけてから、ペネロペはグレン・セント・メアリーの炉辺荘を訪ねていたが、ブライス家の子どもたちは、こんなふうではなかったと感じずにはいられなかった。

昼食の時間が過ぎても、ライオネルはソーセージがないからと言って頑《かたく》なに何も食べようとせず、ポーチの段々に座り直した。

「あの子は食欲がないんだわ」ペネロペは心配そうに言った。「薬を飲ませたほうがいいのかしら？」

「薬なんかいりませんよ。あの子に必要なのは……大いに必要なのは……ぴしゃりと一発お尻《しり》を叩《たた》くことです」マルタは言った。彼女の顔からは、喜んでその役を引き受けましょうという表情が読み取れた。

早速こんなことになるなんて！　ライオネルが柳《ウィロウ・ラン》が丘に来てからまだ六時間しか

経《た》っていないのに、マルタはもう平手打ちだと言っている！ ペネロペは、気を取り直して誇らしげに顔をあげた。

「マルタ、このわたしが、気の毒なエラの息子のお尻をぶてると思って？」

「あなたができないのなら、代わりにわたしがやりますよ」マルタはいかにも楽しそうに言った。

「馬鹿《ばか》なこと言わないで！ あの子はひどく疲れているうえに、きっとホーム・シックにかかっているのよ。ここの環境に慣れてくれれば、食べなきゃならないものを食べるようになるわ。しばらくほうっておく主義を通しましょう、マルタ」

「あなたが叩きたくないのなら、ほうっておく以外ないわね」マルタはうなずいた。

「あの子は頑固よ……あの子の目をひと目見た時、すぐそう思ったわ。夕食用にソーセージを注文しておきましょうか？」

ペネロペは、ライオネルに降参する気はなかった。

「いいえ」彼女はそっけなく言った。「ソーセージは、子どものからだによくないんです」

「わたしは子どもの頃よく食べましたよ」マルタはぶっきらぼうに言った。「でも、少しもからだに障《さわ》りませんでした」

ライオネルは、汽車でよく眠れなかったらしく、そのままポーチの段々で死んだように眠りこんでしまい、ペネロペが慣れない手つきで抱き上げ、サンルームの長椅子《ながいす》に運んでも目を覚まさなかった。彼の頰はばら色で、いかにも子どもらしい寝顔だった。ギュッと結んでいた唇が薄く開いていたので、ペネロペはライオネルの前歯の一本が抜けているのに気がついた。結局のところ、この子はまだ小さな男の子なんだわ、と彼女はしみじみ思った。

「五ポンドほど標準体重より多いんじゃないかしら」彼女は心配になった。「しばらく何も食べなくてもどうっていうことないわ。わたしの期待していた子どもにはほど遠い……でも、いくら駄々をこねても可愛《かわい》いところはあるわ。エラは子どもの心理についてはまるで無知だったのよ。息子にどう接するのがいいのか、迷っていたに違いないわね」

夕食はおいしいロースト・チキンで、ライオネルには特別にホウレン草を添えて、デザートにはアイスクリームを出した。

「ソーセージがいい」ライオネルは言った。

ペネロペは絶望的な気分になった。構わずにほうっておいて……子どもがとった行動の結果を子ども自身に考えさせ学び取らせるのが、確かにいいにきまっている。でも、だからといって、子どもを飢え死にさせるわけにはいかない。死んでしまったら、学び取るも何も……時すでに遅しだ。

「それじゃあね……明日の朝食にはソーセージをあげましょう。今日はこのチキンを食べてみて、おいしいのよ、坊や」

「ソーセージがいい」ライオネルは言った。「それに、ぼくの名前は坊やじゃないよ。友達から今まで、トビはねバンプスって呼ばれてたんだ」

マルタは席をたち、大皿にソーセージを盛って運んできた。そして、挑戦的な目つきでペネロペをチラッと見て言った。

「念のため用意しておいたんですよ。わたしの従弟《いとこ》の奥さん、モーブレイ・ナローズのメアリ・ピーターズが作ってくれたの。上質の豚肉で作ったんですから安心ですよ。夜通し空きっ腹にさせておくわけにはいかないでしょう。病気になっちまいますよ」

ライオネルはソーセージに飛びつき、むしゃむしゃと一本残らず食べ尽くした。エンドウ豆には少しばかり手をつけたが、ホウレン草には、「いらねえ」と言って見向きもしなかった。

「ホウレン草を食べたら、五セント銅貨あげましょう」マルタのひと言に、ペネロペは驚愕《きょうがく》した。子どもに賄賂《わいろ》を渡して言うことを聞かせるとは！

「十セント銀貨をちょうだいよ」ライオネルは答えた。

彼は十セント銀貨をもらうと、ホウレン草をきれいにあとかたもなく平らげた。そして、完璧《かんぺき》に契約を果たし終え、どうだと言わんばかりだった。そしてご満悦でアイスクリームを食べた。しかし、ペネロペがコーヒーはあげませんと言うと、またふくれっ面《つら》に戻った。

「ぼくはいつもコーヒーを飲んでいたんだ」彼は言った。

「コーヒーは子どもにはよくないのよ、坊や」ペネロペは頑として譲らなかった。そのあとひとりで飲んだコーヒーは、何となく味気なかった。

「よほどの老いぼれだね。ぼくの名前は坊やじゃないって、さっき言ったばかりなのに、もう忘れちゃったんだ」とライオネルに言い返されたせいでもあった。

ライオネルが柳《ウィロウ・ラン》が丘にやって来てからの最初の二週間は、ペネロペにとっては決して忘れることのできない日々となった。卵と少しばかりのベーコンがあれば、ソーセージをくれとはだんだん言わなくなってきた。それに食欲のほうも十分人並みにあるように思えた。ホウレン草にしても、言い合いを避けたいばかりに、賄賂を渡さなくても食べるようになってきた。

食事の問題はこうして大体は解決したが、彼に楽しく過ごしてもらうにはどうしたらよいかという問題は未解決だった。この問題は一向に改善の兆《きざ》しが見えなかった。彼は近所の子どもたちとはどうしても友達になろうとせず、ポーチに座ってじっと外をながめたり、柳が丘《ウィロウ・ラン》の近くをぶらぶらと歩きまわってばかりいた。ある日、ペネロペが彼を炉辺荘に連れていくと、ジェム・ブライスとすぐに馬が合ったようで、ジエムのことを「ねえ、君」と呼びながら遊んでいた。しかし毎日炉辺荘に連れていくわけにもいかなかった。彼はリスには見向きもせず、ペネロペが裏庭にこしらえてあげたブランコにも関心を示さなかった。何も話そうともしないし、機械じかけのロバの人形や、電車の模型や、おもちゃの飛行機を買ってきても、全く遊ぼうともしなかった。ある日、一度だけ彼が小石を投げたことがあった。タイミングの悪いことに、ちょうどその時、英国国教会の司祭夫人のミセス・レイナーが門から入ってきた。小石は、夫人の鼻に危うく当たるかと思われるほど、すれすれのところを飛んで行った。「人に向かって石を投げてはいけません、坊……ライオネル」ペネロペは、そのいかめしい夫人が立ち去ると、惨《みじ》めな気持ちになって注意した。(「何々をしてはいけません」と言ってはいけないという自分の信念をすっかり忘れていた)

「あの人に投げたんじゃないもん」ライオネルはふくれっ面をして言い張った。「ただ投げただけだよ。たまたまあの人があそこにいたんだ。ぼくは何も悪くないもん」

ペネロペは毎晩、ポーチで寝ているライオネルの傍で――ほかの部屋ではどうしても寝ようとしなかったのだ――彼に〈暗示〉をかけてみた。マルタには、ペネロペがまじないでもかけているように思えた。ペネロペは、〈ライオネルは幸せでしょう〉とか、〈ソーセージやコーヒーを欲しいなんて言わないわね〉とか、〈ホウレン草を好きになるのよ〉とか〈みんながライオネルを愛しているわよ〉などと唱えて、このきかん坊を暗示にかけようとした。

「マルタおばさんはぼくを愛してないよ」ある晩、ぐっすり寝入っているものとばかり思っていたライオネルが突然、声をあげた。

「あの子は、わたしたちの愛情を煩《わずら》わしいとしか思わないんだわ」ペネロペは意気消沈して言った。「いくら好きなようにさせてあげようとしたって、あの子は何もしたくないんですもの。ドライヴはいやだと言うし、おもちゃで遊びたがらないし、屈託なく笑いもしないんですもの。そういえば、あの子ったら全然笑わないわね、マルタ。あなたも気づいています？」

「そうねえ。でも、笑わない子だっているんじゃないかしら」マルタは言った。「ああいう子を育てるには、男の人が必要だわ。女だけではとても手に負えないもの」

ペネロペは言い返す気になれなかった。しかし、しばらくすると、犬を飼ったらどうだろうかと提案してみた。彼女は子どもの頃から犬が大好きであったけれども、父親は嫌いであったし、マルタも苦手だった。それに今までのアパート暮らしでは犬を飼うわけにはいかなかった。ライオネルはきっと好きになるだろう。男の子には犬が必要だ。

「犬を飼ってあげましょう、坊……じゃなくてライオネル」

彼女は、ライオネルの顔がぱっと輝くものと期待していたが、彼はどんよりした黒い目で彼女をちらっと見ただけであった。

「犬？　誰が犬なんかほしいんだ？」彼は不機嫌そうに言った。

「男の子はみんな犬が好きだと思ったからよ」ペネロペは口ごもって言った。

「ぼくは嫌いさ。前に噛《か》まれたことがあるんだ。子猫のほうがよっぽどいいや」ライオネルは言った。「炉辺荘には子猫がいっぱいいるよ」

ペネロペもマルタも猫が好きではなかったが、ソーセージを別とすれば、ライオネルが自分から何かをほしがったのはこれが初めてだった。この子の希望をかなえてやらなければ、悪い結果になるかもしれない、とペネロペは考えた。

「子どもの素直な望みをくじくようなことをすれば、その子の心の内にマイナスの感情を植えつけかねない」という児童心理学の教えをペネロペは思い出した。

子猫はすぐに届けられた。ブライス夫人が炉辺荘にいた子猫のうちの一匹をわけてくれたのだ。ライオネルはその子猫をジョージと呼ぶことにしたと言った。

「でもね、坊……じゃなくてライオネル、その子は雌よ」ペネロペは口ごもりながら言った。「スーザン・ベーカーがそう言ってたわ。フラッフィーのほうがよかないこと？　毛並みがこんなにふわふわなんですもの。そうじゃなければ……トプシー……なんてどうかしら？」

「この子はジョージなの」ライオネルは言い張った。

ライオネルは、ジョージを抱きしめると、ペネロペが呆《あき》れたことには、寝床にまで連れていった。ところが子猫を手に入れてからも、彼は相変わらずうつろな表情で柳《ウィロウ・ラン》が丘を歩きまわり、少しも楽しんでいる様子ではなかった。ペネロペもマルタも、彼のだんまりには慣れてしまったが〈ライオネルは、もともと口数の少ない子どもだった〉、彼が不満そうにくすぶっているのには、ペネロペはどうしても慣れることができなかった。それは彼女には骨の髄までこたえることだった。〈暗示〉も何の効き目もなさそうだった。エラの息子は幸せそうではなかった。彼女は、思いつく限りのことを試してみた。ある時は喜ばそうとしてみたり、ある時はほったらかしたりして、手を替え品を替え、いろんなことをやってみた。

「学校に行くようになれば、きっとよくなるわ」ペネロペは、希望をこめてマルタに言った。「他の男の子たちとも遊んで、友達ができればね。炉辺荘に行った日は、別人のようでしたもの」

「ブライス先生夫妻には、育児の理論なんてないんですってさ」マルタは言った。

「いいえ、お持ちのはずよ。あそこの子どもたちはとてもお行儀がいいんですもの。学校が始まる前に近所の男の子たちをここへ呼ぼうかと思っていたんですけど、吹出物のできている子がいるんですよ。うつるものかどうかわからないけれど……ライオネルに近づけない方がいいと思うの。ああ、ロジャーが早く戻って来てくればいいのに……」

「町にはいくらでもお医者さんがいるじゃありませんか」マルタが言った。「子どもを一生真綿にくるんでおくわけにはいきませんよ。わたしはオールドミスかもしれませんけどね、それぐらいのことはわかります。何しろ学校が始まるまでに、まだ二ヶ月もあるんですよ」

マルタは事態を楽観的に捉《とら》えていた。ライオネルから醜い老婆《ろうば》呼ばわりされたけれども、彼女は彼のいいところも認めていた。

彼はいたずらはしなかったし、ほうっておいても人に失礼なことを言ったりはしなかった。時にはお小遣いをくれなければ夜のミルクを飲まないと言うので、マルタは「賄賂」をこっそり渡すこともあったが（実はマルタは、ペネロペが気づいているよりずっと頻繁にお小遣いを与えていた）、ライオネルはもらった金を大事に貯《た》めていた。

ある日彼は、ウィニペグまで行くのに汽車賃はいくらかかるかと、マルタに尋ね、教えてもらうとそれっきり昼食を食べようとしなくなった。その夜、彼はマルタに「もうミルクを飲むのはやめる」と宣言した。

「ぼくはもう赤ん坊じゃないからね」彼は言った。

「ペネロペおばさんが何と言うと思って？」マルタは驚いて言った。

「ぼくがそんなことを気にするとでも思う？」ライオネルは言った。

「気にしなければいけないわ。おばさんはあなたのことをいつもどれほど思ってくれていることか」マルタが言った。

ライオネルが膝《ひざ》にひどい怪我《けが》をして戻ってきた時、ペネロペはとうとうある結論を持つに至った。それは彼がその怪我のことで大騒ぎをしたからではなく、どうして怪我をしたのかと尋ねられた時、教会の尖塔《せんとう》が落ちてきたのだと答えたからだった。

「まあ、ライオネル、嘘《うそ》をおっしゃい」ペネロペは驚いて声をあげた。「そんなことは信じられませんよ」

「ぼくだって、本気で言ってるわけじゃないよ。ウォルター・ブライスのお母さんは、ウォルターが嘘を言うと、それは想像でしょうって言うんだって」

「でも、それとこれとは違いますよ。ウォルターはお母さんが本気にすると端《はな》から思っていないでしょう」

「ぼくだって思っていないよ」ライオネルは言った。「でも、ここではワクワクするようなことが何も起こらないんだもん。何か起こったことにでもしないと我慢ならないよ」

ペネロペはそれ以上言い合うのはあきらめた。傷の汚れを洗い流し、消毒してやった。消毒をしながら、彼女はその膝に接吻《せっぷん》したい衝動にかられた。なんとも可愛《かわい》らしいぽっちゃりした小麦色の膝だった。しかし、もしそんなことをすれば、彼はきっと軽蔑《けいべつ》の眼差《まなざ》しを自分に向けるだろう。ライオネルは人を小馬鹿《こばか》にした表情を浮かべることが時々あるのだ。

ペネロペは、黴菌《ばいきん》が入らないように包帯を巻こうと思ったが、ライオネルはどうしても嫌がった。

「ヒキガエルのつばをこすりつけておくよ」ライオネルは言った。

「どこでそんな言い方を覚えてきたの？」ペネロペは驚いて叫んだ。

「ジェム・ブライスが教えてくれた。でもお父さんには言わないんだって」ライオネルは言った。「あいつのお父さんも、おばさんやマルタおばさんみたいにくだらないことばかり言い聞かせるんだってさ」

〈ロジャーさえここにいてくれたら！〉ペネロペは、不本意にも、とっさにそのような思いに駆られた。

その日の午後、彼女はただひたすら、あれこれと思案して、夜、ライオネルとジョージがベッドに入ってしまうと、悩み抜いた結果をマルタに打ち明けた。

「マルタ、ライオネルに必要なのは仲間だという結論に達したの。仲よしの友達よ。男の子にはみんな仲間が必要なのよ。炉辺荘の男の子たちに会いに行くにはあまりに遠すぎるでしょう……実際のところ、ヒキガエルのつばがどうしたこうしたっていう話をジェムがライオネルにしたっていうのを聞きますとね……。ほら、まわりに大人しかいない子どもは劣等感を持つでしょ。それとも優越感だったかしら？」

「あなたは自分でもどうしていいのかわからなくなってしまったんじゃなくて？」マルタが言った。「ブライス夫人と話をしてみるといいわ。今、町に来ているそうよ」

「ブライス夫人は確かに大学出の学士でらっしゃいますけど、児童心理についての権威だなんていう噂《うわさ》は聞いたことがないわ」

「でも、あそこの子どもたちみたいに躾《しつけ》の行き届いた子どもはなかなかいませんよ」

「そうかしら。とにかく、ライオネルには仲間が必要だっていうのは確かですよ」

「まさか、もうひとり、男の子を養子にしようというんじゃないでしょうね！」マルタは、驚きの声をあげた。

「養子は取らないわ。まさか、そんなことをするわけはないわ、マルタ。ただ、夏の間だけここに滞在してもらってはどうかと思うの。学校が始まるまでね。昨日、エルウッド夫人が男の子の話をしていたの。確か……セオドア・ウェルズという名前だったかしら」

「ジム・ウェルズの甥《おい》ね！　またどういう風の吹きまわし、ペネロペ・クレイグ？母親は女優か何かだったんじゃなくて？」

「そうよ、サンドラ・ヴァルデッツよ。ジム・ウェルズの兄のシドニーと十年前にニューヨークかロンドンで結婚したのよ。ふたりはすぐに別れたから、シドニーがその子を連れて帰って来たそうよ。ところがシドニーはジムの農場で亡《な》くなってしまったのよ。ジムがそのあと面倒をみていたんだけど、彼が一ヶ月前に亡くなったでしょう。彼の奥さんは自分の子どもの世話だけで精一杯なんですって」

「聞いた話では、その子はジムの家では歓迎されていなかったらしいじゃないの」マルタが呟《つぶや》いた。

「ジムの奥さんは、サンドラ・ヴァルデッツの居所がわかるまでの間、その子を預かってくれる人を探しているんですって。マルタ、わたしには渡りに船のように思えるんだけど」

「その子の面倒は、当然、ジムの奥さんがみるのが筋でしょうに」マルタが言った。「マルタ……マルタったら……そんなこと言っちゃいけないわ。エルウッド夫人の話では、その子は可愛い子だそうよ……まるで天使みたいだって」

「エルウッド夫人は何とでも言うでしょうよ。ジム・ウェルズの奥さんの妹なんですからね。ペネロペ、その子がどんな子か知らないんでしょ。それにライオネルにどんな影響を与えるかだって」

「エルウッド夫人は、ウェルズの子どもたちはとても行儀よく育っていると言っていたわ」

「まあ、あの人がそんなことを言ったの？　もちろん、あそこの子どもたちは自分の甥や姪《めい》ですからね。彼女にはわかっているはず……」

「たとえその男の子がいたずらっ子であったとしても……」

「あら、あの人がそうと認めたのね？　もちろん子どもはいたずらなのがいいですよ。わたしはオールドミスですけど、それぐらいはわかります。あなたがよく引き合いに出すブライスさんの子どもたちは……」

「別にあそこの子どもたちを引き合いに出したりはしませんよ、マルタ。でも、ガルブレイス先生が……。ただね、ライオネルのことで一つだけ気がかりなことがあるの。あの子はあまりいたずらじゃないでしょう。実際のところ、全くいたずらじゃないと言った方がいいくらいよね。普通じゃないわ。もしセオドアが来たら……」

「セオドアが来たらですって！　ライオネルよりもっと始末に負えませんよ」

「ねえ、マルタ、お願いだから」ペネロペは懇願した。「わたしの考えは間違っていないでしょ」

「あなたに夫があれば、何人養子を迎えようと何も言いはしませんよ。でも、オールドミスがふたりで、男の子たちを育てるなんて……」

「もっともなご意見だとは思うわ、マルタ、でも、わたしみたいに児童心理を研究している者は、どんな母親よりも育児について知識があるのよ。もう決めましたからね」

「ああ、ロジャー先生が帰ってきてくれたらどんなに心強いか！」マルタはうめくようにひとりごちた。「先生が来てくださっても、あの子に大して影響力を及ぼすとは思っていませんけれど」

セオドアは、ライオネルがこうであったらいいのに……という雰囲気を持ち合わせている少年だった。ほっそりとしていて、繊細そうな顔だちで、髪は赤っぽい金色、灰色の瞳《ひとみ》は驚くほどキラキラと輝いていた。

「この子がセオドアよ」ペネロペはうれしそうに紹介した。

「よろしく」セオドアは可愛らしい笑顔であいさつした。ライオネルのようにぶっきらぼうではなかった。

「この子がライオネルよ」ペネロペは笑って言った。

「この子のことは聞いていたよ」セオドアは言った。「やあ、トビはねバンプス」

「やあ、赤毛のレッド」

「じゃあ、夕ごはんまでお庭で仲よく遊んでらっしゃい」ペネロペは微笑《ほほえ》みを絶やさずに言った。ふたりの対面は、思ったより順調にいったように思えた。

マルタはフンと鼻をならした。彼女はセオドア・ウェルズについて何か心にひっかかることでもある様子だった。

　数分後、血も凍るようなうなり声が裏庭から聞こえてきた。ペネロペとマルタが慌《あわ》てふためいて駆けつけると、ふたりの少年は砂利を敷いた小径《こみち》で取っ組みあいの大喧《おおげん》嘩《か》をしており、蹴《け》り合い、つかみ合い、怒鳴り合っていた。ペネロペとマルタは、やっとのことでふたりを引き離した。ふたりは顔じゅう泥だらけだった。セオドアの唇は切れており、ライオネルのほうは歯がもう一本抜け落ちていた。ジョージは楓《かえで》の木によじ登って、自分の尻尾《しっぽ》がまだちゃんとついているかどうか、心配そうに確かめていた。

「さあ、さあ、坊やたち」ペネロペは取り乱しながら叫んだ。「なんてひどい有様なの……喧嘩をしてはいけません……絶対にいけませんよ」

　ペネロペは、少なくともその時は、児童心理学の鉄則をすっかり忘れていた。

「こいつがジョージの尻尾を引っぱったんだ」ライオネルがどなった。「ぼくの猫の尻尾を引っぱるやつは許すもんか」

「あれがお前の猫だって、ぼくが知るわけないだろ?」レッドが言い返した。「お前が先に殴ったんじゃないか。ぼくの唇を見てよ、クレイグおばさん」

「血が出ているわね」ペネロペが震えながら言った。彼女は血を見るのが大嫌いだったので、気分が悪くなってきた。

「ちょっとしたひっかき傷ですよ」マルタは言った。「ワセリンを塗ってあげますね」

「その辺の地面に這《は》いつくばってキスすれば、お前の歯は見つかるさ」セオドアが野次った。

ライオネルは無言で折れた歯を必死に探していた。

〈少なくともこの子は泣き虫じゃないわ〉ペネロペはそう思うと少しほっとした気持ちになった。〈ふたりとも泣き虫じゃなくてよかったわ〉

マルタはライオネルを台所へ連れていった。歯が見つかったので、すすんでついてきた。ペネロペはセオドアを浴室に連れていき、いやがる彼の顔を無理やりに洗った。しかも、首やからだもひどく汚れているのに気がついたので、入浴するように言い渡した。

「ちえっ、ぼくはおばさんみたいにいつもきれいなのはいやなんだ」セオドアは風呂《ふろ》上がりの自分のからだを見ながら言った。「おばさんは毎日、からだを洗っているの?」

「もちろんよ、坊や」

「からだの隅々まで?」

「もちろんよ」

「一週間に一度だけ井戸で顔を洗えば……ごしごしね……それで充分じゃないの?」セオドアは言った。

「それから、ぼく、おばさんをママって呼んでもいい? おばさんはとってもいいにおいだもん」

「そうねえ……おばさんって呼んだ方がいいと思うわ」ペネロペは口ごもりながら言った。

「おばさんなら、これでもかっていうくらいいるもん」セオドアは不服を唱えた。

「でも、ママはいないもん。あのね、バンプスのあの歯は抜けそうだったんだよ。それに、猫の尻尾って引っぱるんじゃなかったら、いったい何のためについているのかなあ」

「だって、小さな動物を傷つけたくないでしょう? もしあなたが子猫だったら、尻尾を引っぱられたいと思って?」

「ぼくが子猫で、尻尾があれば~」セオドアは節をつけて歌うように言った。晴れ晴れとするような、澄んだ可愛い声だった。

ライオネルも歌は上手だった。夕食が済むと、ふたりは階段に座って一緒にいろいろな歌を歌っていた。子どもが歌うにはふさわしくない、とペネロペには思えるものもあったが、ライオネルがとうとう興味を持てることを見つけたのは、彼女にとって大きな慰めだった。自分は正しかった、と彼女は思った。ライオネルが切に求めていたのは友達だったのだ。

「あの子たちが、『ミツバチがいたとさ』の最後の一節をどう歌ったか聞いてました?」マルタが尋ねた。「『畑を越えてどこまでも』とは歌わずに……とんでもなく罰あたりな言葉に替えて……。レイナー夫人が聞いていたとしたら何と言ったでしょうね?」

レイナー夫人は聞いていなかったが、たまたまそこを通りかかったエンブリー夫人の耳には確かに届いていた。翌日には、近所じゅうが、ふたりの替え歌の話題で大騒ぎだった。ペネロペにわざわざ電話してきた者もいた。セオドア・ウェルズは、果たしてライオネルの友達として本当にふさわしいのだろうか?

マルタから替え歌事件の一部始終を聞かされると、ペネロペはすっかり途方に暮れてしまった。昼食前にはふたりが井戸端にいるのをマルタが見つけた。

「どうしたの?」マルタはライオネルの顔をしげしげと見ながら尋ねた。

「何でもないよ」ライオネルは言った。

ペネロペが家から飛び出してきた。

「いったい何事なの？」

「レッドのやつがビートの根っこを嚙《か》みながら、ぼくにつばを吐きかけたんだ」ライオネルは声を張り上げて言った。

「まあ、セオドア、セオドアったら！」

「おばさんは喧嘩をしてはいけないと言っただろ」セオドアは真っ赤に怒って叫んだ。

「だから、つばを吐きかけてやるしかなかったんだよ」

「でも、どうして？　どうしてつばなんかかけたの？」ペネロペはか細い声で尋ねた。

「こいつが……もしぼくらふたりのお父さんが生きていたら、こいつのお父さんがぼくのお父さんをこてんぱんに罵《のの》り倒していたに決まってらあって、言いやがった。ぼくの家族をけなすやつは、絶対に許さないんだ。いちばんむかつくことを言いやがったんだ。殴っちゃいけないんだったら、つばを吐きかけてやるしかないんだ。いっぱいかけてやった。ビートの根を嚙んでいたのはうっかり忘れてたよ」セオドアは悪びれもせず言ってのけた。

「とるべき行動は、ふたつのうちのひとつしかありませんよ、ペネロペ」マルタはライオネルの顔を洗い終えると言った。「セオドア小僧を叔母のもとへ返すんです……」

「そんなことはできないわ、マルタ。そんなことをすれば……そうよ……負けを認めたことになるわ。ロジャーにも笑われてしまう」〈どうやらロジャーの意見が気になりはじめているようね〉マルタは心の中でそれ見たことかと思った。

「それに、ライオネルは仲間ができてからの短い間にずいぶん変わってきたわ」ペネロペは言い張った。「あの子は確かにものごとに興味を持つようになってきているもの」

「それじゃ、思う存分喧嘩をさせたらいいわ」マルタは言った。「男の子は喧嘩をしたからって、どうっていうことはありませんよ。ああやって悪さをしながら、いろいろ覚えていくんですよ。ほら、見てごらんなさい。ガレージの後ろでもう仲よく土いじりをして、虫けらを探しているじゃないの。さっきまで、殴り合ったり、つばをかけ合ったりしていたなんて嘘《うそ》みたいね。炉辺荘の子どもたちはどうだなんて、聞きたくありませんよ。両親も違えば、育ちも違うんですからね。だから個性も違って当然、みんな、この世にたったひとりの存在なのよ」

「間違いなく、欲求不満が子どもには一番よくないのよ」ペネロペは、まるでずたずたのぼろきれを引きずるように、この期《ご》に及んでも理論の幻想にしがみつきながら、苦しまぎれに呟《つぶや》いた。

ライオネルとセオドアは、喧嘩もしたい放題、もはや何の欲求不満もなかった。その日、ふたりはもう一度大喧嘩をしたが、すぐに仲直りし、小川へ釣りに出かけた。まずまずの小ぶりなニジマスを糸につないで意気揚々と持って帰ってきたので、マルタは、ふたりのためにフライにして夕食のおかずに出した。ふたりが喧嘩をしたがる時は、させておいたほうがいいのかもしれない、とペネロペは心のうちで思い始めていた。それは、彼らの欲求不満の解消のために必要だと確信したからではなく、彼女にふたりの喧嘩を止めるだけの力がないのを思い知らされたからだった。ペネロペは児童心理学の専門家としては面目丸つぶれだったが、そう認めざるを得なかった。エルウッド夫人の考える「躾《しつけ》の行き届いた男の子」とは、いったいどういう子どもなのだろうか。あの夫人が本当にそんな子どもを育てあげられるなんて到底思えない……。ペネロペは不思議でならなかった。

その後の数週間、ペネロペはなかなか心おだやかではいられなかったが、ライオネルに関するもうひとつの問題が解決し、ほんの少し気が楽になった。彼はとても楽しんでいる様子だったのだ。早朝から露の降りる夕暮れまで、セオドアとふたりで、マルタの言葉を借りれば、「何かに夢中になっていた」。また、しょっちゅう喧嘩をしては、村じゅうに轟《とどろ》き渡るようなうなり声をあげていたので、ペネロペは、ふたりが鞭《むち》か何かで折檻《せっかん》されていると近所の人たちが思い違いをするのではないかとはらはらさせられるほどだった。しかしライオネルは「レッドが来る前は、喧嘩相手がいなくてひどく寂しかった」としおらしくペネロペに打ち明けた。

セオドアは、すぐ癇癪《かんしゃく》を起こす性質だったが、いったん怒りを爆発させてしまうと、あとは何ごともなかったかのようにあっけらかんとしていた。時折、マルタも彼のいいところを認めるようになってきた。そして、ついにはペネロペも、ふたりのいたずらは男の子としてはごく当たり前のことに過ぎない、と自らを納得させようとするまでになった。おそらくこのふたりの様子を知れば、誰でも、炉辺荘の男の子たちも同じようなことをしていると思ったことだろう。

洗濯室に蛇が持ち込まれていた時には、もちろん、気の毒なことにマルタは仰天して、目も当てられないほどの取り乱しようだった。

「こいつは気立てのいい蛇なんだよ」セオドアは抗議した。「絶対に噛みついたりしないよ」

人に危害を加えないガーター蛇ではあったが……蛇であることには変わりがなかった。

またある時、セオドアは、型の変形してしまった帽子は蒸気を当てれば元通りにきれいになる、と実に心に訴えかける話しぶりで、ものの見事にピーボディ夫人を黙らせてしまった。彼は自分は帽子の上にわざと座ったのではないと言い張った。……ペネロペはセオドアの言葉を信じたいと思ったけれども、疑わしく思っていた。ふたりの少年たちがピーボディ夫人をかねてからひどく嫌っていたのを知っていたからだ。確かにピーボディ夫人は手におえない気難し屋だった。それにしても彼女は何故《なぜ》、庭の椅子《いす》の上に大事な帽子を置きっぱなしにしていたのだろうか？　ピーボディ夫人は、パリで買ってきたと言っていたが、果たして本当かどうか。というのも、数日前のシャーロットタウンのお茶会で、ブライス夫人が、シャーロットタウンの帽子屋で買ったというずっとしゃれた帽子をかぶっていたのをペネロペは見ていた。

ほかにも悪さをあげたら切りがない。ライオネルがパン屋の伜《せがれ》に放水用のホースを向けたのはいけなかったし、ふたりが枕《まくら》を投げ合い喧嘩したせいで、居間が見るも無残な光景になってしまった。そういうときに限って、レイナー夫人がやって来るのだが、その日も、枕が破けて中身が散乱しているところへ、主教とその家族を連れて訪れた。しかしその惨状を目にした主教一家の反応は実に寛容だった。主教は自分が子どもの時にしでかしたもっとひどいいたずらのことを話してくれた。それに対し、主教夫人が、主教が父親から受けた鞭打ちの罰についてすかさずほのめかしたが、主教は、時代が変わったのだから、今の時代は子どもの扱い方も変わらねばならない、と応《こた》えた。一方、レイナー夫人の顔には、自分に対する嫌がらせにわざわざこんなことを計画していたに違いない、と言わんばかりの当惑の表情がありありと浮かんでいた。

ある晩、ペネロペとマルタは、ふたりの子どもがいなくなったと大騒ぎをしたことがあった。大人たちの反応を見て、どうしてこのふたりの少年たちは皆から非難ばかりされなくてはならないのか、理不尽に感じずにいられなかった。ペネロペが初めにベランダの寝椅子を確かめてみなかったのが、そもそも失敗だったのだが、ふたりは夕食を済ませると、誰にもお休みを言わずにぐっすり安らかに、ジョージを間に挟んで寝息を立てていただけだったのだ。それに気づかなかったために、避暑に来ている近所の人たちも総出で探し、シャーロットタウンの警察に連絡したほうがいいのではないかという話にまでなった。ペネロペは、生まれて初めてヒステリー状態に陥りそうだった。夕方、怪しい男がふたりの少年を連れて自動車に乗っていたのを見た、との情報もあったからだった。念のため、家のベランダの寝椅子を確かめてみればという誰かの助言で、見に行ってくれた人があり、寝ているふたりを発見したという知らせがペネロペのもとへ届いた。ふたりの子どもたちは寝入ってしまっただけだったのに、「あのいたずら小僧たちのしそうなことだ」と言って皆が口々に非難した。それにはマルタも憤慨した。炉辺荘のジェム・ブライスもいつか同じようなことをしたけれども、誰もジェムにお仕置きが必要だとは思わなかったではないか、とマルタは不満をもらした。スーザン・ベーカーから以前聞いた話だったが、ジェム坊やが罰を受けずに済んでよかった、と手放しで喜んでいたそうだ。

しかし、セオドアが新しいダイニング・テーブルに自分のイニシャルを彫った時には、マルタは罰を与えないわけにはいかなかった。ペネロペが児童福祉協会の会合に出かけていたある午後の出来事だったが、彼女が帰って来ないうちに、マルタが平手打ちを食わせると、セオドアはいかにも馬鹿《ばか》にしたように言った。「ちっとも痛くないや。叩き方を知らないんだね。エラおばさんから習ってきた方がいいんじゃないの！」

〈こういう時、本当に男の人がいてくれたらどんなに助かるかしら〉マルタは苦々しく思った。

ペネロペも、美しいテーブルのひどいありさまを見た時、マルタと同じような気持ちになった。

そして、決して忘れもしない、フリーマン夫人を訪ねた日のことだった。セオドアが、フリーマン夫人の犬とアンスティ夫人の犬が喧嘩《けんか》するように仕掛け、そのせいで、失神したアンスティ夫人が病院に担《かつ》ぎ込まれた、と聞かされたのだ。彼女の愛犬は耳がところどころ嚙みちぎられていた。さらに、セオドアとライオネルはボビー・グリーン坊やを身包《みぐる》みはがして、まっ裸のまま、たったひとりで家に歩いて帰らせたのだという。

「まっ裸ですよ」フリーマン夫人は恐ろしさのあまり声を震わせた。

「まあ、夏となると、今の時代、子どもたちは薄着ですからね」困り果てたペネロペは言葉を詰まらせながら言った。

「だからと言って、素っ裸でいる子どもはいませんよ」フリーマン夫人は言い返した。

「夕方、海岸の裏手の洞穴《ほらあな》ではあり得るかもしれませんがね。あそこは人の目がありませんから。それで、セオドアを叱《しか》りつけたら、ライオネルとつるんでこちらに向かってあっかんべえをしてきたんですよ」

「あっかんべえ」とはいったいどんなものか、ペネロペには想像がつかなかったが、あえて聞こうともしなかった。

〈わたし、家に帰りつくまで、泣き出さずにいられるかしら〉ペネロペは思った。

ところが、帰宅すると、教会の近くに住むバンクス夫人からちょうど電話がかかってきたところだった。セオドアとライオネルがデイヴィッド・アーチボルド坊やの墓石のてっぺんから白い大理石の羊を取り外して遊んでいた、という知らせだった。年月が経《た》ちセメントがもろくなっていたのだが、今までに手を触れた者などひとりもいなかった。

ペネロペは、至急家に戻ってくるようにと、マルタに少年たちを呼びに行かせ、羊を墓に戻してくるように命じた。しかし運悪くふたりは羊を川に落としてしまっていた。ペネロペはトム・マーティン爺《じい》さんに頼んで川底を探してもらい、三日目にやっと見つかり吊《つ》り上げてもらった。すると、羊の耳が欠けてしまっていて、もう復元できる見込みはなかった。デイヴィッド坊やが亡《な》くなってから四十年も経ってはいたが、この騒動でアーチボルド夫人はショックで寝込んでしまい、ふたりの医師が付きっ切りで介抱した。

このくらいの訴えはまだ序の口だった。そのうちに、方々から苦情の電話がかかってくるようになり、ペネロペは気がおかしくなりそうだった。ペネロペは、世話をしているふたりの小悪魔について苦情を聞かされると、児童心理学の専門家としての威厳はどこへやら、恐縮して身も心もしぼんでしまった。それをいいことに、人々は電話でまくし立てるだけまくし立て、言い終わるとガチャンと受話器を置くのだった。

「クレイグさん、お宅のお子さんたちをよくよく見張っててくださいよ。象にモリを打つごっこ遊びだとか言って、うちの牛にモリを打ちこんだんですよ！」

「クレイグさん、お宅のお子さんたちは、ダウリングさんの植林地に穴を掘ってスカンクを捕まえていましたよ」

「クレイグさん、お宅の息子のひとりが私にひどく無礼な口をききましたよ。花壇から出るように注意したら、私に向かって『フクロウばばあ』って叫んだのよ」

「クレイグさん、申しわけございませんが、うちの子どもたちは、あなたの息子さんたちとは金輪際、遊ばせるわけにはいきませんわ。言葉遣いがひどく汚いんですもの。どちらかが『穴《ケツ》を蹴《け》るぞ』と言って、ロビナを脅したんですって」

「だって、ペネロペおばさん、ロビナのやつ、ぼくのことを、おばさんが溝から拾ってきた浮浪児だって言うんだよ」その晩、セオドアは言い訳をした。「ぼくはあいつのお尻《しり》なんか蹴ってないよ。黙れ、さもなければ蹴ってやるって言っただけだ」

「クレイグさん、お宅の男の子たちがカーソン家のあの古い果樹園で青いリンゴをむしゃむしゃ食べていたのをご存じないのでは？　あそこはもう何も手入れしていない果樹園ですけれどね」

その話を聞いた夜、ペネロペは、夜が白々と明けるまでまんじりともしないで、少年たちのそばに付き添っていた。彼女としては、マルタが望んでいるように、ロジャーに来てもらうのだけはどうしても嫌だと思った。

「ぐっすり眠るってどういう感じだったかしらね……すこやかな眠りなんて、忘れてしまったわ」彼女は呟《つぶや》いた。

最近、めっきり愚痴っぽくなっているのではないかしら。ペネロペは身震いした。彼女がいつも大事にしていた平穏と静寂は、永久に失われてしまった。彼女が子どもたちのことで心を煩《わずら》わされないでいられるのは、ふたりが眠っている時か、夕暮れの果樹園で仲よく歌を歌っている時ぐらいだった。ふたりの歌声は、まさに天使のようだった。どうして世間の人たちはこのふたりに、ああもつらくあたるのだろうか？　マルタの聞いてきた話では、炉辺荘の息子たちが、よその子を柱にしばり、火をつけたらしい。それでも、炉辺荘の家族は模範的だ、と誰も彼もがいうのはどうしてなのだろう。

〈わたしが児童心理学の専門家だから、うちの子どもたちは多くのことを期待されてしまうのかもしれない〉彼女は弱気になって考えた。〈そうね、だからうちの子たちは完璧《かんぺき》さを求められるのね〉

ある時、突然、しかもごく自然に、ライオネルがペネロペに微笑《ほほえ》みかけてきたことがあった……二本の前歯が抜けているのが唇の間から垣間見《かいまみ》えて、なんとも可愛《かわい》らしい、控えめな笑顔だった。笑うとまるで人が変わったようにこんなにも明るい顔になるのだ。ペネロペも無意識のうちに微笑み返していた。

「学校が始まるまでにあと二週間しかないわ」ペネロペはマルタに言った。「その頃には、きっとずっとよくなるわ」

「かえって悪くなるかもしれませんよ」マルタはつっけんどんに言った。「女の先生が受け持ちでしょうからね。あの子たちには男の人が必要なのよ」

「ブライスさんの家にはお父さんがいますけど、噂《うわさ》によると……」

「あなたは人の噂話というのはほとんど信じる値打ちはない、と言っていたじゃありませんか」マルタは言い返した。「それに、あなたの子どもたちには、みんなが期待を寄せているのよ。あなたは長年、育児の仕方を教えてきたんですもの。ブライス夫人は自分の家族のことだけ考えていればいいんですから」

「ブライス夫人のことは、今後一切、言わないでいただきたいわ」ペネロペは突然、激しい口調で言った。「あそこの子どもたちが他の家の子どもたちより優れているなんて、わたしは少しも思っていないんですからね」

「別にブライス夫人が子どもの自慢話をしているなんて聞いたことはありませんよ」マルタは言った。「スーザン・ベーカーですよ、吹聴《ふいちょう》しているのは」

「家庭の方は順調にいっていますかね？」ガルブレイス医師は、休暇が終わって最初に訪れた時、からかうようにペネロペに尋ねた。

「ええ、もちろんうまくいっていますとも」ペネロペは胸を張って答えた。〈順調に違いないわ〉彼女は心の中で呟いた。〈決して嘘《うそ》じゃない。ふたりとも見るからに健康で幸せそうで、何の問題もない普通の男の子たちよ。それに、ふたりのことが気がかりでわたしが夜眠れないでいるとか、わたしの理論がなし崩しになっているとか、電話のベルが鳴るたびに戦々恐々としているとか、ガルブレイス先生に心配されても余計なお世話だわ〉

「君の顔つきからは、とてもうまくいっているようには思えないなあ、ペニー」ガルブレイス医師は、声にも表情にも心配そうな色をこめて言った。「痩《や》せたみたいだし……目にも疲れが出ているじゃないか」

「暑さのせいよ」ペネロペは自分が本当のことを言っていない後ろめたさで、肩が震えた。「今年の夏は尋常じゃないほど暑いでしょう」

それは本当だった。

確かに自分はひどく疲れている。ガルブレイス医師に指摘されて、ペネロペはそのことにはじめて気がついた。それに、この前ブライス夫人に会った時……。ペネロペは最近、ことあるごとにブライス夫人のことが気に障《さわ》って頭から離れなかった。ブライス夫人は、この避暑地に友達が大勢いると見える。グレン・セント・メアリーとこの町の間を行き来するのは車のおかげで大変便利になったせいもあるが、それにしても彼女はしょっちゅう現れる。六人も子どもがいるというのに。ペネロペは自分で認めたくはなかったが、実はブライス夫人を嫌いになりかけていた。ペネロペ・クレイグはそれまで誰も憎んだことなどなかったのに。ブライス夫人が何か気に障ることでもしたというのだろうか？　いや、何もしていない。彼女には誰もが賞賛する家族がある、というだけではないか。ペネロペは、自分が誰かに嫉妬《しっと》するなんて夢にも思わなかった。このわたしが、ペネロペ・クレイグともあろう者が嫉妬するなんて。しかし、事実か作り話か、ブライス家の様々な噂が彼女の耳に入ってきた。

ともかく、秋と冬の間は講演の予定を組まないようにしよう、とペネロペは心に決めた。ブライス夫人がカナダじゅうを講演して歩いたなんていう話は聞いたことがない。またあの人のことが気になってきた！　面倒をみてあげなければならない男の子がふたりもいるというのに、よその夫人たちのために育児の仕方をあちこちで説いてまわるなんて、とてもじゃないけど無理だ。ブライス夫人みたいにいつも家にいて、家事に専念しなくては。

〈あの奥さんのことが、頭に取りついて離れない〉ペネロペは絶望的な気持ちで呟いた。〈もうあの人のことを考えるのはやめなくちゃ。あそこの子どもたちは、うちより恵まれているんですもの。ロジャーとブライス先生とあんなに仲がよくなければよかったのに。男の人って自分の子をほめたがるものなのよね。男ってみんなそうなのよ。でも、セオドアやライオネルは、人を柱に縛って火をつけるなんてひどいことはしたことがないわ。ブライス夫人だって、どこからかもらわれてきた孤児じゃないの。マルタったら、スーザン・ベーカーから聞いてきた話をいつも口にするんだから。いったいスーザンがどれほどの者だって言うのよ。炉辺荘の家族が完璧《かんぺき》な家族であったにしたってどうってことないわ。ブライス夫人だって、わたしの講演をどこかで聞いているに違いない〉

そう思うとペネロペは気が軽くなり、このままでは頭がおかしくなってしまうのではないかという恐怖もどこかに消え去った。それに何よりも安心なことにロジャーが戻って来た。ペネロペは認めたくはなかったけれども、ロジャーの存在が心強かった。

「大変だよ、ペネロペおばさん！」ライオネルが大声で叫んだ。彼はセオドアが来てからというもの、いつしかごく自然に「おばさん」と呼びかけてくれるようになっていたのだ。「レッドがガレージの屋根から飛び降りて、石の上で倒れているんだ。死んじゃったみたいだよ。レッドのやつ、死んだネズミを買えって言いやがったんだ。ジョージに食べさせろって。そうじゃなきゃ飛び降りるって。ジョージは死んだネズミなんか食べないんだもん。ぼくがいやだと言ったら、飛び降りちゃったんだよ。お葬式にはお金がたくさんかかるかな？」

おそらく、ライオネルがこんなに長く話したのは生まれて初めてのことだった……少なくとも大人に向かっては。

ライオネルの話が終わらぬうちに、ペネロペとマルタは、血相を変えて庭を横切り、ガレージへと駆けていった。

セオドアは、無残にも、硬そうな石の上にうつ伏せになり、小さくうずくまるように倒れていた。

「からだじゅうの骨がばらばらに折れているわ」マルタがうめくように言った。

「ロジャーに電話して、早く、マルタ、急いで！」ペネロペは両手をもみ絞りながら叫んだ。

マルタは一目散に駆け出した。彼女の姿が家の中に消えると、明るい金髪に輝くように白い肌、真っ赤な唇の、花模様のシフォンのドレスに身を包んだ女性が、軽やかな足どりで庭の向こうからやって来た。その女性は、ペネロペが驚きのあまりセオドアに手も触れずに立ちすくんでいる所までやって来ると、立ち止まった。

「クレイグさん……ですわね？　私……サンドラ・ヴァルデッツと申します。迎えに来たのですが……まあ！　私の息子ですか？　これが！」

耳をつんざくような悲鳴をあげて、この訪問客は、見るも無残な姿で力なく横たわるセオドアの傍らに土ぼこりをあげて倒れこんだ。

ペネロペは彼女の腕をつかんだ。

「触ってはいけません。ぜったい触らないでください。傷に障るかもしれません。お医者さまがすぐに来てくださいますから」

「可愛い息子にやっと会えたというのに。こんな姿だなんて！」真っ赤な唇の婦人は泣き叫んだ。息子の哀れな姿を目の前にしているというのに、唇も顔も、少しも青くなってはいなかった。「たったひとりの息子なのよ！　いったい全体、この子に何をなさったんですか、クレイグさん？　この子にいったい何を！　答えてください！」

「何も……何もしていませんわ。この子が自分で飛び降りたんですよ」

ああ、こんな恐ろしい人生ってあるだろうか！　もしロジャーが来てくれなかったらどうしたらいいの？　もしどこかへ往診に行っていたとしたらどうしよう！　もちろん医者はほかにもいるけれども、ペネロペが信頼できる者はほかにはいなかった。ロジャーでなくてはだめなのだ。

「レッドがつま先を動かせるかどうか見てみたら」ライオネルが言った。「もし動かせるようだったら、背骨は折れていないはずだよ。レッドにつま先を動かしてごらんって言ってみたら、ペネロペおばさん」

「ああ、私の息子……坊や……可愛い坊や！」ヴァルデッツ夫人は、意識のない我が子に覆《おお》いかぶさるようにして、からだを前後に揺らしながら嘆いた。「坊やを他人の世話にまかせるべきではなかったわ。ずっと一緒にいればよかった……」

「いったい何の騒ぎですか？」

ガルブレイス医師は、マルタが血まなこで彼を探している最中に、たまたまひょっこり立ち寄った。グレン・セント・メアリーのブライス医師も一緒だったが、そんなことはペネロペにはどうでもよかった。ふたりは往診に行く途中だった。ペネロペは、ロジャーの胸に飛び込みたい衝動にかられた。

「おお、ロジャー……セオドアが、屋根から飛び降りたの。死んでしまったみたいよ……それにこの方が……ねえお願い、早く何とかしてちょうだい」

「死んでいるんなら、どうしようもないな」ガルブレイス医師は訝《いぶか》しげに言った。こんな事態だというのに彼は冷静そのものだった。

「この子は死んでしまったの？」サンドラ・ヴァルデッツは芝居がかった調子で言うと、あたかも悲劇の主人公のように、すっくと立ち上がり、ガルブレイス医師に食ってかかった。

「そんなことはないでしょう」ガルブレイス医師は相変わらず冷静だった。ブライス医師は笑いを噛《か》み殺しているように見えた。

ガルブレイス医師はじっとして、セオドアの脈をとった。彼はむっつりとした表情で唇をきゅっと結び、顔色ひとつ変えずセオドアのからだを仰向けにひっくり返した。

セオドアの青い目がぱっと見開いた。

「ああ、坊や！」ヴァルデッツ夫人はささやいた。「さあ、生きていると言ってちょうだい。さあ、言ってちょうだい！」

医師が無造作にセオドアの肩をつかみ、彼をぐいと引っぱり上げて立たせると、彼女は悲鳴をあげた。

「なんて乱暴な人なの！　まあ、なんてひどいことをなさるんでしょう！　クレイグさん、あなたはどういうおつもりでこんなお医者を呼んだのですか？　シャーロットタウンには、もっとまともなお医者がほかにもいるでしょう？」

「ガルブレイス先生はこの島で最も素晴らしいお医者さまのひとりですよ」マルタが怒りをあらわにした。

「これはどういうことなのかね?」ガルブレイス医師は、セオドアを見透かすように言った。ブライス医師は、こらえきれずに笑い出した。

「ぼくはみんなをびっくりさせようと思っただけなんだよ」セオドアにしては珍しくしおらしい口のきき方だった。「あのね……本当は屋根から飛び降りなかったんだ。バンプスを驚かしてやろうと思って、飛ぶぞって言っただけなんだよ。あいつが家のほうに走って行くのを見て、急いで降りてきて、ここで大声をあげて、ばったり倒れたんだ。それだけさ。本当だよ」

ガルブレイス医師はペネロペの方に向き直った。

「この若僧くんがすぐにまた忘れないように、少々懲《こ》らしめてやらねばならないだろうね。それから、君は三週間以内にぼくと結婚するんだよ。これは君にお伺いを立てているんじゃないよ、ぼくからの命令だからね。できない言い訳はもう聞きませんよ。誰かが手を貸さなければならない、潮時だよ。児童心理学も結構だよ。でも、君はぼくのいない間に、十五ポンドも痩せてしまったじゃないか……もうこれ以上我慢できないよ」

「おめでとう！」あの憎きブライス医師が言った。

「レッドに手を出すなよ！」ライオネルが叫んだ。「おじさんには関係ないじゃないか。ぼくたちの面倒をみてくれてるのは、ペネロペおばさんなんだよ。もしレッドに手を出したら、嚙みついてやるぞ……それに……」

ブライス先生は、ライオネルの首筋をつかむと、門柱の上に立たせた。「君はこうしていた方がよさそうだね、坊や。ガルブレイス先生が降りて来てよろしいと言うまで、そこにいなさい」

数分たつと、納屋《なや》の中からわめき声が聞こえてきた。マルタにどんなに叱《しか》られてもどこ吹く風だったセオドアも、さすがにガルブレイス医師のお仕置きには、そうはいかなかった。

「あの人は息子を殺すつもりだわ」サンドラ・ヴァルデッツは息づかい荒く、また金切り声をあげた。

「いいや、心配ご無用。命には別状ありませんよ」ブライス医師は笑いながら言った。取り巻く大人たちの中から、サンドラ・ヴァルデッツの前に進み出たのはペネロペであった。

「邪魔をしてはいけませんよ。セオドアは当然の懲らしめを受けているんです。何発かたたかれても仕方がありません。わたしはどうしようもない、愚か者でした……ええ、ブライス先生、あなたに笑われるのも当然ですわ」

「あなたを笑ったんじゃありませんよ、クレイグさん」ブライス医師はすまなそうに言った。「セオドアのうった猿芝居を思い出して笑ったんです。門に入ったとたんに、これは狂言だとわかりましたからね。ガルブレイス先生もそうですよ」

「お仕置きが済んだら、どうぞあの子をお連れになってください、ヴァルデッツさん」ペネロペは言った。「わたしにはバンプスひとりで手いっぱいです……それに……」

ヴァルデッツ夫人は、突然、おだやかで……気取りっ気のない態度に変わった。

「私は……実は……私はあの子を引き取りに来たのではありませんの。私の仕事は、子どもがいたらとてもやっていかれないんです。お察しいただけますわね、クレイグさん。私がここへ参りましたのは、あの子が温かな家庭でちゃんとお世話していただけているかどうかを確かめたいと思ったからですのよ」

「ええ、あの子には家庭もあるし、躾《しつけ》だってちゃんと……」

「それに母親も……愛してくれるお母さんだっていますわね」

「これからはね、そうなるでしょうね。それから……」ペネロペは続けた。「お父さんもできますわ。さあ、どうぞお笑いください、ブライス先生。あなたのお子さんたちは皆さん、非の打ちどころがないでしょうから」

「非の打ちどころがないなんて、とんでもない。ほど遠いですよ」ブライス医師は笑うのを止《や》めて言った。「実を申せば……うちの子たちは……特に男の子たちは、ライオネルやセオドアと似たようなことをしょっちゅうしでかしていますよ。でも、うちには彼らの行いを正してやる大人が三人いますからね、それで何とか秩序を保っているのです。お仕置きしなければならない時には、ぼくらはスーザン・ベーカーがどこかへ出かけるまで待つんですよ。それから……こんなことを言ってしまっていいのかなあ？　ぼくは本当にうれしく思っているんですよ。あなたがとうとう、ガルブレイス先生との結婚を決意なさったことを」

「わたしが決心したと、誰から聞きました？」ペネロペは顔を赤くした。

「ガルブレイスさんが言っていたではないですか。それにあなたがヴァルデッツさんに、セオドアに触らないで、と言った時、ぼくは、あなたは心に決めているんだと確信しましたよ。われわれ医者というものは、なかなか老獪《ろうかい》な生き物でしてね。あなたが児童心理の研究一筋にうちこんでらっしゃるのが悪いと言っているわけではありませんよ、クレイグさん。確かに学問から学ぶべきことは沢山あります。うちの家内だって、その関係の本を本箱いっぱい並べていますよ。それにしても、長い年月学問にばかりこだわっているのも……たまには……」

「違う手も必要っていうことですね」ペネロペは素直に認めた。「わたしは本当に愚かでしたわ、ブライス先生。今度、町にいらした時には、奥様もご一緒に柳が丘《ウィロウ・ラン》にぜひお立ち寄りくださいね。先生の奥様ともっとお近づきになりたいと思っていますのよ」

「ぼくはいつも仕事で町に来るので、お約束はできませんがね、でも、家内はきっと喜びますよ。エルストン夫人のパーティーであなたにお会いしてから、すっかりあなたのファンになっていますから」

「本当ですの?」ペネロペは、どうしてこんなにもうれしいのか、自分でも不思議だった。「わたしたち、どこか通じ合うところがあるのかもしれませんわ」

　ガレージの物音がやんだ。

「ガルブレイス先生は、これからもぼくたちをよくぶつのかな?」ライオネルは気になるらしかった。

「そんなことはないと思うよ」ブライス医師が言った。「君たちの方だって、先生に鞭《むち》で打たれるのはいやだろう?　それにペネロペおばさんだってそんなことは許さないだろうからね」

「ガルブレイス先生がいったんこうと決めても、おばさんならやめさせられるみたいな言い方だね」ライオネルは言った。「ブライス先生の奥さんだって、先生を止めたりできないでしょ？」

「おお、うちの奥さんができないだって？　君には結婚生活というものがどういうものかよくわかっていないんだね。そのうちにわかる時が来るさ、坊や。結婚生活にはいろんなことがあるけれど、いいもんだよ。君はきっとガルブレイス先生をおじさんとして大好きになるよ」

「うん、ぼくは先生のことが好きだよ。ペネロペおばさんは、もっと前にあの先生と結婚してたらよかったのにね」

「どうしてあの人がわたしと結婚したがっているってわかったの？」ペネロペは大きな声で尋ねた。

「レッドが言ってたよ。それに、みんなが知っていることだもん。家に男の人がいるのっていいなあ。そうしたら、きっとマルタおばさんはぼくらにおせっかい焼かなくなるよ」

「まあ、ライオネルったら、マルタおばさんのことをそんなふうに言ってはいけません」

「あの先生なら、ぼくのことをライオネルなんてぜったい呼ばないよ」ライオネルは言った。

「どうしてライオネルって呼ばれるのがいやなの？」ペネロペは不思議そうに尋ねた。

「だって弱虫女みたいな名前なんだもん」ライオネルは答えた。

「あなたの大切なお母さまがつけてくれた名前よ」ペネロペは責めるように言った。

「確かに、あなたのお母さまは、少しばかり夢みがちなところがおありだったけれどね」

「ぼくのお母さんを悪く言ったら承知しないからね」ライオネルがふくれて言った。

ペネロペは、なぜかはわからなかったけれども、これを聞いてとてもうれしい気持ちになった。レッドとガルブレイス医師は、仲のよい友達のように目を合わせながら戻って来た。どうやら、ロジャーのお仕置きは、そんなに厳しくはなかったらしい。ロジャーは子どもに手荒いまねのできる人ではない。そういえば、ブライス夫人も育児の専門書を読んで勉強しているのだそうだ。やはりこの世はそんなに悪いところではなかったのだ。赤毛のレッドとトビはねバンプスにしても、ほかの子どもたちよりいい悪いというわけではない。ふたりの息子たちは、炉辺荘の息子たちと同じくらいいい子たちだ。ペネロペは胸を張りたくなった。あそこの子どもたちには父親がいるという点では、うちより恵まれてはいる。

でも、レッドとバンプスにだって……もうすぐ……。

作品によせて

エリザベス・ロリンズ・エパリー

L・M・モンゴメリ（一八七四―一九四二年）の作品は、これまでに二十篇の小説、数多くの短編小説と詩、日記、書簡、スクラップブックなどが世に出され、多くの熱狂的な読者を得てきたが、この『アンの想い出の日々』（原題〝*The Blythes are Quoted*〟）完全版の出版は、そうした人たちに、かなり強い衝撃を与えるものに違いない。棘《とげ》がたくさんあり複雑でわかりにくい内容ではあるが、私はモンゴメリの並外れた筆力に引きつけられ、その隅々にまで魅力を感じている。

本書は、世界に名高い『赤毛のアン』の著者が、一九四二年四月二十四日の早すぎる死の直前に完成させ、まさにこの体裁で出版しようとして残した最後の作品集である。今までに完全な形での出版は一度もされてこなかった。何故《なぜ》なのか？　出版にまつわる経緯は謎《なぞ》に包まれている。この度完全版がようやく世に出ることとなったが、この出版は、様々な観点から見て大変意義あることだと言える。

現在まで、本作品の完全原稿については、どこか秘密めいたものとされ、多くの謎に満ちていた。タイプ打ちした原稿は、モンゴメリの死の当日、彼女の契約していた出版社に届けられた――誰が届けたのかは不明とされている。モンゴメリが、その届けられた形での出版を望んでいたのは確かなことである。作家本人の直筆で修正が施されていたのだから。この作品集についてはグローブ・アンド・メール紙に掲載された彼女の死亡記事にも触れられている（詳細は下巻収録の編者ベンジャミン・ルフェーブル氏によるあとがきを参照）。しかし、彼女の死後何年も、日の目を見ることはなかった。アンの物語は、時系列では第一次世界大戦が終結したところで終わっていたが、この完全版の骨格を辿《たど》ると、モンゴメリは、さらにその二十年先の時代にまでアン・シャーリー・ブライスと家族たちを運んでいる。出版社側としては、当時、今を生きるアンの物語を出版することは喜ばしいことではなかったのだろうか？　ところが、世に出されたのは一九七四年になってのことであった。しかも別の出版社によって、タイトルは変更され、中身もすっかり作り直されたものであった。いちばん長い短編小説「フィールド家の幽霊」（〝*Some Fools and a Saint*〟）は欠落、詩は四十一篇のうちの一篇を除いてすべて外され、詩や短編の間に差し挟まれた、アンの家族の語らいの部分もすべて省かれてしまった。まるでモンゴメリの意図がそうであったかのようにまったく別の短編集に掏《す》り替えられてしまったのだ。一九四二年当時の編集者も、一九七四年当時の編集者も明らかにこの作品集をどう扱えばよいのか、途方に暮れてしまった。完全な形での出版を阻《はば》んだのはいったい何だったのか……。まさにそこが今日の読者にとって興味をそそられる点であろう。

完全版は内容的に過激すぎるとして、出版が差し止めになったのであろうか。モンゴメリの亡《な》くなった頃、世界中に戦火が広まりつつあった。一九四一年十二月の真珠湾攻撃のあと、アメリカが連合国側に加わり、一九四二年の春までには全世界が戦争に巻き込まれ、多くの尊い命が失われていた。それはまさに第一次世界大戦を経験したモンゴメリが、憂慮した事態であった。彼女は『アンの娘リラ』（一九二一）において、第一次世界大戦を「偉大なる戦争」（The Great War）として、熱き愛国心を込めて描いた。戦時中に執筆した『アンの夢の家』（一九一七）と『虹の谷のアン』（一九一九）では、家庭の神聖な美しさに戦争が忍び寄り危険にさらされている様子を描くことで、銃後の人々と塹壕《ざんごう》にいる兵士たちを奮い立たせようとした。しかし本作品では戦争を賛美してはいない。詩や差し挟まれている家族の会話――この本を特徴づけている要素だが――には戦争や戦争を正当化する論理に対する疑問が込められている。

一九四二年に出版を託された出版社は、おそらく、モンゴメリの原文に手を加えることは本意ではなかったのだろう。けれども、戦争に抗議するような構成の作品集を世に出すことは容認できないことであった。本書の冒頭と締めくくりには、戦争にふれる詩が置かれ、全編は第一次世界大戦を重要な転換点として二部に分けられている。「笛吹き」の詩で始めることで、作品の冒頭で二つの世界大戦につながりをもたせた。モンゴメリは、『アンの娘リラ』を執筆中に、ジョン・マクレー（訳注：一八七二―一九一七、カナダの詩人・作家・軍人）の戦友の死を悼んで書いた詩「フランドルの戦場にて」（一九一五年）に着想を得て、この詩を書き上げたものと思われる。ウォルターの「笛吹き」の詩は一夜にして有名になり、戦争への尽力を象徴するものとなったとされているが、実際には物語の中では詩の全容は明らかになっていなかった。本書の冒頭、「最近になって書き上げたのだが、あの頃（第一次世界大戦中）よりもむしろ今（第二次世界大戦中）のほうが、世相にあっているような気がしてならない」とモンゴメリ自身の言葉が添えられ、陰気な叙事詩、モンゴメリの「笛吹き」は戦争に対する熱意のない支持表明として詠《うた》われる。この戦争への消極的な姿勢は、彼女がもうひとつの戦争詩によって作品集を締めくくっていることでより強調されている。この「余波」もウォルター作とされており、ウィルフレッド・オーウェン（訳注：一八九三―一九一八、イギリスの詩人・作家・軍人）やシーグフリード・

サッスーン（訳注：一八八六―一九六七、イギリスの詩人・作家・軍人）といった詩人の作風に似た、心にぐさりと刺さる苦悩に満ちた一作である。詩のあとには、アンと息子ジェムの会話が続く。ジェムも今や息子たちを第二次世界大戦の戦場へ遣《や》らねばならない父親となっており、アンの台詞《せりふ》の一行には、第二次世界大戦に対してとまでは言えないにしても、第一次世界大戦への痛烈な批判が迸《ほとばし》る。

一九七四年、編集者たちが、モンゴメリの戦争に対する言及に差し障《さわ》りがあるとして気にしたのかどうかは定かでないが、そのために、本来あるべき形での出版を差し控えたのは明らかである。結局彼らのとった解決策は、オリジナルの完全版を切り刻み、戦争への言及を数多く排除することだった。もともとモンゴメリは、全編を二部に構成し、第一次世界大戦前を第一部、第一次世界大終結後から第二次世界大戦勃発《ぼっぱつ》までを第二部としていた。第一部にも第二部にも、アンが家族たちに詩を読み聞かせ、家族が好き好きに感想を言い合う、夕暮れ時の風景画のような場面がちりばめられている。モンゴメリは、そうした家族団欒《だんらん》の風景の間に、短編小説（時にはアン家族とは正反対の風景の）をひとつあるいは複数続けて据えている。どの短編小説においても、ブライス家の誰かしらのことが囁《ささや》かれたり、彼らの言葉が引用されたり、家族のひとりあるいは何人かが登場したりしている。読者は詩や家族たちの会話を通して、家族のブライス一家を身近に感じることができ、短編小説を通して、より大きな共同体の中での一家の位置づけを知ることができる。一九七四年の編集者たちは、ブライス家族について語られる短編小説を残しつつも、ものごとの良し悪しの試金石として彼らが登場する場面はすべて削除した。とは言え、世の中に衝撃を与える価値ある作品集となることを願った。彼らは、自分たちの望む短編をいちばん最初と最後に据えれば、現実主義者たちがモンゴメリは人生の明るい面を一方的に照らし出すだけの作家だ、とけなすのを信じ込むようになっていた読者をびっくりさせることができるかもしれないと思ったのだ。一九七四年版では、作品の最初を飾るのは「思いがけない訪問者」である。出所してきた男が、自分が父親だとは知らない息子に会いに行く話。そして、最後は、死にかけている老女が誰にも知られることのなかった、自らが犯した殺人の罪を満足げに振り返る「あるつまらない女の一生」である。一九七四年の編集者たちは、モンゴメリがもともと示していた議論の的になるに違いない戦争批判の枠組みを取り払い、自分たちの思惑で物議を呼ぶようなしつらえに掏り替えてしまったのだ。

過去の編集者たちが読み手の反応を慮《おもんぱか》り、価値を認めていなかったとしても、胸ときめかされる謎に満ちた完全版が今ここに遺《のこ》されているのだ。モンゴメリは、この作品集を通していったい何を我々に提示し、どんな疑問を投げかけようとしたのだろうか？　書き上げた多くの作品の中から、これらの短編小説と詩を選び、家族の会話を差し挟み、この順番にこだわり編み上げたのは何故なのだろうか？

我々が易々と導きだせるような結論を示しても、モンゴメリは決して受け入れてはくれないであろう。どの詩をじっくり吟味しても、人生の楽観的な側面と無慈悲な側面が交互に見え隠れする短編小説を丹念に味わっても、戦争の話であれ恋の話であれ、この完全版がどういうものだと簡単に決めつけることは誰にもできない。第一部と第二部が互いに呼応し、短編、詩、会話が全編を通じて我々に問いかけてくる……変わらないものは何か？　必然とされているものは何か？　変わらなければならないのは何か？……と。悲嘆に暮れる母、アン・ブライスの詩は、彼女の若い頃の明るい詩やウォルターの詩とは趣をまったく異にする。また、ウォルターの詩作には母親の影響が顕著に感じられる。ウォルターが書き出した死についての詩を、彼が亡くなって何年も経《た》ってからアンが仕上げた……という詩さえもある。第一部の初めの方で、想い出と忘れることとの必要性についてギルバートが意見しているが、ジェムが第二部の最後で、自分の息子に思いを馳《は》せながら父親のその言葉を引用している。世代から世代へと受け継がれていくものは何か……モンゴメリは何を伝えたかったのだろうか？

第一次世界大戦後、世界はまったく変わってしまったと片づけるのは簡単だ。しかし、前の戦争の時代から次の戦争の時代へ移ろうとも、この作品集に一貫して流れている理想とテーマは、そうした安易な世界観が誤りであることを示している。

物事の視座を変えたり、調整したりすることで、モンゴメリは批評家たち――現実主義の、あるいは反ヴィクトリア朝主義、反エドワード朝主義的な批評家たち――に挑戦状を突きつけているようにも思われる。彼らは、モンゴメリの作品は、筋が容易に予測できてしまうとか、戦争時代以前の小説であるとか、どれも同じような展開で現実味に欠けた夢物語的である、と誤った批判をし続けてきた。『炉辺荘《イングルサイド》のアン』と同じように驚くほど写実主義的な視点から生み出された作品に分類される本作は、おそらくさまざまな物議や論争を巻き起こすに違いないであろうが、モンゴメリの諸作品の中でしかるべき位置を占めるに相応《ふさわ》しいものである。本書の出版により、「アン・シリーズ」は八作品ではなく九作品となった（訳注：新潮文庫では『アンの友達』と『アンをめぐる人々』も加え「アン・シリーズ」は全十巻としているので、「十一作品となった」ということになる）。

モンゴメリの作品を通して、我々読者は、登場人物の性格や彼らの住む世界について興味を抱き、さらには登場人物の世界と自分たちの生きる現実世界を関連づけて考える機会を与えられる。モンゴメリは生前、世界的な名声を勝ち得て、作品は三十以上の言語に翻訳されている。新たに作品が出版され、版を重ねるごとに、彼女の名声は新しい読者へと広まり、あまり知られていなかった彼女の生涯や思想も次第に明らかになってきた。五巻の日記、二人の男性のペン・フレンドと交わした書簡、目で見る自叙伝とも言えるスクラップブック——これらの出版により、彼女の伝記に新たな肉づけがなされ、世界で最も愛されてきた作家の複雑な内面についての議論も活発になされるようになった。本書に見られる、入り組みもつれ合った要素は、モンゴメリを研究する上でまた新たな手がかりとなることであろう。

本作品の出版は、カナダ・ペンギン出版社の理解と高い志、編者ベンジャミン・ルフェーブル教授の地道な研究があったればこそ実現した。自らの死期が近いことを悟ったモンゴメリは、このアンの物語最終巻をもって、この世への別れの辞としたかったのだ。だからこそ、全編のそこここに、真実を求めて声をあげ、模索する人々の姿が映し出されているのだろうし、だからこそ、真実がひとつであることはめったにあり得ない、とモンゴメリが骨を折り我々に示してくれているのだろう。本作は芸術家、L・M・モンゴメリが完成させた最後の作品集である。アンの物語には安易な結末はあり得ない。どのような結末なのか、何故そのような結末なのか、我々は心を研ぎ澄まし考えてゆかねばならない。

Elizabeth Rollins Epperly
ＰＨＤ。プリンス・エドワード島大学名誉教授。ルーシー・モード・モンゴメリ研究所初代会長。モンゴメリの研究家として論文、著書多数。

赤毛のアン
—赤毛のアン・シリーズ1—
モンゴメリ
村岡花子訳
大きな眼にソバカスだらけの顔、おしゃべりが大好きな赤毛のアンが、夢のように美しいグリン・ゲイブルスで過した少女時代の物語。

アンの青春
—赤毛のアン・シリーズ2—
モンゴメリ
村岡花子訳
小学校の新任教師として忙しい16歳の秋から物語は始まり、少女からおとなの女性へと成長していくアンの多感な日々が展開される。

アンの愛情
—赤毛のアン・シリーズ3—
モンゴメリ
村岡花子訳
楽しい学窓の日々にも、激しく苦しく心が揺れる夜もあった——あこがれの大学で学ぶアンが真の愛情に目ざめていく過程を映し出す。

アンの友達
—赤毛のアン・シリーズ4—
モンゴメリ
村岡花子訳
十五年も恋人のもとに通いながら、求婚の言葉を口にできないルドヴィックなど、アンをめぐる素朴な人々が主人公の心暖まる作品。

アンの幸福
—赤毛のアン・シリーズ5—
モンゴメリ
村岡花子訳
サマーサイド高校校長として赴任したアンを迎える人々の敵意——生来のユーモアと忍耐で苦境をのりこえていく個性豊かな姿を描く。

アンの夢の家
—赤毛のアン・シリーズ6—
モンゴメリ
村岡花子訳
アンとギルバートは海辺の「夢の家」で甘い新婚生活を送る。ユニークな隣人に囲まれた幸せな二人に、やがて二世も誕生するが……。

モンゴメリ
村岡花子訳
炉辺荘《イングルサイド》のアン
—赤毛のアン・シリーズ7—

医師の夫ギルバートを助け、六人の子供を育て、友達を迎えるアンの多忙な日々。だが、愛に生きることはなんと素晴しいものだろう。

モンゴメリ
村岡花子訳
アンをめぐる人々
—赤毛のアン・シリーズ8—

シンシア叔母の猫はどこ？ シャーロットの昔の崇拝者とは？ 一見平穏なアヴォンリーに起る様々な事件を愛とユーモアで紹介する。

モンゴメリ
村岡花子訳
虹の谷のアン
—赤毛のアン・シリーズ9—

〝虹の谷〟に遊ぶ子供の純な夢や願いは、角つき合わす大人どもには天使の声となって響いた……。自然と人情の美しさに満ちた珠玉編。

モンゴメリ
村岡花子訳
アンの娘リラ
—赤毛のアン・シリーズ10—

大戦が勃発し、成長した息子たちも娘の恋人たちも次々に出征した。愛する者に去られた悲しみに耐える、母親アンと末娘リラの姿。

モンゴメリ
村岡花子訳
可愛いエミリー

「勇気を持って生きなさい。世の中は愛でいっぱいだ」。父の遺した言葉を胸に、作家になることを夢みて生きる、みなしごエミリー。

モンゴメリ
村岡花子訳
エミリーはのぼる

ニュー・ムーン農場の美しい自然と愛すべき人々にとりまかれて、苦心の創作をせっせと雑誌社へ送るエミリー。シリーズの第二部。

モンゴメリ
村岡花子訳

エミリーの求めるもの

エミリーはひたすら創作に没頭するが、心にはいつも何かを求めてやまないものがあった。愛と真実の生きかたを追う、シリーズ完結編。

モンゴメリ
村岡美枝訳

アンの想い出の日々（上・下）
―赤毛のアン・シリーズ11―

モンゴメリの遺作、新原稿を含む完全版が待望の邦訳。人生の光と影を深い洞察で見つめた、「アン・シリーズ」感動の最終巻。

J・ウエブスター
岩本正恵訳

あしながおじさん

孤児院育ちのジュディが謎の紳士に出会い、ユーモアあふれる手紙を書き続け――最高に幸せな結末を迎えるシンデレラストーリー！

オールコット
松本恵子訳

若草物語

温和で信心深い長女メグ、活発な次女ジョー、心のやさしい三女ベスに無邪気な四女エミイ。牧師一家の四人娘の成長を爽やかに描く名作。

J・オースティン
小山太一訳

自負と偏見

恋心か打算か。幸福な結婚とは何か。十八世紀イギリスを舞台に、永遠のテーマを突き詰めた、息をのむほど愉快な名作、待望の新訳。

デュマ・フィス
新庄嘉章訳

椿姫

椿の花を愛するゆえに〝椿姫〟と呼ばれる、上品で美しい娼婦マルグリットと、純情多感な青年アルマンとのひたむきで悲しい恋の物語。

スタンダール
大岡昇平訳
パルムの僧院（上・下）
〝幸福の追求〟に生命を賭ける情熱的な青年貴族ファブリスが、愛する人の死によって僧院に入るまでの波瀾万丈の半生を描いた傑作。

スタンダール
小林　正訳
赤と黒（上・下）
美貌で、強い自尊心と鋭い感受性をもつジュリヤン・ソレルが、長年の夢であった地位をその手で摑もうとした時、無惨な破局が……。

スタンダール
大岡昇平訳
恋愛論
豊富な恋愛体験をもとにすべての恋愛を「情熱恋愛」「趣味恋愛」「肉体的恋愛」「虚栄恋愛」に分類し、各国各時代の恋愛について語る。

E・ブロンテ
鴻巣友季子訳
嵐が丘
狂恋と復讐、天使と悪鬼――寒風吹きすさぶ荒野を舞台に繰り広げられる、恋愛小説の恐るべき極北。新訳による〝新世紀決定版〟。

C・ブロンテ
大久保康雄訳
ジェーン・エア（上・下）
貧民学校で教育を受けた女家庭教師と、狂女を妻にもつ主人との波瀾に富んだ恋愛を描き、社会的常識に痛烈な憤りをぶつける長編小説。

フローベール
芳川泰久訳
ボヴァリー夫人
恋に恋する美しい人妻エンマ。退屈な夫の目を盗み重ねた情事の行末は？　村の不倫話を芸術に変えた仏文学の金字塔、待望の新訳！

J・G・ロビンソン
高見 浩 訳

思い出のマーニー

心を閉ざしていたアンナに初めてできた親友マーニーは突然姿を消してしまって……。過去と未来をめぐる奇跡が少女を成長させる！

バーネット
畔柳和代訳

秘密の花園

両親を亡くし、心を閉ざした少女メアリ。ヨークシャの大自然と新しい仲間たちとで起こした美しい奇蹟が彼女の人生を変える。

P・ギャリコ
古沢安二郎訳

ジェニィ

まっ白な猫に変身したピーター少年は、やさしい雌猫ジェニィとめぐり会った……二匹の猫が肩寄せ合って恋と冒険の旅に出発する。

P・ギャリコ
矢川澄子訳

スノーグース

孤独な男と少女のひそやかな心の交流を描いた表題作等、著者の暖かな眼差しが伝わる珠玉の三篇。大人のための永遠のファンタジー。

P・ギャリコ
矢川澄子訳

雪のひとひら

愛の喜びを覚え、孤独を知り、やがて生の意味を悟るまで――。一人の女性の生涯を、雪の結晶の姿に託して描く美しいファンタジー。

イプセン
矢崎源九郎訳

人形の家

私は今まで夫の人形にすぎなかった！ 独立した人間としての生き方を求めて家を捨てたノラの姿が、多くの女性の感動を呼ぶ名作。

ワイルド
福田恆存訳
ドリアン・グレイの肖像

快楽主義者ヘンリー卿の感化で背徳の生活にふける美青年ドリアン。彼の重ねる罪悪はすべて肖像に現われ次第に醜く変っていく……。

ワイルド
西村孝次訳
サロメ・ウィンダミア卿夫人の扇

月の妖しく美しい夜、ユダヤ王ヘロデの王宮に死を賭したサロメの乱舞——怪奇と幻想の「サロメ」等、著者の才能が発揮された戯曲集。

ワイルド
西村孝次訳
幸福な王子

死の悲しみにまさる愛の美しさを高らかに謳いあげた名作「幸福な王子」。大きな人間愛にあふれ、著者独特の諷刺をきかせた作品集。

安藤一郎訳
マンスフィールド短編集

園遊会の準備に心浮き立つ少女ローラが、あるきっかけから人生への疑念に捕えられていく「園遊会」など、哀愁に満ちた珠玉短編集。

メーテルリンク
堀口大學訳
青い鳥

幸福の青い鳥はどこだろう？ クリスマスの前夜、妖女に言いつかって青い鳥を探しに出た兄妹、チルチルとミチルの夢と冒険の物語。

M・ミッチェル
鴻巣友季子訳
風と共に去りぬ（1・2）

永遠のベストセラーが待望の新訳！ 明るく、私らしく、わがままに生きると決めたスカーレット・オハラの「フルコース」な物語。

サガン
朝吹登水子訳
ブラームスはお好き

美貌の夫と安楽な生活を捨て、人生に何かを求めようとした三十九歳のポール。孤独から逃れようとする男女の複雑な心模様を描く。

サガン
河野万里子訳
悲しみよ こんにちは

父とその愛人とのヴァカンス。新たな恋の予感。だが、17歳のセシルは悲劇への扉を開いてしまう——。少女小説の聖典、新訳成る。

サン＝テグジュペリ
堀口大學訳
夜間飛行

絶えざる死の危険に満ちた夜間の郵便飛行。全力を賭して業務遂行に努力する人々を通じて、生命の尊厳と勇敢な行動を描いた異色作。

サン＝テグジュペリ
堀口大學訳
人間の土地

不時着したサハラ砂漠の真只中で、三日間の渇きと疲労に打ち克って奇蹟的な生還を遂げたサン＝テグジュペリの勇気の源泉とは……。

サン＝テグジュペリ
河野万里子訳
星の王子さま

世界中の言葉に訳され、60年以上にわたって読みつがれてきた宝石のような物語。今まで最も愛らしい王子さまを甦らせた新訳。

アンデルセン
矢崎源九郎訳
絵のない絵本

世界のすみずみを照らす月を案内役に、空想の翼に乗って遥かな国に思いを馳せ、明るいユーモアをまじえて人々の生活を語る名作。

カポーティ
河野一郎訳
遠い声 遠い部屋

傷つきやすい豊かな感受性をもった少年が、自我を見い出すまでの精神的成長の途上でたどる、さまざまな心の葛藤を描いた処女長編。

カポーティ
川本三郎訳
夜の樹

旅行中に不気味な夫婦と出会った女子大生。人間の孤独や不安を鮮かに捉えた表題作など、お洒落で哀しいショート・ストーリー9編。

カポーティ
佐々田雅子訳
冷血

カンザスの片田舎で起きた一家四人惨殺事件。事件発生から犯人の処刑までを綿密に再現した衝撃のノンフィクション・ノヴェル！

サリンジャー
野崎 孝訳
ナイン・ストーリーズ

はかない理想と暴虐な現実との間にはさまれて、抜き差しならなくなった人々の姿を描き、鋭い感覚と豊かなイメージで造る九つの物語。

サリンジャー
村上春樹訳
フラニーとズーイ

どこまでも優しい魂を持った魅力的な小説……『キャッチャー・イン・ザ・ライ』に続くサリンジャーの傑作を、村上春樹が新訳！

サリンジャー
野崎 孝
井上謙治 訳
大工よ、屋根の梁を高く上げよ
シーモア―序章―

個性的なグラース家七人兄妹の精神的支柱である長兄、シーモアの結婚の経緯と自殺の真因を、弟バディが愛と崇拝をこめて語る傑作。

J・アーヴィング
筒井正明訳
ガープの世界
全米図書賞受賞（上・下）
巧みなストーリーテリングで、暴力と死に満ちた世界をコミカルに描く、現代アメリカ文学の旗手J・アーヴィングの自伝的長編。

J・アーヴィング
中野圭二訳
ホテル・ニューハンプシャー（上・下）
家族で経営するホテルという夢に憑かれた男と五人の家族をめぐる、美しくも悲しい愛のおとぎ話――現代アメリカ文学の金字塔。

P・オースター
柴田元幸訳
幽霊たち
探偵ブルーが、ホワイトから依頼された、ブラックという男の、奇妙な見張り。探偵小説？　哲学小説？　'80年代アメリカ文学の代表作。

P・オースター
柴田元幸訳
ムーン・パレス
日本翻訳大賞受賞
世界との絆を失った僕は、人生から転落しはじめた……。奇想天外な物語が躍動し、月のイメージが深い余韻を残す絶品の青春小説。

P・オースター
柴田元幸訳
幻影の書
妻と子を喪った男の元に届いた死者からの手紙。伝説の映画監督が生きている？　その探索行の果てとは――。著者の新たなる代表作。

P・オースター
柴田元幸訳
オラクル・ナイト
ブルックリンで買った不思議な青いノートに作家が物語を書き出すと……美しい弦楽四重奏のように複数の物語が響きあう長編小説！

新潮文庫の新刊

畠中恵著
こいごころ
若だんなを訪ねてきた妖狐の老々丸と笹丸。三人は事件に巻き込まれるが、笹丸はある秘密を抱えていて……。優しく切ない第21弾。

町田そのこ著
コンビニ兄弟4
―テンダネス門司港こがね村店―
最愛の夫と別れた女性のリスタート。ヒーローになれなかった男と、彼こそがヒーローだった男との友情。温かなコンビニ物語第四弾。

黒川博行著
熔果
五億円相当の金塊が強奪された。堀内・伊達の元刑事コンビはその行方を追う。脅す、騙す、殴る、蹴る。痛快クライム・サスペンス。

谷川俊太郎著
ベージュ
弱冠18歳で詩人は産声を上げ、以来70余年、谷川俊太郎の詩は私たちと共に在り続ける――。長い道のりを経て結実した珠玉の31篇。

紺野天龍著
幽世《かくりよ》の薬剤師
堕天の誘惑
破鬼の巫女・御巫綺翠と連れ立って歩く美貌の「猊下」。彼の正体は天使か、悪魔か。現役薬剤師が描く異世界×医療×ファンタジー。

貫井徳郎著
邯鄲の島遥かなり（下）
一橋家あっての神生島の時代は終わり、一ノ屋の血を引く信介の活躍で島は復興を始める。一五〇年を生きる一族の物語、感動の終幕。

新潮文庫の新刊

結城真一郎著
救国ゲーム
〝奇跡〟の限界集落で発見された惨殺体。救国のテロリストによる劇場型犯罪の謎を暴け。最注目作家による本格ミステリ×サスペンス。

松田美智子著
飢餓俳優　菅原文太伝
誰も信じず、盟友と決別し、約束された成功を拒んだ男が生涯をかけて求めたものとは。昭和の名優菅原文太の内面に迫る傑作評伝。

結城光流著
守り刀のうた
邪気を祓う力を持つ少女・うたと、伯爵家の御曹司・麟之助《りんのすけ》のバディが、命がけで魑魅魍魎《ちみもうりょう》の妖《あやかし》に挑む！　謎とロマンのファンタジー。

筒井ともみ著
もういちど、あなたと食べたい
名脚本家が出会った数多くの俳優や監督たち。彼らとの忘れられない食事を、余情あふれる名文で振り返る美味しくも儚いエッセイ集。

玖《ジウ》月《ユエ》晞《シー》
泉　京　鹿　訳
少年の君
優等生と不良少年。二人の孤独な魂が惹かれ合うなか、不穏な殺人事件が発生する。中国でベストセラーを記録した慟哭の純愛小説。

C・S・ルイス
小澤身和子訳
ナルニア国物語1
ライオンと魔女
四人きょうだいの末っ子ルーシーは、衣装だんすの奥から別世界ナルニアへと迷い込む。世界中の子どもが憧れた冒険が新訳で蘇る！

新潮文庫の新刊

隆慶一郎著
花と火の帝（上・下）
皇位をかけて戦う後水尾天皇と卑怯な手を使う徳川幕府。泰平の世の裏で繰り広げられた呪力の戦いを描く、傑作長編伝奇小説！

一條次郎著
チェレンコフの眠り
飼い主のマフィアのボスを喪ったヒョウアザラシのヒョーは、荒廃した世界を漂流する。愛おしいほど不条理で、悲哀に満ちた物語。

大西康之著
起業の天才！
―江副浩正　8兆円企業リクルートをつくった男―
インターネット時代を予見した天才は、なぜ闇に葬られたのか。戦後最大の疑獄「リクルート事件」江副浩正の真実を描く傑作評伝。

徳井健太著
敗北からの芸人論
芸人たちはいかにしてどん底から這い上がったのか。誰よりも敗北を重ねた芸人が、挫折を知る全ての人に贈る熱きお笑いエッセイ！

永田和宏著
あの胸が岬のように遠かった
―河野裕子との青春―
歌人河野裕子の没後、発見された膨大な手紙と日記。そこには二人の男性の間で揺れ動く切ない恋心が綴られていた。感涙の愛の物語。

帚木蓬生著
花散る里の病棟
町医者こそが医師という職業の集大成なのだ――。医家四代、百年にわたる開業医の戦いと誇りを、抒情豊かに描く大河小説の傑作。

Title : THE BLYTHES ARE QUOTED (vol. I)
Author : Lucy Maud Montgomery
Text by L.M. Montgomery and Afterword copyright © 2009 David Macdonald, trustee, and Ruth Macdonald and Benjamin Lefebvre
Foreword copyright © 2009 Elizabeth Rollins Epperly
L.M. Montgomery and *L.M. Montgomery's signature and cat design* are trademarks of Heirs of L.M. Montgomery Inc.
Anne of Green Gables and other indicia of "Anne" are trademarks and Canadian official marks of the Anne of Green Gables Licensing Authority Inc.
Japanese translation published by arrangement with Penguin Group(Canada) through The English Agency(Japan) Ltd.

アンの想《おも》い出《で》の日《ひ》々《び》　上巻

—赤毛のアン・シリーズ11—

新潮文庫　モ－4－51

Published 2012 in Japan
by Shinchosha Company

平成二十四年十一月　一　日　発　行
令和　六　年十一月三十日　十五刷

訳者　村《む》岡《おか》美《み》枝《え》

発行者　佐藤隆信

発行所　株式会社新潮社

郵便番号　一六二—八七一一
東京都新宿区矢来町七一
電話 編集部(〇三)三二六六—五四四〇
読者係(〇三)三二六六—五一一一
https://www.shinchosha.co.jp

価格はカバーに表示してあります。

乱丁・落丁本は、ご面倒ですが小社読者係宛ご送付ください。送料小社負担にてお取替えいたします。

印刷・株式会社光邦　製本・株式会社大進堂
©　Mie Muraoka　2012　　Printed in Japan

ISBN978-4-10-211351-6　C0197